SANS REGRETS

DU MÊME AUTEUR
AUX ÉDITIONS BELFOND

Dans le silence de l'aube, 2008
Une nouvelle vie, 2008
Un cadeau inespéré, 2007
Les Bois de Battandière, 2007
L'Inconnue de Peyrolles, 2006
Berill ou la Passion en héritage, 2006
Une passion fauve, 2005
Rendez-vous à Kerloc'h, 2004
Le Choix d'une femme libre, 2004
Objet de toutes les convoitises, 2004
Un été de canicule, 2003
Les Années passion, 2003
Un mariage d'amour, 2002
L'Héritage de Clara, 2001
Le Secret de Clara, 2001
La Maison des Aravis, 2000
L'Homme de leur vie, 2000
Les Vendanges de Juillet, 1999, rééd. 2005
(volume incluant *Les Vendanges de Juillet*, 1994, et *Juillet en hiver*, 1995)
Nom de jeune fille, 1999, rééd. 2007
L'Héritier des Beaulieu, 1998, rééd. 2003
Comme un frère, 1997
Les Sirènes de Saint-Malo, 1997, rééd. 1999, 2006
La Camarguaise, 1996, rééd. 2002

chez d'autres éditeurs

Crinière au vent, éditions France Loisirs, 2000
Terre Indigo, TF1 éditions, 1996
B. M. Blues, Denoël, 1993
Corrida. La fin des légendes,
en collaboration avec Pierre Mialane, Denoël, 1992
Mano a mano, Denoël, 1991
Sang et or, La Table Ronde, 1991
De vagues herbes jaunes, Julliard, 1974
Les Soleils mouillés, Julliard, 1972

Vous pouvez consulter le site de l'auteur à l'adresse suivante :
www.francoise-bourdin.com

FRANÇOISE BOURDIN

SANS REGRETS

belfond
12, avenue d'Italie
75013 Paris

Si vous souhaitez recevoir notre catalogue
et être tenu au courant de nos publications,
vous pouvez consulter notre site internet,
www.belfond.fr
ou envoyer vos nom et adresse,
en citant ce livre,
aux Éditions Belfond,
12, avenue d'Italie, 75013 Paris.
Et, pour le Canada,
à Interforum Canada Inc.,
1055, bd René-Lévesque-Est,
Bureau 1100, Montréal, Québec, H2L 4S5.

ISBN : 978-2-7144-4520-9

À Geneviève,
en remerciement d'une si amicale
et chaleureuse collaboration

1

Trop ému et trop distrait pour écouter la lecture de l'acte, Richard essayait de garder les yeux rivés sur son stylo, posé en travers d'une feuille devant lui. Mais la voix d'Isabelle le faisait tressaillir et, malgré lui, il relevait la tête pour effleurer la jeune femme du regard avant de revenir vite au stylo. Elle avait changé, coupé ses longs cheveux, pris de l'assurance et de la maturité. Quelques rides d'expression marquaient son front, ses pommettes, cependant elle portait magnifiquement ses trente-cinq ans.

— Monsieur Castan, des questions ?

Elle s'adressait à lui, ce qui l'obligea à sortir de son mutisme.

— Non, aucune, bredouilla-t-il.

Monsieur Castan. Comme c'était étrange de s'entendre appeler ainsi par Isabelle, la petite Isa qui avait été comme sa sœur, sa meilleure amie, avant de devenir son grand amour de jeunesse, puis son insupportable regret.

Cette fois, il eut le courage de la contempler et son cœur se serra.

— Vous voudrez bien parapher toutes les pages, dit-elle en lui souriant, dater et signer la dernière.

Pour la moitié d'un sourire comme celui-ci, il se serait volontiers damné, malheureusement, il l'était déjà. Tandis qu'elle faisait glisser l'acte de vente vers lui, il ôta le capuchon de son stylo. Jamais il n'aurait dû se trouver là, en face d'elle, depuis près de quinze ans il s'était débrouillé pour éviter ce genre de situation. En principe, la réunion avait été prévue chez son propre notaire, avec juste un clerc de l'étude Ferrière pour représenter le vendeur, et en aucun cas Isabelle en personne. Mais un inopportun dégât des eaux, survenu le matin même, avait contraint tout le monde à se déplacer, alors Richard avait dû suivre, à son corps défendant.

Non content de ne pas avoir écouté, il ne prit pas le temps de lire. Il était pressé d'en finir, de s'éloigner d'Isabelle et de cet endroit au plus vite. Il sortit son carnet de chèques de sa veste, soulagé de pouvoir au moins se donner une contenance. Bien qu'il ne s'agisse que d'un petit terrain non constructible, cet achat se révélait une bonne affaire puisque, pour la troisième fois, Richard réussissait à agrandir les alentours de son hôtel. Déjà, il avait imaginé ce qu'il allait faire de ces mille cinq cents mètres carrés supplémentaires qui achèveraient de constituer un écrin de verdure autour des bâtiments, et son jardinier en piaffait d'impatience.

— Tout est en ordre, annonça posément Isabelle.

Elle était très professionnelle, très à l'aise dans son rôle. La fille de Lambert Ferrière, devenue notaire à son tour, et qui avait su conserver presque toute la clientèle de son père. Une belle jeune femme consacrant sa vie au travail et n'ayant pas songé à se marier. De nouveau, Richard eut l'impression qu'un poids l'écrasait, l'empêchait de respirer. Seigneur ! Isabelle produisait encore cet effet sur lui après tant d'années ? Il la vit serrer la main de son confrère qui la remerciait pour l'accueil.

— Monsieur Castan, s'enquit-elle d'un ton innocent, puis-je vous garder quelques minutes ?

Richard acquiesça d'un petit signe de tête et resta debout, très raide, attendant qu'elle ait raccompagné les autres jusqu'à la porte de son bureau. Lorsqu'elle revint vers lui, il réussit à la regarder en face.

— Eh bien, souffla-t-il, ça faisait un bail…

Elle le dévisageait en silence, avec une expression énigmatique.

— Ce n'était pas prévu, ajouta-t-il en hâte, je n'y suis pour rien ! J'ai failli ne pas venir quand j'ai compris qu'il faudrait nous déplacer jusqu'ici. Mais tu n'étais pas forcée d'assister à la signature, tu aurais pu déléguer un de tes…

— Arrête deux secondes, veux-tu ? Je suis contente de te voir.

De ce côté-là, elle n'avait pas changé, elle allait toujours droit au but.

— On ne va pas laisser passer l'occasion, enchaîna-t-elle. Ce matin, quand ton notaire m'a appelée pour savoir si la réunion pouvait se tenir chez nous, je me suis dit que c'était mon jour de chance.

— Chance ? répéta-t-il, incrédule.

Elle eut un geste insouciant puis se laissa tomber dans un fauteuil et croisa les jambes. Son tailleur gris perle était d'une élégance irréprochable, ses escarpins aussi.

— Assieds-toi, Richard. S'il te plaît.

Il obtempéra parce que aucune phrase d'excuse ne lui venait à l'esprit pour s'enfuir.

— Le passé est oublié, dit-elle doucement. En ce qui me concerne, j'ai tourné la page sur toute l'histoire. Tu sais, il nous arrive de parler de toi avec Lionel, et… Oh, bon sang, il faut qu'on en sorte, aujourd'hui ou jamais !

Sa brusque véhémence le prit de court. Elle voulait obtenir quelque chose de lui, mais quoi ? C'était à lui de se faire pardonner, ce qu'il avait désespérément tenté quinze ans plus tôt. Il avait supplié Isabelle et Lionel, supplié leur mère, tout en sachant qu'à leurs yeux il était devenu maudit. Non, le passé ne pouvait pas être *oublié*, ainsi qu'Isa venait de le prétendre, aucune baguette magique n'effacerait cette nuit de juin où…

— Richard ? Tu ne réponds rien et tu me regardes à peine. Tu n'as pas envie qu'on fasse la paix ?

— Bien sûr que si. Sauf que c'est impossible.

— Pourquoi ?

— Ne serait-ce qu'à cause de ta mère.

— Les choses sont différentes à présent. Elle a fini par admettre que la vie continue. D'ailleurs, quand elle s'est installée dans son petit appartement, elle n'a pas remis des photos de papa dans tous les coins. Maintenant, elle joue beaucoup au golf, elle a des amies avec qui voyager. Disons que tu n'es plus sa bête noire, ou au moins qu'elle ne pense pas à toi à chaque instant.

— Tant mieux, dit-il plus froidement qu'il ne l'aurait souhaité.

Ce que Solène Ferrière devenait lui était indifférent, il s'en aperçut avec un sentiment de malaise. Quel âge avait-elle aujourd'hui ? Soixante-trois, soixante-cinq ans ? Il s'en souvenait à peine tant il avait accompli d'efforts pour la rayer de sa mémoire. À cause d'elle, il s'était culpabilisé jusqu'à l'écœurement, jusqu'au vertige, et elle ne lui avait fait grâce de rien.

— Tu es marié, je crois ? reprit Isabelle d'un ton désinvolte.

— Tu ne le crois pas, tu le sais. Tours est un village !

— Tu exagères. Mais bien sûr, on parle de toi, de ton hôtel qui récolte tous les éloges… Vois-tu, je ne t'imaginais pas écolo.

— Dans ta bouche, ça semble péjoratif.

— Eh bien, tu n'avais pas ce genre d'idées, si mes souvenirs sont bons ?

— J'ai évolué.

— Tu mens.

Devant les yeux pétillants de malice d'Isabelle, il se mit à rire, ce qui le surprit lui-même.

— D'accord, admit-il, j'ai saisi la balle au bond. L'écologie est dans l'air du temps, les gens y sont sensibles. Au début, je n'ai vu que l'aspect commercial et vendeur d'une conception nouvelle qui allait plaire. Ensuite, je me suis pris au jeu.

— Vraiment ?

— Oui.

— Il faudra que tu m'expliques.

— T'expliquer quoi et quand ? On va se revoir, Isabelle ?

La question, spontanée, lui avait échappé.

— Je serais partante, répondit-elle lentement. Pas toi ?

Il secoua la tête, consterné. Revoir Isa équivaudrait à se torturer, c'était l'évidence même. Leurs destins s'étaient séparés pour toujours, il avait presque réussi à l'accepter et il ne comptait pas recommencer ce chemin de croix.

— Alors, insista-t-elle, on va rester comme des étrangers ? C'est ce que tu veux ?

Elle tendit la main vers lui, sans achever son geste. Ses grands yeux couleur d'ambre reflétaient une authentique tristesse, qu'un petit sourire découragé ne fit qu'accentuer.

— Richard…, dit-elle tout bas.

Cette manière de prononcer son prénom avait quelque chose de particulier car elle séparait les deux syllabes, traînant sur la seconde avec une inflexion tendre. Il se sentit brusquement ramené loin en arrière, à une époque bénie.

« Bénie, peut-être, mais tout à fait morte aujourd'hui. »

— Nous n'avons plus rien à partager, Isabelle. De toutes mes forces, j'ai voulu croire le contraire, et tu as bien vu que ça ne menait nulle part.

— Maman a tout fait pour que nous ne trouvions aucune porte de sortie ! protesta-t-elle d'un ton amer.

— Il n'y en avait sans doute pas. Nous aurions empoisonné nos existences.

— Tu portes toujours ta culpabilité en bandoulière ? rétorqua-t-elle rageusement.

— Moi ? Oh, si seulement j'avais pu la déposer au bord de cette foutue route, je l'aurais fait, crois-moi !

À son tour, la colère le gagnait. Pourquoi rouvrir d'anciennes plaies qui allaient se remettre à saigner ? Il se leva, prit une profonde inspiration.

— Laisse-moi partir, maintenant.

Toujours assise, elle le scruta quelques instants, puis soudain, elle abandonna son fauteuil et marcha sur lui. Il n'eut pas le temps de reculer, déjà elle l'avait pris par les épaules, l'attirant à elle avec une force inattendue. Leurs lèvres se touchèrent tandis qu'elle refermait ses bras sur lui.

— Ne me repousse pas, souffla-t-elle. J'en ai envie et toi aussi.

Envie ? Bien davantage ! Il aurait voulu lui arracher ses vêtements, la coucher sur la moquette, l'embrasser, la goûter, la prendre, se fondre en elle. Son désir était intact, violent, mais nourri d'une telle angoisse qu'il réussit à s'écarter d'elle en murmurant :

— Je ne veux pas. Ça me rendrait fou, définitivement.

Dans ses rêves les plus secrets, les plus enfouis, il avait parfois fantasmé sur une rencontre fortuite, d'improbables retrouvailles. Isabelle l'avait hanté si longtemps ! Mais chaque réveil était plus dur, et il s'était juré de ne plus se mettre en danger, même si les hasards de la vie lui en offraient l'occasion.

Il ramassa l'acte de vente sans y penser, s'obstinant à ne pas regarder la jeune femme, puis il sortit comme un voleur.

*
* *

Jeanne referma le livre de bord de l'hôtel, satisfaite de ce qu'elle venait de vérifier. Les réservations s'accumulaient, le taux de remplissage atteindrait le maximum cette année encore. Bien entendu, Richard était contre, prétendant que les clients appréciaient le calme, et que lorsque l'hôtel était plein jusqu'à la dernière chambre, il y avait trop de monde dans trop peu d'espace. Avec le terrain qu'il était en train d'acheter en ce moment même, il allait trouver la place qui semblait lui manquer.

D'un coup d'œil circulaire, Jeanne s'assura que tout était en ordre dans le hall de la réception. Un somptueux bouquet de fleurs trônait sur la table à gibier, le sol de tomettes anciennes luisait d'un éclat chaud grâce à l'huile de lin, et dans le rayon de soleil qui traversait le grand vitrail, il n'y avait nulle poussière en suspension. Elle vérifia la température, réglée sur vingt degrés, le taux d'hygrométrie, qui était parfait, et les prévisions du gros baromètre de cuivre. Chaque matin, Jeanne inspectait ainsi le moindre détail avant de s'accorder un petit déjeuner. Tenir un hôtel de cette catégorie n'était pas une mince affaire mais, exactement comme Richard, elle adorait son travail.

Au début, ils avaient eu un peu de mal à se répartir les tâches, essayant d'occuper tous les postes à la fois pour économiser du personnel. D'ailleurs, Richard ne savait pas déléguer, il s'était totalement investi dans son projet et, à l'époque, il en avait perdu le sommeil. Mais au bout du compte, leur affaire s'était révélée rentable, puis carrément prospère.

Avec le recul, Jeanne devait bien admettre que Richard avait été un véritable visionnaire. Le petit château du

Balbuzard – un bijou Renaissance acquis pour un prix intéressant en raison de son état de délabrement – était idéalement situé à quelques kilomètres de Tours, à la lisière de la forêt d'Amboise. De bien trop modestes dimensions pour être transformé en hôtel, il disposait néanmoins d'un environnement exceptionnel avec près de trois hectares d'un beau terrain bordé par un étang. Il tenait son nom de ces rapaces diurnes autrement appelés aigles pêcheurs car grands amateurs de poisson, et en conséquence, Richard avait tout fait pour protéger les deux ou trois balbuzards qui fréquentaient son étang. Mais les oiseaux étaient au dernier rang de leurs préoccupations lorsque Richard et Jeanne s'étaient lancés dans l'aventure hôtelière. S'ils disposaient de peu d'argent, en revanche les idées ne leur manquaient pas, et la plus géniale avait été de se tourner vers l'écologie. Le dossier sans faille monté par Richard avait séduit tout le monde, du Conseil régional aux investisseurs particuliers. Bénéficiant à la fois de subventions, de primes, d'avantages fiscaux et de capitaux privés, le domaine du Balbuzard était né.

Sur le papier, le principe était simple, il s'agissait de construire à proximité du château des bâtiments qui soient de véritables modèles pour l'environnement. Les plans de l'architecte, remarquablement élaborés, comportaient plusieurs unités faites de verre et de bois, dont les structures devaient se fondre dans la nature avec harmonie. Ventilation naturelle, orientation idéale, collecte des eaux de pluie, panneaux solaires sur les toits, géothermie et poêles à sciure de bois : tout avait été pensé en fonction d'une totale maîtrise de l'énergie. Bien intégrées au milieu des arbres et de la végétation, ces petites maisons abritaient les chambres et les suites destinées aux clients. Ultramodernes mais pourtant très chaleureuses, elles plaisaient tellement qu'elles avaient fait la réputation du Balbuzard et sa réussite. Les gens qui y séjournaient raffolaient de l'opposition entre le petit château du XVIIe siècle, où se trouvaient la réception, le bar, ainsi qu'une salle de billard, et ces îlots futuristes faits de verre et de bois où tout semblait conçu pour préserver la planète sans pour autant sacrifier au confort. Deux époques cohabitaient ainsi avec succès, grâce au talent de l'architecte et à l'obstination de Richard.

Devant la prospérité du Balbuzard, Jeanne avait songé à lui adjoindre un restaurant, mais jusqu'ici elle n'avait pas pu concrétiser son idée, se heurtant au refus catégorique de Richard. D'après lui, les contraintes étaient trop lourdes, un bon chef trop difficile à recruter et, surtout, leurs emprunts n'étaient pas encore remboursés.

Jeanne quitta le hall pour gagner la cuisine. Elle l'avait aménagée elle-même tandis que Richard retapait une partie du premier étage. Durant toute une année, ils s'étaient échinés sur ces murs du matin au soir, car ils ne disposaient pas d'un seul euro pour la partie privée. De cette période de travail harassant, Jeanne gardait néanmoins un excellent souvenir. À l'extérieur, des équipes de professionnels maniaient de gros engins de chantier et n'utilisaient que des matériaux haut de gamme pour faire prendre forme aux maisons de verre, sous la stricte surveillance de l'architecte. Pendant ce temps-là, à l'intérieur, Jeanne et Richard n'avaient que leur enthousiasme, quelques pots de peinture et de vieux outils pour mener à bien leurs travaux personnels. Le soir, après le départ des ouvriers, ils allaient regarder ce qui serait un jour les chambres de l'hôtel. Richard imaginait des allées, des massifs, des rocailles reliant entre eux ces havres de paix. Il rêvait de palmiers, de plantes exotiques, d'une végétation luxuriante que le climat de la Touraine rendait possible. Jeanne songeait à la décoration, imaginait des tissus très colorés, des objets insolites. Ensuite, ils rentraient chez eux main dans la main, encore étonnés d'habiter ce tout petit château de conte de fées. Puis ils faisaient tendrement l'amour et s'endormaient, épuisés. Jeanne était heureuse, amoureuse, confiante en l'avenir. À quel moment avait-elle cessé d'y croire ?

Dans la cuisine, elle se servit un café, coupa des tranches de pain qu'elle mit à griller. Chaque matin, le rituel était le même. Malgré les allées et venues des deux femmes de chambre qui préparaient les petits déjeuners des clients, Jeanne lisait son journal en savourant une grande tasse d'arabica et en dévorant ses toasts. De temps à autre, elle levait les yeux pour s'assurer que tout était parfait sur les plateaux. Les fruits provenaient de l'agriculture biologique, les petits fromages frais d'un éleveur de chèvres voisin, le pain d'un artisan boulanger qui travaillait les farines brunes. Jeanne sélectionnait le moindre produit avec soin, des confitures aux morceaux de sucre, et sa vaisselle, artisanale, était issue du commerce équitable.

— Voilà, c'est fait ! lança Richard en entrant.

Il posa l'acte notarié sur la table puis se pencha pour embrasser Jeanne dans le cou.

— Le terrain est à nous, le domaine s'agrandit…

Sa voix n'était pourtant pas très joyeuse. Jeanne l'observa une seconde et lui trouva l'air fatigué.

— Veux-tu un café, mon chéri ?

— Ne bouge pas, je m'en occupe.

Quand il était d'humeur morose, mieux valait le laisser tranquille. Elle reprit la lecture de son journal, attendant qu'il vienne s'asseoir en face d'elle.

— Il y a eu un dégât des eaux chez Castex, alors nous n'avons pas signé chez lui mais à l'étude Ferrière.

Le nom la fit frémir. Elle releva vivement la tête pour dévisager Richard.

— Tu as vu Isabelle ?

Posée sur ce ton-là, sa question ressemblait à un cri de détresse et elle se mordit les lèvres.

— Oui, elle était là, se borna à répondre Richard.

Elle comprit qu'il n'en dirait pas davantage, pourtant elle ne put s'empêcher d'insister, avec trop de véhémence :

— Ça t'a fait quelque chose ?

Son mari lui adressa un regard étrange, comme s'il ne la voyait pas vraiment.

— Comment veux-tu que ça me laisse indifférent..., murmura-t-il.

Maintenant, elle devait s'arrêter, changer de sujet, celui-là était beaucoup trop dangereux. Dans le cœur de Richard, il existait une faille profonde qui s'appelait Isabelle Ferrière, personne n'y pouvait rien, et Jeanne moins qu'une autre car elle avait déjà tout essayé. Oh, bien sûr, il n'en parlait plus, il n'en parlait même jamais ! Honnête, il lui avait tout raconté peu de temps après leur première rencontre, la laissant libre de le juger, ou même de le rejeter. À ce moment-là, Jeanne s'était sentie assez forte pour lui faire oublier le drame de sa jeunesse, assez forte pour le consoler de ce vieux chagrin d'amour qu'il traînait avec lui comme un boulet. Et elle avait échoué, ça la frappait soudain de manière évidente, blessante. Non, Richard ne s'en remettrait pas, peut-être seulement parce qu'il ne *voulait pas* s'en remettre. Était-ce un moyen de ne pas vieillir ? Tant qu'il s'accrochait à ses souvenirs, tant qu'il ne tournait pas cette page de sa vie, il pouvait encore s'identifier au jeune homme qu'il avait été, promis à un brillant avenir et chouchouté au sein de la famille Ferrière... jusqu'à ce qu'il la détruise.

— Martin est dehors, il m'attend, dit-il en reposant sa tasse vide. Tu n'as pas besoin de moi ?

— Je me débrouillerai. Va rêver sur tes terres !

Elle savait qu'il ne résistait pas à la gentillesse. S'adresser à lui avec tendresse le faisait immanquablement fondre, à croire qu'il était toujours en manque d'affection.

— Martin n'a rien d'un rêveur, il doit avoir une liasse de croquis à la main !

Leur jardinier était un bourreau de travail, doublé d'un artiste. Au début, il avait un peu bougonné devant l'interdiction d'utiliser des produits toxiques, insecticides ou désherbants, mais il avait fini par concocter des recettes naturelles à peu près aussi efficaces. Son grand plaisir consistait à jouer avec les couleurs et les formes, créant des perspectives originales et laissant à la végétation une apparence de liberté qu'en réalité il contrôlait étroitement.

Comme prévu, Richard le trouva planté devant la clôture. Une main en visière, il observait le terrain voisin avec l'air de vouloir le défricher sur l'heure.

— Y a du boulot ! lança-t-il joyeusement.

Se tournant vers Richard, il lui adressa un sourire radieux.

— Jardin japonais, jardin anglais ? Ah, on pourrait tout imaginer ! Mais on va rester sages, hein ? Un petit circuit de promenade pour les clients, tout en nuances. Je pense à des bambous pour le décor, du jasmin étoilé et du myrte pour les parfums, des fuchsias rustiques en massifs, des oiseaux de paradis, peut-être un saule crevette…

— Pas de rosiers ? ironisa Richard.

— Si ! Des rosiers buissons à grandes fleurs comme le Gaby Morlay qui est ambre et abricot. Et puis des grimpants, bien sûr. Tiens, un Alcazar à côté d'un Papa Meilland, l'effet sera saisissant !

Gagné par son enthousiasme, Richard désigna le grillage :

— Il faut commencer par enlever ça. Vous pouvez y aller, c'est à nous, maintenant.

Il disait souvent « nous » lorsqu'il discutait de l'hôtel avec les gens qui y travaillaient. Jeanne trouvait que c'était habile de sa part, mais en réalité, il s'agissait d'une expression spontanée. Le Balbuzard nécessitait un travail d'équipe, dont Richard se sentait tout au plus le capitaine.

Abandonnant Martin, qui s'était déjà saisi de longues pinces pour couper les fils de fer, Richard s'éloigna. Une odeur de printemps flottait dans l'air léger et des rayons de soleil jouaient à travers les feuillages. Si on ne s'éloignait pas de l'allée principale, les petites maisons de verre et de bois étaient quasiment invisibles. Pour chacune, il fallait emprunter un chemin différent, et les clients s'amusaient à se perdre. Richard salua de loin un couple qui se dirigeait vers la suite numéro 3, escorté d'une femme de chambre, puis il prit la direction du potager, certain d'y être tranquille puisque Martin était occupé ailleurs.

Assis sur le muret de pierres blanches, il s'octroya une cigarette. Il avait considérablement réduit sa consommation, mais fumer l'aidait encore dans les moments difficiles. Or, cette matinée avait été dure à vivre.

— Isa…, soupira-t-il.

Il regarda la cendre se former autour du bout incandescent, expira une fumée bleue qui le fit tousser. Adolescents, Isabelle, Lionel et lui se cachaient pour griller des Camel dérobées dans le paquet de Lambert Ferrière. Ils étaient insouciants, très gâtés, très heureux. Mais le bonheur, Richard le savait bien, n'était jamais installé pour longtemps. Depuis toujours, son existence semblait partagée en tranches distinctes et quasiment égales : les séries de bonnes années alternant avec les mauvaises. Fils unique, il avait été un enfant désiré puis aimé. Ses parents, Gilles et Muriel, formaient un couple brillant, mondain, original et plein de charme. Archéologues, ils étaient fous l'un de l'autre, voyageaient beaucoup, gagnaient de l'argent qu'ils dépensaient aussitôt, et possédaient le don de transformer la vie en une fête permanente. Dans un instant de sagesse, Gilles avait choisi son plus vieil ami, Lambert Ferrière, pour être le parrain de son fils chéri, car Lambert, au contraire de Gilles, était un homme posé, avec une profession sédentaire et une famille paisible. Il accueillait volontiers son filleul pour de longs séjours, ainsi Richard avait-il eu pour amis d'enfance Isabelle et son frère Lionel, les trois gamins s'entendant à merveille. Lorsque les Castan disparaissaient en Égypte pour des fouilles, Richard passait des étés entiers à Tours sans s'y ennuyer, et sans manquer d'affection. Dans son rôle de parrain, qu'il prenait très au sérieux, Lambert s'occupait de Richard comme de ses propres enfants. Son épouse, Solène, était plus réservée à l'égard du petit garçon, mais elle s'arrangeait pour ne pas le montrer. Un peu étroite d'esprit, elle n'appréciait guère les Castan, heurtée par leur mode de vie désordonné et dispendieux. « Quelle idée de vouloir un enfant et de ne pas s'en occuper ensuite ! En ce qui me concerne, je ne pourrais jamais confier les miens à n'importe qui. » Lorsqu'elle faisait ce genre de réflexion, toujours d'un ton pincé, Lambert répliquait que, par chance, ils n'étaient pas *n'importe qui*. Lui s'arrangeait pour donner à Richard, le temps de ses séjours chez eux, une échelle de valeurs dont ses parents omettaient de lui parler. Mais il ne jugeait pas pour autant son vieil ami Gilles envers qui il éprouvait une admiration émerveillée. Gilles possédait la fantaisie qui manquait à Lambert, la faculté de se moquer de tout et de prendre des risques en riant, l'art de semer des paillettes sur son existence.

Hélas, le revers de la médaille fut tragique. En 1985, le petit avion de tourisme que Gilles et Muriel avaient loué pour survoler le Nil s'écrasa. Erreur de pilotage, défaillance mécanique ? On retrouva leurs deux corps dans la carlingue, et les débris d'un magnum de champagne fracassé. Gilles avait-il bu aux commandes de l'appareil ? Il était tout à fait capable d'avoir voulu faire la fête en plein ciel avec Muriel, sans imaginer qu'il risquait leurs vies.

Effondré, Lambert fut contraint d'apprendre lui-même la nouvelle à Richard, qui venait d'avoir treize ans. Et sans même se poser la question, sans la poser à sa femme non plus, Lambert prit immédiatement la responsabilité de garder Richard avec eux. À son titre de parrain s'ajouta celui de tuteur légal, et il demanda solennellement à Isabelle et à Lionel de considérer Richard comme leur frère.

Solène n'avait pas pu refuser de recueillir le jeune orphelin, elle fit donc bonne figure mais n'accepta jamais tout à fait cette pièce rapportée dans sa famille. Elle considérait qu'avec Lionel, puis Isabelle, elle avait eu le « choix du roi », un garçon et une fille qui suffisaient à son bonheur maternel. Ce cinquième élément, qui d'occasionnel devenait permanent, troublait l'ordre de son existence bien organisée.

Gilles et Muriel ne laissaient que peu de choses derrière eux. Leur appartement parisien était en location, et hormis un modeste compte épargne rarement alimenté, ils ne possédaient rien. Lambert vendit les meubles et les quelques objets de valeur qu'il trouva, y compris deux statuettes égyptiennes dont il ne parvint pas à prouver la provenance légale. Au fond d'un petit coffre-fort, dissimulé dans un placard, il découvrit aussi des bijoux anciens qui vinrent gonfler un peu le maigre héritage de Richard. En tant que tuteur, Lambert ne pouvait pas disposer de la somme, qui fut bloquée, mais en tant que notaire averti, il s'arrangea néanmoins pour la faire prospérer.

Dès l'enterrement, Lambert s'était tenu aux côtés de Richard, une main protectrice sur son épaule, et durant les années qui suivirent, il accorda beaucoup d'attention et de tendresse à l'adolescent. Au fil du temps, ils devinrent même si proches que l'aigreur de Solène s'en trouva amplifiée. « Tu t'occupes davantage de lui que de tes propres enfants ! » reprochait-elle à Lambert qui haussait les épaules. Il était un bon père, il le savait, et il ne faisait aucune différence entre les trois adolescents. Lionel avait un an de moins que Richard, et les deux garçons s'entendaient comme larrons en foire ; quant à Isabelle, la cadette, elle était tour à tour bousculée au milieu des jeux, consolée, moquée ou admirée, mais jamais exclue. Lorsqu'elle devint une jeune fille, Lionel et Richard cessèrent de lui tirer les nattes pour se faire ses chevaliers servants. Ils furent bien inspirés car, une fois débarrassée de son acné et de son appareil dentaire, Isabelle se révéla ravissante. Ses grands yeux dorés, dessinés en amande, s'étiraient vers ses tempes, sa bouche était pulpeuse, sa peau mate, son nez fin et droit. Élancée, gracieuse, elle aimait rire aux éclats et semblait n'avoir peur de rien. Très vite, elle fut la coqueluche des garçons, de *tous* les garçons, y compris Richard. En quelques mois, le regard que le jeune homme portait sur la petite Isa se transforma. Leurs rapports se modifièrent insidieusement, jusqu'à ce qu'ils comprennent ce qui était en train de leur arriver.

Toujours écorché vif depuis le décès de ses parents, Richard avait deviné l'hostilité latente de Solène, et il se doutait bien que s'il montrait son attirance pour Isabelle, le scandale éclaterait. Même s'il n'y avait rien de mal à être amoureux d'une jeune fille qui n'était pas sa sœur. En conséquence, Isa et lui restaient très prudents, veillant à ne pas changer d'attitude en public, mais dès qu'ils se retrouvaient seuls ils se blottissaient dans les bras l'un de l'autre et se murmuraient des mots d'amour qu'ils prononçaient pour la première fois. Sans aucune expérience, ils se contentaient de flirter, avec autant de maladresse que d'avidité. Ces baisers volés étaient des instants magiques, cependant une vague culpabilité planait sur eux. Isabelle n'aimait pas mentir, et Richard avait l'impression détestable de trahir Lambert. À plusieurs reprises, il faillit aller lui parler, ne renonçant qu'au dernier moment parce que Isa le suppliait de se taire. Elle voulait attendre sa majorité pour échapper aux foudres maternelles qui ne manqueraient pas d'éclater. Car si elle aimait sa mère, Isabelle la connaissait suffisamment bien pour se méfier de ses réactions de colère.

Richard avait eu son bac à dix-sept ans et, tout naturellement, s'était inscrit en licence de droit pour faire plaisir à Lambert qui rêvait de voir les trois jeunes gens devenir notaires à leur tour. « Vous travaillerez d'abord avec moi, ensuite je prendrai ma retraite en vous laissant toutes mes parts. L'étude Ferrière et associés deviendra Ferrière, Castan et associés. Ça sonne bien, n'est-ce pas ? » Était-ce pour honorer la mémoire de son vieil ami Gilles que Lambert s'enthousiasmait ainsi ? En tout cas, Richard ne voulait pas le décevoir. D'autant moins que Lionel avait dû redoubler sa terminale, trop occupé à courir les filles pour songer à ses études. Isabelle, en revanche, obtenait d'excellents résultats. Elle se retrouva dans la même classe que son frère, l'aida de son mieux lors des révisions de fin d'année, et ils obtinrent leur bac ensemble, Lionel d'extrême justesse, et Isabelle avec mention. Cet été-là, ils partirent tous les trois faire du camping loin des parents. Ils avaient pris une tente double pour les deux garçons et une individuelle, en principe destinée à Isa. Bien entendu, ce qui devait arriver arriva par une chaude nuit de juillet, avec l'accord tacite de Lionel qui avait deviné depuis longtemps les sentiments de sa sœur et de Richard. Pour sa part, il n'y voyait aucun obstacle, mais il leur prédisait tous les ennuis du monde si jamais Solène découvrait le pot aux roses.

L'automne et l'hiver furent difficiles pour les jeunes gens qui continuaient à se cacher. Ils étaient littéralement fous amoureux mais ne pouvaient le montrer qu'à l'université, où Isabelle s'était inscrite à son tour en droit. Lorsqu'ils rentraient à la maison, ils reprenaient à contrecœur leurs rôles d'amis d'enfance, de plus en plus mal à l'aise. À Pâques, ils s'échappèrent une semaine pour aller skier dans les Alpes, avec Lionel en guise de chaperon, mais en réalité ils ne quittèrent quasiment pas leur chambre d'hôtel, et Lionel fut le seul à descendre les pistes. Au retour, Richard décida que, quelles que puissent être les conséquences, il devait tout avouer à Lambert. S'il lui demandait la main de sa fille, il aurait le droit de le regarder en face, ce qu'il ne parvenait plus à faire. Mais Isabelle, très angoissée par la perspective de l'orage familial, obtint qu'il patiente jusqu'au mois de juin, après les examens et après l'anniversaire de ses dix-huit ans.

Richard eut sa licence tandis qu'Isabelle bouclait sa première année avec brio. Lionel fut recalé et annonça qu'il abandonnait le droit. Déçu par son fils, Lambert ne ménagea pas ses félicitations à sa fille ainsi qu'à Richard. La route conduisant au diplôme de notaire était encore longue pour les jeunes gens, mais Lambert se réjouissait de constater que son rêve commençait à prendre forme. Solène se taisait en l'entendant parler d'un avenir où Richard tenait tant de place et Lionel si peu. Elle choisit de manifester son aigreur en suggérant à Richard de se trouver une chambre d'étudiant ou un studio, bref, un endroit où il serait indépendant, ce qui était « normal à son âge », plus normal en tout cas que rester dans les « jupes des Ferrière ». Si elle l'avait pu, elle se serait débarrassée de Richard pour de bon. Notaire elle-même, elle ne travaillait à l'étude qu'à mi-temps, ne s'y étant jamais beaucoup investie, mais elle refusait d'imaginer que Richard puisse occuper un jour le bureau de Lambert. Cette perspective la révulsait, or, l'abandon de Lionel la rendait désormais probable. Exaspérée, elle insista pour que le jeune homme quitte au moins leur maison.

Afin de satisfaire son épouse, et aussi parce que Richard avait vingt ans, Lambert approuva l'idée. Un après-midi de juin, il proposa d'accompagner le jeune homme, qui devait s'inscrire en maîtrise, et de chercher avec lui un logement agréable à proximité de l'université François-Rabelais. Ensemble, ils visitèrent une demi-douzaine de studios, firent des projets pour les années suivantes, puis Lambert invita Richard à dîner. Il tenait à fêter sa licence et il lui offrit de se rendre à l'auberge de Port-Vallières, à quelques kilomètres de Tours. Dans cet ancien bistrot de pêcheurs devenu un excellent restaurant, ils mangèrent une friture de la Loire et des pieds de cochon. Durant tout le repas, Lambert se montra si disert et si gai que Richard décida d'attendre la route du retour pour lui parler enfin de son amour pour Isabelle. Lorsqu'ils quittèrent l'auberge, il faisait encore jour et la soirée était chaude. Devant sa voiture, Lambert demanda à Richard de prendre le volant, arguant qu'il avait trop bu de ce vin pétillant de Touraine qui avait arrosé leur menu. Un peu hésitant, Richard prit les clefs avec réticence. Lui aussi avait vidé au moins deux verres, peut-être trois, et il n'avait son permis que depuis quelques mois.

L'accident arriva dix minutes plus tard, à l'entrée de Tours. Richard venait à peine de commencer le discours qu'il avait préparé dans sa tête, et que Lambert écoutait avec attention, sourcils froncés mais sans l'interrompre. Face à eux, un automobiliste doublait laborieusement un camion. Appel de phares, coup de klaxon, la route était étroite et Richard eut un instant de panique. Il se déporta, mordit sur le bas-côté, sentit la voiture lui échapper. Le reste alla si vite qu'il ne parvint jamais à en reconstituer le déroulement exact. Après plusieurs tonneaux, il se retrouva sur le toit, les côtes sciées par sa ceinture de sécurité, la tête bourdonnante, mais indemne. À côté de lui, Lambert avait été tué sur le coup.

Des heures et des jours qui suivirent, Richard conserva un souvenir flou, cauchemardesque. Les gendarmes interrogèrent le chauffeur du camion qui s'était arrêté plus loin, malheureusement son témoignage était assez confus. Quant à l'automobiliste responsable de l'accident, il avait disparu. Richard eut droit à une prise de sang à l'hôpital, qui révéla un taux d'alcoolémie faible mais positif. Solène, accourue aux urgences, piqua une crise de folie furieuse. En état de choc, les mots qu'elle jeta au visage de Richard trahissaient une haine implacable, qui n'aurait sans doute jamais de fin.

À trois heures du matin, Richard échoua dans un petit hôtel. Anéanti, hagard, il n'avait pas osé rentrer, et il ne trouva pas le courage de téléphoner à Isabelle ou même à Lionel. Jusqu'à l'aube, il se répéta qu'il avait tué leur père. Tué un homme qu'il aimait et qu'il admirait, un homme qui était presque devenu son père à lui aussi. Il l'avait tué parce qu'au lieu de se concentrer sur la route il pensait à ce qu'il allait enfin avouer mais qu'il n'avait pas eu le temps de dire. Tué par sa maladresse de conducteur inexpérimenté, par ses réflexes sans doute ralentis à cause du vin. Et cet accident mortel en rappelait odieusement un autre, celui du petit avion de tourisme dont Gilles Castan avait perdu le contrôle, occupé à boire du champagne en plein ciel. Sept ans plus tard, Richard provoquait à son tour un drame. L'alcool était-il une fatalité qui allait le poursuivre ? Au bord du désespoir, il essayait de se souvenir : avait-il vraiment abusé ? Il se revoyait vider un verre, deux… mais pas trois, il en avait la quasi-certitude. Pourtant, Lambert était mort par sa faute, voilà tout, et il n'aurait pas assez de sa vie entière pour expier.

Durant deux jours, il se terra dans cette chambre miteuse, pleurant toutes les larmes de son corps et préparant les mots qui imploreraient le pardon, puis il dut se résigner à affronter la famille Ferrière. Lorsqu'il se présenta sur le seuil de cette maison où il avait été heureux tant d'années, Solène l'accueillit comme s'il était un démon. Elle refusa de l'écouter, le traîna plus bas que terre et hurla qu'elle ne voulait pas le voir à l'enterrement. En fait, elle ne voulait plus le voir du tout, sous aucun prétexte, jamais. Richard dut s'enfuir, la tête basse, mais Lionel le rattrapa dans la rue. Ils échangèrent quelques phrases hésitantes, laborieuses, sans trop savoir comment se comporter l'un et l'autre. Finalement, Lionel promit de rassembler ses affaires et de les lui envoyer dès qu'il aurait une adresse. Sur ce trottoir, et à cet instant précis, Richard sut que le gouffre qui venait de s'ouvrir dans son existence serait quasiment impossible à combler.

La suite fut difficile. Puisant dans l'argent de son petit héritage, touché à sa majorité, Richard loua un studio. Durant tout l'été, il attendit un signe d'Isabelle qui ne vint pas. Il essaya de lui écrire mais la lettre lui fut réexpédiée dans son enveloppe intacte par Solène. Fin août, Lionel lui envoya enfin un petit mot expliquant qu'Isa était partie à l'étranger pour quelques mois, et que lui-même se trouvait en Espagne. Leur mère les avait éloignés de Tours afin qu'ils oublient leur deuil… et Richard.

Dans ces conditions, à quoi bon poursuivre des études de droit ? Il ne serait pas notaire, n'entrerait pas à l'étude Ferrière, qui ne deviendrait jamais Ferrière, Castan et associés. Toutefois, il ne voulait pas quitter la Touraine, se doutant bien que s'il s'en allait, il ne reviendrait jamais. Et s'éloigner définitivement d'Isabelle était au-dessus de ses forces. Tant qu'il restait là, il avait une chance de la croiser, de lui parler, peut-être d'obtenir son pardon. Il se mit à envisager toutes les options professionnelles possibles. Quel métier l'attirait, que voulait-il entreprendre ? Quel était le moyen le plus rapide pour gagner sa vie ? En combien de temps épuiserait-il son modeste capital ? Comme il n'avait aucune réponse à ces questions, il choisit presque au hasard l'hôtellerie. Un centre de formation existait à proximité de Tours, dans la petite ville de Veigné, il alla s'y inscrire en choisissant pour son BTS une option mercatique et gestion hôtelière.

Il se retrouva avec des gens très différents de ceux qu'il avait connus à l'université. Les centres d'intérêt, le milieu social et les ambitions n'étaient pas les mêmes que chez les jeunes se destinant à devenir avocats ou notaires, et Richard eut l'impression d'être soudain plongé dans un monde plus concret, plus vrai. Personne ne connaissait son histoire, personne ne lui parlait des Ferrière et, contrairement à ce qu'il avait pu redouter, il se plut beaucoup dans ce nouvel environnement. Non seulement il se fit des amis, mais surtout il se prit au jeu. Ses stages de fin de formation le conduisirent d'abord à Lyon, puis à Paris où il resta six mois dans un grand hôtel. Paris lui rappelait son enfance, ses parents, mais il s'aperçut qu'il n'avait aucune envie d'y vivre. Il restait très attaché à la Touraine et, sans se l'avouer, il voulait continuer à respirer le même air qu'Isabelle. Lorsqu'il choisit d'y retourner, avec l'idée de monter un jour sa propre affaire, il le fit sous prétexte qu'il connaissait bien la région, et qu'elle était idéale d'un point de vue touristique. Le circuit des châteaux de la Loire attirait à longueur d'année une énorme clientèle, aussi bien française qu'étrangère, et la capacité d'accueil était encore loin d'être suffisante. D'abord, il travailla durant deux ans comme gérant d'un établissement situé à Blois, passa ensuite aux commandes d'un petit hôtel de luxe perdu dans la campagne. C'est là qu'il rencontra Jeanne, qui faisait ses premières armes de décoratrice d'intérieur. Sollicitée pour la rénovation des chambres, elle passa quelques jours à arpenter l'hôtel, à prendre des notes, mais surtout à regarder Richard, complètement sous le charme. Ils devinrent amants parce qu'il en avait assez d'être seul, assez de ruminer le passé, et aussi parce qu'elle était jolie, pleine de vitalité, prête à tout pour lui plaire.

L'année suivante, lorsque Jeanne commença à parler mariage, il comprit qu'il allait devoir mettre un terme à son rêve secret de reconquérir Isabelle. Combien de fois s'était-il promis que, lorsqu'il aurait réussi, il chercherait à la revoir ? Combien d'histoires avait-il échafaudées tout au fond de lui ? Et quand accepterait-il enfin de renoncer à cette illusion ? Isabelle était peut-être mariée, mère de famille ! Il avait cessé de lui envoyer des lettres qui n'obtenaient pas la moindre réponse, et il ignorait tout de la femme qu'elle était devenue.

Après bien des hésitations, il épousa Jeanne, qui voulait des enfants. En réunissant leurs économies, ils avaient la possibilité de se lancer dans l'aventure, aussi commencèrent-ils à chercher un endroit où ils pourraient s'installer à leur compte. Séduits l'un comme l'autre par le Balbuzard, ils s'endettèrent pour l'acheter, montèrent le dossier de leur projet et y consacrèrent toute leur énergie. Pendant un long moment, Jeanne ne s'aperçut pas que le ciment de leur couple était davantage une passion commune pour le domaine qu'une passion amoureuse. Ils poursuivaient le même but et luttaient côte à côte pour y parvenir, sans avoir le loisir de s'interroger sur leurs sentiments. Le jour où elle se mit à y penser, elle commença à perdre ses illusions. D'autant plus que la grande famille qu'elle avait rêvé de fonder se limitait à un seul enfant, une adorable petite fille née peu de temps après le mariage, mais à qui elle n'avait jamais pu donner de frère ou de sœur. Trop de travail, trop de stress ? Malgré tous ses efforts, Jeanne n'était pas retombée enceinte, et Céline risquait fort de rester fille unique.

Le Balbuzard étant proche de Tours, Richard ne pouvait éviter d'y aller fréquemment, et parfois il entendait citer le nom d'Isabelle Ferrière. *Maître* Ferrière. Cette appellation, trop familière, le faisait frémir en lui rappelant chaque fois sa jeunesse, Lambert, l'accident. Et par-dessus tout ces nuits passées à tenir le corps d'Isabelle entre ses bras. Chaque fois qu'il y pensait, il avait encore le souffle coupé et le cœur battant la chamade, mais il savait très bien qu'Isabelle n'était plus pour lui qu'une chimère.

Jusqu'ici, il avait réussi à rester loin d'elle, ils ne s'étaient même pas croisés sur un trottoir. Reléguée tant bien que mal au fond de sa mémoire, Isabelle demeurait un souvenir. Brûlant et intense, peut-être, mais appartenant au passé. Et voilà qu'à cause d'une maudite fuite d'eau, tout semblait remis en question ! La revoir était ce qui pouvait arriver de pire à Richard, or le pire venait de se produire.

— Isa, Isabelle..., répéta-t-il à plusieurs reprises, toujours assis sur le muret en pierres du potager.

À ses pieds, il vit trois mégots qu'il ramassa. Était-il resté là si longtemps ? Prêtant l'oreille, il entendit au loin les coups de massue que Martin assenait sur les piquets de la clôture. Il aurait dû se sentir réjoui à l'idée de ce terrain qui agrandissait le Balbuzard, mais il n'éprouvait qu'une insupportable nostalgie. Et aussi une pointe d'angoisse, comme un affreux pressentiment. Saurait-il résister à tout ce que cette rencontre avec Isabelle remuait en lui ? De quelle manière allait-il s'y prendre pour dissimuler à Jeanne son immense désarroi ? Et comment juguler cette sorte d'excitation trouble qui ne le lâchait pas depuis l'instant où Isabelle était apparue dans son tailleur gris ?

Quittant enfin le muret, il brossa son pantalon d'un revers de main rageur, puis haussa les épaules. Il avait trouvé le courage de ne pas s'abandonner à l'étreinte provoquée par la jeune femme, ce matin, et même trouvé celui de s'enfuir. Eh bien, il n'avait qu'à continuer ! Remettre Isa au fond de sa mémoire, la considérer comme un premier amour perdu, un amour impossible. Reprendre sa vie où il l'avait laissée, quelques heures plus tôt, en entrant chez son notaire.

Une cavalcade sur les graviers l'avertit de l'arrivée de sa fille. L'heure du déjeuner était passée, et Jeanne devait se demander où il était.

— Papa, papa, on mange !

Céline traversa le potager au pas de course, sautant pardessus les carrés de légumes. Elle se jeta dans les jambes de Richard et leva son adorable frimousse vers lui.

— Tu viens, dis, dis ?

Elle répétait tout deux fois, comme la plupart des enfants de son âge. Avec ses nattes, son appareil dentaire, elle lui rappela Isa au même âge. Allait-il se remettre à tout comparer, tout rapporter à Isabelle ? Il se pencha vers sa fille, la souleva et la jucha sur ses épaules.

— Tu deviens lourde, ma puce !

Elle grandissait trop vite. Vaguement inquiet, il se demanda s'il lui accordait assez de temps et d'attention. Toujours préoccupé par la bonne marche du Balbuzard, il pensait rarement à se libérer le mercredi et il se promit d'y remédier.

— Après déjeuner, je t'emmène te promener, annonça-t-il.

La fillette poussa aussitôt des cris de joie, s'accrochant des deux mains aux cheveux de son père qui s'était mis à galoper pour la faire rire.

2

Isabelle claqua la porte d'entrée et laissa tomber sa pile de dossiers sur la commode. Un craquement plaintif du bois lui rappela qu'il s'agissait d'un meuble ancien assez fragile. De toute façon, rapporter ce tas de papiers chez elle ne servait à rien, elle n'avait jamais envie de travailler après le dîner.

La double porte conduisant au salon était ouverte et, comme chaque soir, Isabelle laissa errer son regard sur le décor familier. Beaucoup trop familier. Depuis son enfance, presque rien n'avait changé. En allant s'installer dans un appartement du centre-ville, sa mère n'avait pas emporté grand-chose, et lorsque Lionel était parti à Paris, il s'était bien gardé de s'encombrer de ces « vieilleries ». Il habitait dans un loft du Xe arrondissement, au bord du canal Saint-Martin, qu'il avait décoré de façon minimaliste et originale.

— C'est moi la gardienne du temple…, marmonna Isabelle en haussant les épaules.

Elle avait tout conservé, l'étude et la maison, le mobilier et les souvenirs. « Tu n'en as pas marre de tout ça ? » s'étonnait Lionel lors de ses rares passages à Tours. Eh bien si, elle en avait assez, mais elle était prisonnière d'un emploi du temps dément qui ne lui laissait pas le loisir de modifier son environnement. Parfois, elle rêvait de prendre huit jours de vacances pour vider la maison et la réaménager à son goût, cependant, lorsqu'elle pouvait disposer d'une semaine, elle la passait à dormir, ou alors elle partait en voyage pour lézarder sur une plage lointaine.

Après s'être débarrassée de ses escarpins, elle traversa le salon et la salle à manger. Elle aimait sentir sous ses pieds le parquet bien ciré, puis le carrelage frais de la cuisine. Là non plus, elle n'avait touché à rien, mais les vieux placards de chêne patiné ne lui déplaisaient pas, ni l'énorme cuisinière en fonte. Le seul problème, dans cette demeure bourgeoise faite pour une grande famille, était de s'y retrouver seule. Absolument et résolument seule. Aucune de ses tentatives pour établir une relation durable avec un homme n'avait abouti. Elle n'était pas assez disponible, pas assez amoureuse peut-être, et au bout de quelques mois les choses se dégradaient. Durant ces dix dernières années, elle avait connu quatre ruptures orageuses, et elle commençait à désespérer.

Debout devant le réfrigérateur, elle but à la bouteille de longues gorgées de Perrier qui lui firent monter les larmes aux yeux. Bien en évidence sur l'une des clayettes, un plat de pâtes au saumon et à la crème avait été préparé par Sabine, la jeune fille qui s'occupait de la maison. Isabelle eut une pensée reconnaissante pour elle, toutefois elle n'avait pas faim. Et, surtout, la perspective de dîner en lisant le journal la déprimait. La plupart du temps, elle était pourtant contente d'avoir enfin un moment de paix et de silence après toute une journée dans l'atmosphère de ruche de l'étude, mais pas ce soir. Hélas, il était un peu tard pour appeler des amis et se faire inviter ou leur proposer de sortir. D'ailleurs, la plupart étaient mariés, avaient des enfants, et organiser une soirée à l'improviste était devenu difficile.

Elle alla ouvrir la porte qui donnait sur le petit jardin, à l'arrière de la maison. Sous la tonnelle, la table et les chaises de fer forgé avaient été nettoyées. C'était très agréable de se tenir là, au printemps et en été, à écouter ruisseler la fontaine ou à préparer un barbecue. Lambert n'avait pas lésiné pour aménager l'endroit, trente ans plus tôt, afin que les enfants puissent s'amuser dehors. Là non plus, Isabelle n'avait rien changé, mais le champagne remplaçait depuis longtemps le Coca-Cola dans les verres.

Toujours pieds nus, elle s'aventura avec précaution sur les graviers et gagna la tonnelle. Éprouvait-elle encore du plaisir à vivre ici ? Pourquoi n'était-elle pas partie, elle aussi, comme sa mère, comme Lionel ?

— Eh bien, ça tombe sous le sens, soupira-t-elle en s'asseyant.

La rencontre du matin avec Richard n'était qu'une preuve supplémentaire, dont Isabelle n'avait nul besoin. Chaque jour de sa vie, dans cette maison, le moindre recoin ou le plus petit objet lui rappelait Richard. Les années de jeunesse avec Richard. Les fous rires et l'amour fou. Un bel avenir tout tracé qui s'était désintégré en un instant. Pour Isabelle, la cassure avait été effroyable. Elle aimait tellement son père ! Et tellement Richard… Après lui, elle n'avait plus jamais été capable de se donner de la même manière. Leur séparation brutale l'avait rendue infirme, elle ne savait plus aimer.

« Pourquoi t'ai-je écoutée, maman ? »

Parce qu'elle n'avait que dix-huit ans. Parce que sa mère haïssait violemment Richard, au point que nul n'osait plus prononcer son nom devant elle. Parce que Isabelle lui aurait fait trop de mal, à ce moment-là, en se dressant contre elle. Au début, la jeune fille s'était persuadée que les choses s'apaiseraient avec le temps. Que quelques semaines ou quelques mois après la mort de son père, elle pourrait faire comprendre petit à petit ses sentiments à sa mère. Mais elle s'était trompée, évidemment. Dès qu'elle avait essayé de parler, la réponse était tombée comme un couperet : « Vous n'êtes pas Roméo et Juliette, que je sache ! Et n'oublie jamais que ce petit opportuniste est l'assassin de ton père ! » Isabelle essayait de ne pas entendre, de ne pas se laisser influencer. Pour avoir la paix, elle avait accepté de s'éloigner et, pendant son absence à l'étranger, sa mère s'était donné beaucoup de mal pour effacer toute trace de Richard. Elle avait ainsi repris en main l'étude, récupéré les parts de Lambert, tout aplani pour que sa fille puisse lui succéder un jour. Veuve, digne, s'acharnant à préserver l'avenir de ses enfants, travaillant sans relâche : il n'y avait rien à lui reprocher, et aucun moyen de lui échapper. Elle s'était aussi montrée très maligne en proposant à Isabelle de poursuivre ses études à Paris, sous prétexte de « changer d'air » et d'avoir « un meilleur niveau en droit ». En réalité, elle avait appris que Richard était inscrit à l'école hôtelière de Veigné, ce qui le laissait beaucoup trop proche de Tours. Isa était partie sans deviner la manœuvre de sa mère. De toute façon, Richard ne donnait pas de nouvelles, il semblait avoir coupé les ponts lui aussi. Lionel lui-même conseillait à sa sœur de laisser faire le temps. Et il avait fait son œuvre, ô combien ! À Paris, Isabelle avait rencontré des garçons, s'était étourdie. Un an, deux ans, puis trois. Les examens, les concours, les sorties, les nuits blanches. Lorsque Isabelle était rentrée pour de bon à Tours, Richard venait de s'en aller ; en somme, ils s'étaient croisés. Puis, Isabelle avait été happée par l'étude et par les responsabilités que sa mère avait fait pleuvoir sur elle. « Je n'ai qu'une hâte : prendre ma retraite. J'ai préservé tes parts, j'ai convaincu nos associés, et tu entres ici par la grande porte, comme ton père le souhaitait. Maintenant, fais tes preuves, je compte sur toi ! » Isa s'était lancée tête baissée dans le travail. Il lui fallait persuader tout le monde qu'elle était la digne fille de Lambert Ferrière, et qu'avec elle les clients se trouvaient en de bonnes mains. Séduits par sa rigueur, attendris par sa jeunesse et par sa volonté, les associés de l'étude l'avaient aidée à faire son chemin.

Elle se laissa aller contre le dossier du fauteuil, replia ses jambes sous elle et ferma les yeux. Les bruits de la ville lui parvenaient assourdis par le feuillage des haies. Habiter au centre de Tours et à deux pas de l'étude lui facilitait la vie, néanmoins elle se sentait prisonnière. Elle avait repris le flambeau, fait ce qu'on attendait d'elle, mais elle s'était un peu oubliée en route.

— Un peu ? ricana-t-elle en rouvrant les yeux.

Que faisait-elle là, toute seule, à ne pas savoir comment occuper sa soirée ? Jolie, encore jeune, intelligente… et seule. Elle n'avait même pas un chien ou un chat à qui parler ! Sa mère avait toujours considéré les animaux domestiques comme des choses dérangeantes. Dix fois au moins, Lambert avait essayé d'obtenir son accord, pour faire plaisir aux trois adolescents, mais elle s'était obstinée dans son refus au nom de l'ordre établi.

« Quelle emmerdeuse… »

Ces derniers temps, Isabelle avait envisagé d'acheter un chiot, mais à l'idée de le laisser seul à longueur de journée, elle s'était abstenue. Elle frissonna et resserra la veste de son tailleur autour d'elle. À cette heure-ci, tout le jardin était dans l'ombre. Levant la tête, elle contempla le ciel d'un bleu pur, légèrement voilé par une petite traînée de nuages roses qui annonçait le crépuscule.

« Demain, j'invite des copains autour d'un barbecue », décida-t-elle.

Si elle ne faisait rien pour rompre sa solitude, elle aurait tout loisir de ressasser sa rencontre avec Richard, or elle ne *voulait pas* y penser. Et surtout pas à cet élan qui l'avait jetée vers lui, effaçant en une fraction de seconde les années de séparation. Dans ses bras, elle s'était enfin sentie à sa place, sa vraie place. Mais il avait fui le contact, refusé l'étreinte. Pouvait-il avoir oublié, tiré un trait ? « Nous n'avons plus rien à partager. » Cette phrase avait été une vraie claque pour elle. Que croyait-elle donc ? Qu'il s'intéressait encore à elle ? Il avait une femme, une fille, un hôtel en plein essor !

« Il a dit aussi que ça le rendrait fou… Fou, définitivement. »

Elle pouvait se raccrocher à ces deux mots afin d'oublier la déception, l'humiliation. Prenant sa tête entre ses mains, elle essaya de refouler les larmes qui montaient. Par quelle aberration s'était-elle crue assez mûre pour supporter ce face-à-face ? Richard était une partie d'elle-même, qu'elle avait dû s'arracher de force à une époque de sa vie où elle était très fragile. Aujourd'hui, s'imaginant invulnérable, elle s'était stupidement jetée sur lui sans deviner qu'elle retrouverait, intacte, cette souffrance dont elle avait eu tant de mal à se débarrasser.

— Idiote, idiote, bredouilla-t-elle dans un hoquet, avant de se mettre à pleurer pour de bon.

*

* *

Solène prétend qu'il n'y a pas de quoi fouetter un chat. D'ailleurs, les petits garçons ne doivent pas pleurer, seules les petites filles ont ce droit. Derrière elle, Lambert lève les yeux au ciel, puis il sourit à Richard et à Lionel. Solène s'en va, emportant le mercurochrome, les cotons souillés, la boîte de pansements. Elle n'est pas méchante mais elle est brusque, et la tendresse ne fait pas partie de ses qualités. Lambert, lui, paraît encore tout retourné. Les deux gamins se sont rentrés dedans violemment, maladroits sur leurs vélos qu'ils font rouler trop vite dans le jardin exigu. Richard s'est ouvert l'arcade sourcilière, et Lionel le genou. Pour un peu, Lambert les aurait conduits à l'hôpital. À présent, il les couve d'un regard affectueux, avant d'examiner les deux petites bécanes. Il redresse l'un des guidons, tâte un pneu dégonflé. Et soudain, l'air malicieux, il déclare qu'il va acheter un break, comme ça il pourra emmener enfants et vélos en forêt le dimanche. Les garçons poussent des cris de joie, tournant autour de lui comme des Sioux. Alertée par le tapage, Isabelle arrive en trombe et veut savoir ce qui se passe. Lambert la juche sur ses épaules. C'est un père formidable, attentif, chaleureux. Richard est très content de l'avoir pour parrain, content de passer la fin du mois de juillet à Tours. Ses parents ne l'emmènent jamais avec eux en voyage parce qu'ils partent pour travailler, pas pour s'amuser. Lambert lui demande si ça va, s'il n'a pas mal à la tête. Isabelle gigote pour descendre des épaules de son père car elle veut aller chercher sa panoplie d'infirmière. Lionel se moque d'elle mais Richard ne dit rien, pour ne pas la contrarier. Il y a des abeilles sur les rosiers, du soleil sur l'eau de la fontaine. Lambert annonce qu'il est l'heure de goûter, que Solène a préparé une tarte meringuée au citron. D'une fenêtre du premier étage, qui donne sur le jardin, Solène déclare vertement que la tarte est prévue pour le dîner. Ils n'ont qu'à se faire des tartines ! Mais Lambert a une meilleure idée, et il fait signe aux enfants de le suivre, articulant en silence le mot : « bou-lan-ge-rie ». Ils se dirigent en file indienne et à pas de loup vers le petit portail rouillé du fond. Lorsqu'ils débouchent sur l'avenue, Isabelle donne sagement la main à son père, tandis que les deux garçons font la course devant. Lambert leur crie de rester sur le trottoir. Il y a du rire dans sa voix.

Richard s'écarta du chemin pour laisser passer un couple de clients et leurs enfants. Des Anglais qui occupaient la suite n° 5 depuis une semaine. Il y eut un échange de sourires et de saluts, puis Richard suivit des yeux les gamins, qui devaient avoir une dizaine d'années. Un âge bienheureux, en tout cas il l'avait vécu ainsi.

— Monsieur Castan !

Sur le seuil d'une des maisons de verre et de bois, Colette, une employée, lui adressait de grands signes. Il la rejoignit et écouta distraitement sa demande de congé exceptionnel pour le lendemain, qu'il lui accorda aussitôt. Il en profita pour jeter un coup d'œil à la chambre. Les grandes baies vitrées laissaient entrer la lumière à flots, à peine tamisée par de délicats voilages pastel. Le dessus-de-lit rouge et blanc, en piqué de coton, s'accordait parfaitement à la teinte blond-roux du mobilier artisanal en merisier, et un grand bouquet de fleurs fraîches était posé sur le poêle, inutile en cette saison. Richard détailla les lithographies, le tapis de laine, les gros coussins de plumes sur la banquette d'angle, l'écran plat encastré dans un mur. Jeanne était vraiment douée pour la décoration, elle gâchait son talent en ne travaillant pas à l'extérieur de l'hôtel. Mais chaque fois que Richard le lui suggérait, elle repoussait l'idée avec une moue contrariée. Elle prétendait vouloir se consacrer entièrement au Balbuzard, dont elle surveillait la bonne marche dans les moindres détails.

— Vous fermerez, monsieur Castan ?

— Non, je vous suis, Colette. Je n'ai pas mon passe.

Dehors, il faisait déjà chaud, et le jardinier avait branché les arrosages automatiques. Il recyclait ainsi l'eau de pluie, récupérée dans de grandes citernes installées aux quatre coins du potager. Richard gagna le parking ombragé et s'installa au volant de sa voiture. Après l'accident qui avait coûté la vie à Lambert, il était resté un an sans conduire et, aujourd'hui encore, il lui arrivait d'avoir un sentiment désagréable quand il démarrait. Il prit la route de Tours en songeant à sa liste d'achats et à ses rendez-vous. Il devait se procurer du sable fin et des graviers destinés à l'aménagement de la nouvelle parcelle, passer chez sa comptable signer la déclaration d'impôts, commander des alcools pour le bar, rencontrer un maraîcher qui produisait des fraises extraordinaires. Jeanne tenait à ce qu'il y ait toujours des fruits frais sur les plateaux des petits déjeuners, et le soin qu'elle apportait à leur composition faisait sourire Richard. Une manière pour elle de se consoler de l'absence d'un restaurant ? Sur ce point, il ne céderait jamais, persuadé que les contraintes deviendraient alors trop lourdes. Et puis, le Balbuzard rapportait beaucoup d'argent, pourquoi prendre le risque d'en perdre ? Ils avaient travaillé comme des fous pendant dix ans, pas question de recommencer à s'endetter, à faire la course aux guides, à passer des nuits blanches. Parfois, il se demandait si Jeanne ne s'ennuyait pas, pour vouloir se lancer dans une aventure pareille, et à d'autres moments, il se disait que c'était peut-être lui qui manquait d'ambition. Ou alors, et plus probablement, il n'avait plus envie de se battre aux côtés de Jeanne pour un projet commun. À l'origine du Balbuzard, il s'était vraiment senti en osmose avec elle, ils avaient œuvré main dans la main, partagé le même rêve. Mais une fois leur but atteint, une fois leur fille née, Richard avait découvert que ses sentiments pour Jeanne n'étaient faits que de tendresse et d'estime. L'amour avait disparu, ou bien il n'avait jamais existé. Jeanne était son épouse, son amie, son associée, elle était surtout la mère de Céline et, accessoirement, une femme qu'il désirait par habitude. Un constat assez décevant pour éviter d'y penser, ce que Richard parvenait à faire la plupart du temps.

À travers son pare-brise, il observa la campagne qui s'étendait de part et d'autre de la route. Avoir revu Isabelle le perturbait, l'angoissait, fendait la carapace péniblement constituée au fil des années. Isa lui rappelait trop de choses, entre autres qu'il avait su ce qu'aimer voulait dire. *Vraiment* aimer. Bien sûr, il possédait à l'époque la flamme de la jeunesse, mais cette flamme ne demandait qu'à renaître, elle couvait toujours en lui, pas tout à fait éteinte. Il avait eu beau se forger un destin d'homme raisonnable, travailleur et bon gestionnaire, époux et père, écologiste et responsable, il n'avait pas réussi sa vie. Du moins, pas telle qu'il l'avait entrevue à vingt ans, si riche de promesses, si magnifiquement tracée. Mais un chauffard doublant un camion avait tout changé, tout cassé. Plus question de la main d'Isabelle dans la sienne, ni d'étude Ferrière et Castan. Il n'était pas devenu notaire, et il avait perdu Isabelle. Sa seule famille l'avait rejeté avec horreur, l'expédiant dans un monde dont il ne savait rien. Après, il avait fait comme il avait pu. Les gens disaient qu'il s'était « bien débrouillé », une expression qui lui laissait un goût amer. Comment se « débrouiller » quand on a perdu le paradis ? Et comment rester mesuré quand on est passionné ? Car la nature de Richard était pleine d'ardeur, de fougue, de ferveur, un trait de caractère qui attendrissait Lambert, à l'époque, mais que Richard avait cherché à gommer depuis l'accident. Il s'était reconstruit autrement, il ne voulait plus se souvenir du jeune homme qu'il avait été. En conséquence, il devait continuer à se tenir très loin d'Isabelle. L'avoir revue une seule fois était déjà une fois de trop.

*

* *

À l'instant où Isabelle pénétra dans le hall, Jeanne sut à qui elle avait affaire. Quelques années plus tôt, une amie la lui avait désignée dans un magasin, et enfin elle avait pu mettre un visage sur la femme qui avait si longtemps hanté Richard. Dévorée de curiosité, mais aussi de jalousie, elle avait ce jour-là détaillé la silhouette, le profil, la chevelure et les vêtements sans trouver de défaut. Par la suite, elle s'était surprise à y repenser souvent, comme à une menace lointaine mais persistante.

Abasourdie de voir la jeune femme traverser la réception et venir droit sur elle, Jeanne se redressa, s'efforçant d'afficher une expression affable.

— Bonjour madame, et bienvenue au Balbuzard ! déclara-t-elle machinalement. Que puis-je faire pour vous ?

— Vous devez être Jeanne Castan.

Devant tant d'assurance, Jeanne répliqua du tac au tac :

— Et vous Isabelle Ferrière.

— Absolument.

Elles se dévisagèrent avant de se serrer la main.

— Cet hôtel est superbe ! lança Isabelle. Mais je ne m'attendais pas du tout à ce cadre, on m'avait décrit quelque chose d'ultramoderne…

— Les chambres le sont. Elles se trouvent dans le parc, en annexe.

— Je n'ai rien remarqué en arrivant.

— Eh bien, c'est un compliment ! Nos clients apprécient l'intimité, la tranquillité, l'impression d'être seuls au milieu des arbres et des fleurs.

Avec un petit sourire, Isabelle pencha la tête de côté, faisant mine de réfléchir.

— Je ne suis pas venue pour ça, finit-elle par déclarer.

— Oui, je m'en doute.

Jeanne n'était pas décidée à faire quoi que ce soit pour faciliter leur conversation, mais Isabelle la prit de court avec un geste éloquent en direction du panneau qui indiquait le bar.

— On peut s'isoler un peu ? J'ai une proposition à vous faire.

Raide, Jeanne acquiesça et précéda Isabelle jusqu'à une grande salle lambrissée. Richard avait lui-même décapé et ciré les panneaux de bois qui tapissaient la pièce, y compris au-dessus de la cheminée, puis il avait restauré les quatre fenêtres à meneaux donnant sur le parc. Un peu partout, de confortables fauteuils club au cuir patiné entouraient de petites tables rondes ornées de lampes aux abat-jour en pâte de verre. Dans le fond, un long comptoir de drapier tenait lieu de bar. Jeanne n'avait pas hésité à mélanger les styles pour donner à l'endroit une atmosphère chaleureuse, et les clients s'y attardaient volontiers pour boire une coupe de champagne ou bien siroter un alcool avant d'aller se coucher. À cette heure matinale, il n'y avait personne, néanmoins Jeanne choisit de s'installer dans le coin le plus reculé, près de la dernière fenêtre. Face à elle, Isabelle croisa les jambes et prit le temps d'examiner avec intérêt le décor du lieu.

— Votre château a une histoire ? demanda-t-elle enfin d'un ton enthousiaste.

Jeanne brûlait de connaître le véritable motif de cette visite si inattendue, mais elle répondit posément :

— Rien d'extraordinaire. Il a été édifié à la Renaissance par un nobliau, puis il a presque entièrement brûlé lors d'un incendie domestique deux siècles plus tard. De la construction d'origine, il subsiste à peine une aile. Par la suite, il a appartenu à la même famille durant près de cent cinquante ans mais, faute d'argent, s'est beaucoup dégradé. Nous l'avons acheté aux derniers héritiers qui tiraient le diable par la queue et voulaient se débarrasser de ce qu'ils considéraient comme une ruine. Bien qu'il ne reste que peu de pièces, il a fallu accomplir un énorme travail de rénovation.

Isabelle hocha la tête, attentive et souriante, comme si elle n'était là que pour entendre l'historique des lieux.

— Ce qui nous a plu, à Richard et moi, était ce magnifique terrain prolongé par l'étang. Voilà comment est né notre hôtel.

Sciemment, Jeanne avait insisté sur « Richard et moi ». Elle savait qu'il allait être question de son mari, mais elle ne devinait pas encore pourquoi. Elle planta son regard dans celui d'Isabelle, sans lui rendre son sourire, et laissa passer un silence. Malheureusement, elle n'était pas rompue à ce genre d'exercice, et au bout de quelques instants, elle ne put s'empêcher de murmurer :

— Alors ?

Bien carrée dans son fauteuil, Isabelle la dévisagea une nouvelle fois.

— Je suppose que Richard vous a parlé de moi et de ma famille ? Nous avons grandi ensemble.

— Oui, je suis au courant. Et aussi du... de l'accident.

— Un drame absolu. Mais qui appartient au passé, n'est-ce pas ? Voici quelques jours, un concours de circonstances a conduit Richard dans mon étude, et j'ai pensé qu'il était grand temps de mettre un terme à toutes ces années de silence.

N'ayant rien à répondre, Jeanne se taisait, très mal à l'aise. Isabelle marqua une pause avant de reprendre :

— Richard a été comme mon deuxième frère.

— Deuxième frère et premier amour, non ?

Jeanne n'avait pas pu se retenir. Elle voulait montrer qu'elle savait, que Richard s'était confié à elle, qu'il n'existait aucun secret dans leur couple.

— Amour de jeunesse, répliqua Isabelle d'une voix apaisante. C'est si loin ! Et nous étions très innocents.

Elle se pencha au-dessus de la table et, avant que Jeanne puisse réagir, elle lui prit la main.

— De loin en loin, j'ai eu de ses nouvelles. Votre mariage, la réussite de votre hôtel, tout ça m'a fait plaisir pour lui. Sincèrement.

Jeanne tiqua sur le dernier mot, mais Isabelle était lancée.

— On ne peut pas renier ses souvenirs, et avec Richard nous en avons tant ! Je suis certaine qu'il a beaucoup souffert de cette rupture avec ma famille, mais bien sûr, ma mère lui en voulait terriblement au début. Le chagrin la rendait injuste, elle a mis longtemps à accomplir son deuil.

— Je comprends, murmura Jeanne du bout des lèvres.

— Aujourd'hui, je voudrais faire table rase de tout ça. Remettre les compteurs à zéro. Dans mon bureau, j'ai senti Richard assez malheureux, comme s'il se croyait toujours coupable. En y réfléchissant, je me suis demandé combien de fois il nous avait évités, moi, ma mère ou mon frère, dans les rues de Tours. C'est une situation intenable, ridicule… Alors, voilà, je suis venue vous inviter à dîner chez moi. Tous les deux. Une sorte de réconciliation officielle qui sera salutaire pour tout le monde. J'en ai parlé à mon frère qui se joindra à nous, il y tient, il viendra spécialement de Paris. Bien entendu, il n'y aura pas ma mère. Une chose à la fois !

Isabelle se mit à rire, contente d'elle, ne doutant pas que son offre allait être acceptée.

— Ce n'est pas à moi de décider, protesta Jeanne. Pourquoi ne pas vous adresser à Richard ?

— J'ai trouvé plus correct de vous le demander d'abord. Et puis, tout ce qui passe par les femmes est toujours mieux vécu. Nous savons arranger les choses, arrondir les angles… Vous êtes la mieux placée pour convaincre Richard, mais je crois que ma proposition lui fera plaisir.

Jeanne n'avait pas grand-chose à opposer aux arguments d'Isabelle, cependant l'idée d'aller dîner chez cette femme la révulsait. C'était comme se jeter dans la gueule du loup.

— Voyez avec lui, acheva Isabelle en se levant. N'importe quel vendredi du mois de juin serait parfait. Je vous appellerai d'ici quelques jours.

Il n'y avait pas d'issue, même pas de réponse immédiate à donner. Richard allait *adorer* cette invitation. À moins qu'elle ne le fasse frémir. Mais il traînerait Jeanne là-bas, elle en était certaine, ne serait-ce que pour revoir la maison des Ferrière où il avait grandi. Pour s'assurer qu'on lui avait bien pardonné. Et pour le plaisir de contempler Isabelle à loisir. Ainsi qu'il l'avait avoué lui-même, la revoir ne pouvait pas le laisser indifférent.

Toujours assise, figée, Jeanne écouta décroître les pas d'Isabelle. Quelques instants plus tard, par la fenêtre, elle l'aperçut qui s'éloignait vers le parking, et elle la suivit des yeux. Belles jambes fines, démarche de conquérante, veste beige parfaitement ajustée sur sa petite jupe noire. Séduisante et déterminée, peu de gens devaient lui résister. D'ailleurs, Jeanne elle-même n'avait pas su s'en débarrasser. Pourquoi s'était-elle montrée aussi passive ? La familiarité d'Isabelle l'avait pourtant exaspérée ! Cette femme se croyait-elle en pays conquis au Balbuzard ? Son invitation à dîner était une sorte d'absolution, offerte avec une désinvolture très étudiée. Qu'attendait-elle donc de Richard ?

Se sentant gagnée par la colère, Jeanne quitta le bar à son tour. Elle pouvait se taire, bien sûr, ne rien dire de cette visite à son mari, mais elle devinait qu'Isabelle s'obstinerait jusqu'à obtenir gain de cause. Quant à Richard, dès qu'il serait au courant…

Arrêtée au milieu du hall, Jeanne se vit dans le grand miroir vénitien qui surmontait la table à gibier. Elle aussi avait une jolie silhouette, elle aussi était bien habillée ! S'approchant un peu, elle scruta son visage sans indulgence. Ses cheveux blonds, illuminés par un savant balayage de son coiffeur, étaient mi-longs, coupés au carré. Ses yeux d'un bleu intense avaient toujours été son meilleur atout, en revanche elle n'aimait pas sa bouche qu'elle jugeait trop grande. À part ça, elle avait peut-être un ou deux kilos à perdre, mais pas une seule ride. Céline lui répétait qu'elle était « la plus jolie des mamans à la sortie de l'école ». Et Richard, que disait-il ? Des choses gentilles dans l'intimité de leur chambre, des mots de désir qui ne prouvaient rien. Parfois, il remarquait une robe neuve, ou un accessoire, et il se montrait toujours galant avec elle. Un bon mari, en somme, mais pas un mari très amoureux. Il prétendait que sa passion de jeunesse pour Isabelle avait été si forte et s'était si mal terminée qu'il était guéri à jamais des sentiments excessifs. Un prétexte ? Une manière de justifier sa tiédeur ?

Se détournant du miroir, Jeanne se sentit soudain très lasse. Démotivée, désabusée. Elle avait besoin de challenge, elle aimait se battre, mais pas contre les gens, contre les pièges et les difficultés de la vie. Avoir lutté aux côtés de Richard pour construire le Balbuzard était la meilleure chose qui lui soit arrivée, elle regrettait amèrement de ne plus avoir un but commun avec lui. Ce restaurant, dont il ne voulait pas entendre parler et qui la faisait tant rêver, aurait été un projet magnifique. Une nouvelle aventure à partager. Peut-être une nouvelle illusion ? En tout cas, elle n'avait aucune envie de reprendre son métier de décoratrice d'intérieur. Lorsque Richard le lui suggérait, elle se demandait aussitôt s'il ne désirait pas mettre un peu de distance entre eux. Aller travailler à l'extérieur supposerait d'embaucher quelqu'un pour la remplacer, or elle ne souhaitait pas quitter sa place.

« Et si c'était la solution ? Qui sait si Richard ne me regarderait pas autrement ? L'absence crée le manque, on serait heureux de se retrouver, d'avoir des choses à se raconter. Nous sommes englués dans nos habitudes, focalisés sur l'hôtel, nous risquons de devenir un vieux couple qui n'a plus rien à se dire. Deux bons copains… Ah, non, tout mais pas ça ! »

Elle sursauta en entendant des clients pénétrer dans le hall. Par habitude, elle esquissa un sourire, tandis qu'ils s'adressaient à elle en anglais avec un épouvantable accent allemand.

*

* *

Après avoir terminé toutes ses courses, Richard gagna à pied la place Plumereau. Il aimait bien s'installer à la terrasse d'un café pour boire un verre au soleil en regardant passer les touristes ou les étudiants. Quinze ans plus tôt, il avait fait partie de ces derniers, jeune homme insouciant et rieur. Comment aurait-il pu deviner, à l'époque, qu'il tiendrait un jour un hôtel ? Qu'il deviendrait un ardent défenseur de l'environnement alors que c'était le cadet des soucis de la famille Ferrière ? Quant à ses propres parents, pour les souvenirs d'enfance qu'il en conservait, seules les civilisations disparues les captivaient, et l'avenir de la planète les laissait indifférents. Si le Ciel existait pour de bon, que pensaient-ils de leur fils, là-haut ?

La joyeuse animation de la place Plum', comme on la désignait familièrement, lui donna soudain envie de rester déjeuner en ville. Il était trop tard pour proposer à Jeanne de le rejoindre, et de toute façon, il préférait être seul. De son portable, il appela sa femme pour la prévenir, expliquant qu'il avait encore beaucoup à faire dans l'après-midi. Il comptait effectivement passer à la blanchisserie qui traitait tout le linge de l'hôtel, mécontent des dernières livraisons, et il en profiterait pour acheter à La Livre Tournoi les sucres d'orge dont Céline raffolait.

Il flâna un moment dans les rues piétonnes, nez au vent et mains dans les poches, heureux de s'octroyer un peu de liberté. Rue de la Monnaie, il entra au Léonard de Vinci où il s'attabla pour déguster quelques spécialités italiennes avant de reprendre sa promenade. Le temps était superbe, les gens déambulaient sur les trottoirs en souriant, une atmosphère d'été et de vacances poussait à s'attarder. À plusieurs reprises, Richard surprit les regards que certaines femmes lui lançaient. Il s'étonnait toujours de plaire, n'ayant aucune conscience du charisme qu'il dégageait. Au Balbuzard, il était déjà arrivé que des clientes lui fassent des avances, et il avait dû se séparer d'une employée à qui il ne pouvait pas s'adresser sans la faire rougir jusqu'aux yeux. Ces situations l'amusaient, l'intriguaient, mais il n'aurait jamais eu l'idée d'en profiter. Il était fidèle à Jeanne, d'une part parce qu'elle lui plaisait toujours, et surtout parce qu'il détestait mentir. Les leçons de morale de Lambert avaient porté leurs fruits, Richard était honnête, loyal, droit. Sa seule faiblesse s'appelait Isabelle Ferrière, pour elle il aurait pu trahir n'importe qui et se trahir lui-même, il le savait pertinemment.

— Castan ! Richard Castan ! Ça alors, depuis le temps…

Un homme de son âge, qu'il mit quelques instants à identifier, venait de s'arrêter devant lui et le dévisageait en souriant.

— Ismaël, dit enfin Richard.

— Ah, quand même ! J'ai bien cru que tu n'allais pas me reconnaître.

Les souvenirs de l'école hôtelière lui revinrent brusquement en mémoire. Ismaël avait été l'un de ses bons copains là-bas, et l'un des meilleurs éléments de leur promotion. C'était aussi celui qui faisait rire tout le monde avec ses blagues farfelues. Grand et maigre, il avait l'air d'un chat écorché à l'époque mais depuis, il avait dû prendre une bonne vingtaine de kilos.

— J'ai entendu parler de ton hôtel et j'avais bien l'intention d'aller te voir un de ces jours, déclara Ismaël en lui saisissant le bras. Mais le temps me manque, tu sais ce que c'est. Allez, on boit un coup pour fêter ça.

Ils s'installèrent à une terrasse parce que Ismaël voulait fumer un cigare, et ils se mirent à égrener les noms de leurs anciens camarades. La plupart avaient quitté la région, certains étaient à l'étranger, d'autres avaient abandonné le métier.

— Je suis revenu de Paris l'année dernière. J'avais un restaurant qui marchait bien, du côté de la Bastille, mais la Touraine me manquait trop. Le climat, surtout ! Bref, j'ai vendu, et j'ai ouvert autre chose ici. Un petit bijou, tu verras, parce qu'il faut absolument que tu viennes manger chez moi, tu seras reçu comme un prince. D'ailleurs, j'y pense, on pourrait s'envoyer des clients ? Ils dînent chez moi et ils dorment chez toi, tout le monde est content !

Bavard, enjoué, Isamaël semblait extraordinairement épanoui.

— Ton hôtel s'appelle le Balbuzard, hein ? On en dit beaucoup de bien, ça doit te faire plaisir. L'écologie, c'est une idée intelligente, qui permet sûrement de réduire les frais généraux ?

— À condition d'avoir la mise de fonds initiale. Il faut investir pour économiser, pour ne pas polluer, pour ne pas détruire. Mais avec le prix du pétrole, bientôt plus personne n'aura le choix. Un mal pour un bien, en somme.

— Toujours le mot pour rire ! s'esclaffa Ismaël. En tout cas, on a fait un sacré bout de chemin depuis l'école hôtelière... Et je suis vraiment content de te retrouver. J'imagine que tu as oublié ton gros chagrin de l'époque ?

Durant les premiers mois de sa formation, Richard, encore traumatisé et rongé de culpabilité, avait fini par se confier à Ismaël. Celui-ci savait très bien s'arrêter de parler pour écouter les problèmes des autres, et son optimisme était communicatif. Sans lui, Richard n'aurait peut-être pas réussi à passer le cap de la première année.

— Je suis marié et j'ai une petite fille, déclara-t-il sans répondre directement à la question. Quel est ton jour de fermeture ?

— Le lundi.

— Alors viens boire une coupe de champagne au Balbuzard lundi prochain, je te présenterai ma famille.

— Une coupe ? Quel rat tu peux faire ! Une bouteille me semble un minimum. J'emmènerai mon fils, il a treize ans. Sa mère s'est tirée en Australie pendant que j'étais aux fourneaux, elle trouvait que la restauration est un métier de chien.

— Désolé, murmura Richard.

Le ton léger d'Ismaël ne l'avait pas abusé. L'espace d'un instant, il se demanda comment il réagirait si Jeanne s'en allait en laissant Céline derrière elle. Mais non, pas Jeanne, elle adorait sa fille, et elle l'aimait, lui. Penser à elle lui fit regarder sa montre, qui indiquait déjà six heures et demie.

— Il faut que je file, annonça-t-il en se levant. Mais n'oublie pas, je t'attends lundi. Tu as l'adresse ?

— Elle est dans tous les bons guides ! répliqua Ismaël avec un grand rire. Allez, va-t'en, je règle la tournée puisque la prochaine sera pour toi !

Richard s'éloigna, rendu songeur par cette rencontre. Retrouver un vieil ami lui procurait un plaisir certain mais le ramenait encore une fois en arrière. Or trop de choses, ces temps-ci, remettaient Isabelle dans sa tête. Une coïncidence ? Un tournant inattendu de son existence ? Il se sentait dans un état un peu étrange, à la fois exalté et angoissé, comme s'il était à la veille d'un bouleversement.

Lorsqu'il arriva au Balbuzard, il trouva le hall de la réception désert. L'employée qui assurait la permanence était au bar, occupée à servir des clients, et Jeanne devait être avec Céline au premier étage, dans leur appartement privé. Il grimpa quatre à quatre l'escalier de pierre, vaguement culpabilisé d'avoir passé toute la journée à Tours.

— Papa est rentré, papa est rentré ! claironna Céline dès qu'elle l'aperçut.

Elle galopa le long du couloir pour venir se jeter dans ses bras. Avec son pyjama rose et son odeur de shampooing à la pêche, elle était vraiment craquante. Blonde, comme sa mère, avec les mêmes yeux bleu azur, et elle promettait de devenir jolie. Richard lui donna le sac de sucres d'orge après s'être assuré qu'elle avait déjà dîné, puis il gagna le séjour. Au premier regard, il sut que sa femme était contrariée, et il s'apprêtait à s'excuser de son retard lorsqu'elle lui lança :

— J'ai reçu une visite, ce matin. Tu ne devineras jamais qui !

Apparemment, il ne devait pas s'agir d'une bonne nouvelle.

— Isabelle Ferrière est venue nous inviter à dîner, enchaîna-t-elle d'une voix tendue.

— Qui c'est ? demanda Céline, la bouche pleine.

— Une amie d'enfance, répondit trop vite Richard.

Il avait du mal à croire ce que Jeanne venait de lui annoncer, mais il ne voulait pas en discuter devant leur fille.

— C'est bientôt l'heure d'aller te coucher, mon bébé. Tu peux lire un peu et je viendrai t'embrasser.

La fillette s'éloigna vers sa chambre en traînant les pieds, le sac de sucres d'orge serré contre elle. Une fois seuls, Jeanne et Richard échangèrent un regard aigu, puis Jeanne haussa les épaules.

— Je n'ai pas très bien compris sa démarche. Une sorte de… réconciliation ? D'après elle, son frère devrait être présent à ce dîner, mais pas sa mère.

— Je suis très surpris, bredouilla Richard.

Au moins, il ne mentait pas. Il était même stupéfait du culot d'Isabelle. Elle avait toujours été directe, allant droit au but, mais que cherchait-elle en venant solliciter Jeanne ? Pourquoi, plus simplement, ne pas l'appeler directement ? Son numéro de portable était dans le dossier d'achat du terrain, elle aurait pu s'en servir.

« Elle savait que je refuserais. Parce que j'ai peur de la revoir, elle l'a bien compris, et aussi parce que je n'aurais pas osé en parler à Jeanne. »

— Tu parais consterné, fit remarquer sa femme. Tu n'es pas obligé d'accepter !

Sous son regard inquisiteur, il tenta de sourire sans y parvenir. En fait, il devait être décomposé car Jeanne ajouta, soudain plus conciliante :

— Si c'est important pour toi, Richard, nous pouvons y aller. Savoir qu'elle ne t'en veut plus de la mort de son père t'aiderait peut-être à effacer toute cette vieille histoire.

Isabelle lui en avait-elle voulu ? Certes, après le drame elle avait gardé le silence et pris ses distances, mais elle n'était pas aussi injuste ni aussi bornée que Solène, elle avait forcément fait la part des choses. Lionel lui-même, quinze ans plus tôt, sur ce trottoir où ils s'étaient vus pour la dernière fois, avait reconnu que personne n'était à l'abri d'un accident.

— À part ça, mon chéri, tu as passé une bonne journée ?

Jeanne le regardait maintenant avec tendresse et il en éprouva de la reconnaissance.

— Très bonne. J'ai fait mille choses, et j'ai même rencontré un vieux copain de l'école hôtelière, Ismaël. Il a ouvert un restaurant à Tours, La Renaissance. Ce n'est pas très original comme nom, mais je suis sûr que c'est une excellente table parce qu'il était très doué ! Tu feras sa connaissance la semaine prochaine, il va venir nous voir.

Traversant le séjour, il alla ouvrir la porte vitrée coulissante qui donnait sur leur cuisine. Lorsqu'ils avaient aménagé cet étage pour y vivre, puisque le rez-de-chaussée était destiné aux services de l'hôtel, ils n'avaient pas eu les moyens de s'offrir les conseils d'un architecte et ils s'étaient débrouillés seuls, commettant quelques erreurs. Les murs de pierres apparentes, que Richard avait sablées afin de leur redonner leur blancheur initiale, possédaient un cachet certain mais manquaient de chaleur. Les fenêtres à meneaux, avec leurs vitres serties de plomb, ne laissaient pas passer beaucoup de soleil, et le très vieux parquet à points de Hongrie grinçait affreusement. Dans la cheminée monumentale, où il aurait fallu entretenir des feux d'enfer, Richard avait installé un poêle, moins gourmand en bois et infiniment plus efficace. Lorsqu'il s'était résolu à percer le mur sur la salle mitoyenne pour y faire la cuisine, il avait donné à l'ouverture une forme d'ogive, puis fabriqué de ses mains la double porte qui coulissait sur des rails, permettant de joindre ou de séparer les deux pièces. Pendant ce temps-là, Jeanne avait couru les brocantes et les foires à tout pour dénicher de grands tapis colorés. Dans les chambres, elle avait remplacé les vieux tissus damassés tout défraîchis par des papiers peints aux motifs délicats. Le deuxième étage, qui ne comportait que des mansardes en mauvais état, avait été condamné après que Richard eut couvert les sols d'une bonne épaisseur de laine de roche. Au bout du compte, leur appartement était assez réussi bien que peu fonctionnel, contrairement aux petites maisons de verre et de bois qui avaient fait la réputation du Balbuzard. De temps en temps, Richard formait le projet de revoir l'endroit de fond en comble. Ils en avaient à présent la possibilité financière, mais ils ne se résignaient pas à vivre de nouveau dans un chantier.

Il prit une bouteille de vouvray pétillant dans le réfrigérateur, la déboucha et servit deux verres qu'il rapporta dans le séjour.

— Ce serait quand, ce dîner ?

Même posée d'un ton désinvolte, sa question trahissait une certaine nervosité.

— Un vendredi au choix. Elle doit nous rappeler.

Pour Jeanne, Isabelle était déjà devenue « elle », la rivale, l'ennemie.

— Je suppose que ça t'ennuie, ma chérie ?

Il aurait voulu dire quelque chose de plus gentil mais n'avait pas trouvé les mots justes.

— Sans doute faut-il en passer par là, murmura Jeanne de façon sibylline.

Pour la rassurer, il pouvait tout simplement refuser. Ne pas donner suite et renvoyer Isabelle à l'oubli. Sauf qu'il ne l'avait jamais oubliée, bien entendu. Au-delà de l'attirance qu'il éprouvait toujours pour elle, il avait *besoin* de son pardon. Besoin de revoir Lionel, aussi. De se réapproprier sans honte ses souvenirs de jeunesse. De ne plus être le coupable, le renégat, mais à nouveau un hôte dans la maison des Ferrière. De prononcer enfin le prénom de Lambert, de pouvoir formuler les regrets qui pesaient toujours sur lui.

— Tu as faim ? demanda Jeanne.

Elle abandonna le vieux canapé de cuir où elle s'était lovée, le temps de boire son verre. S'approchant de lui, elle le prit par le cou et déposa un baiser léger au coin de ses lèvres.

— N'en faisons pas une montagne, d'accord ?

Elle le connaissait bien, assez bien en tout cas pour s'apercevoir qu'il n'avait pas envie de la serrer contre lui, aussi s'y obligea-t-il. Il aimait son parfum, sa peau, mais bizarrement, il eut l'impression de tenir une étrangère dans ses bras. S'il avait possédé une baguette magique, il serait allé se coucher sans dîner, et seul.

— Je vais border Céline, dit-il en se dégageant.

Au moins, avec sa fille, il n'aurait pas ce pénible sentiment d'indifférence. Et en effet, durant le quart d'heure qu'il passa avec elle, à la câliner et à rire, il se détendit au point de redevenir lui-même. Que lui était-il donc arrivé, ces derniers jours ? Pourquoi fuyait-il sa femme, son hôtel, préférant musarder dans les rues de Tours ?

Une fois Céline endormie, il rangea avec soin les peluches au pied du lit, éteignit la lampe de chevet. Durant quelques instants, grâce à la lumière du couloir, il contempla le visage paisible de la fillette. Une adorable tête d'ange posée sur un oreiller rose. Contrairement à Jeanne, il n'avait pas souhaité une famille nombreuse, et Céline le comblait. Au moins, il pouvait se raccrocher à cette certitude, il était un père heureux. Il avait même réussi à être quelqu'un d'heureux tout court, en tout cas, il l'avait cru. Ou presque.

Lorsqu'il regagna le séjour, il essaya de ne pas penser à la question qui l'obsédait malgré tous ses efforts, la question qu'il allait finir par poser, trop impatient pour différer : *quel* vendredi ? Dans une semaine, deux, trois ?

Sur un coffre ancien, près de la cheminée, il vit des crayons de couleur et des dessins en désordre. Persuadé qu'il s'agissait de ceux de Céline, il tendait déjà la main pour les ranger lorsqu'il suspendit son geste. Ces esquisses au tracé très professionnel n'étaient pas celles d'une enfant. Jeanne se remettait-elle à faire des projets de décoration ? Ce serait merveilleux si elle s'intéressait de nouveau à son métier, si elle essayait de trouver des commandes, de récupérer une indépendance professionnelle. Depuis longtemps, ils étaient trop l'un sur l'autre, trop obnubilés par le Balbuzard, bref, ils vivaient en vase clos.

De la cuisine lui parvenaient des bruits d'ustensiles heurtés, ainsi qu'une bonne odeur de beurre aillé. Durant le dîner, ils allaient parler de l'hôtel, du personnel, des factures, des mille soucis d'intendance qui formaient l'essentiel de leurs conversations quotidiennes. Peut-être Jeanne évoquerait-elle encore une fois ce restaurant qu'elle rêvait d'ouvrir. Ou bien les progrès de Céline à l'école. Et pendant ce temps, il penserait probablement à Isabelle ! Vraiment, il fallait qu'il se reprenne.

Avec un soupir exaspéré, il saisit les dessins et rejoignit Jeanne. Ce soir, ils discuteraient d'autre chose que du Balbuzard. Penché au-dessus de l'épaule de sa femme, il regarda ce qu'elle était en train de préparer. Alors qu'il s'apprêtait à l'interroger sur sa recette, elle le devança en marmonnant, de mauvaise grâce :

— Quel vendredi, Richard ?

Elle pensait donc à la même chose que lui, mais sûrement pas de la même manière. L'ombre d'Isabelle s'était glissée entre eux, et Jeanne semblait considérer qu'il était le seul à pouvoir la faire disparaître.

— Comme tu voudras, souffla-t-il, sans conviction.

Il n'avait aucune chance de la persuader que ce dîner était sans importance.

— Alors le plus tôt sera le mieux. Qu'on en soit débarrassés !

Sa voix tranchante et son regard dur apprirent à Richard qu'elle venait de lui déclarer la guerre.

3

Toute la journée, une pluie diluvienne s'était abattue sur Tours. Alors que le début du mois de juin avait été très doux et ensoleillé, le temps de ce vendredi tournait au cauchemar. Dans les rues, les caniveaux devenaient des ruisseaux, les gouttières débordaient, des flaques se formaient le long des trottoirs.

Contrainte de renoncer à la tonnelle du jardin, Isabelle avait changé en catastrophe son menu initial de grillades sur le barbecue.

— Ce sera plus conventionnel à l'intérieur, on sera beaucoup moins détendus, se plaignit-elle en soulevant le couvercle de la cocotte où mijotaient des pigeonneaux.

Lionel haussa les épaules, fataliste.

— Je me chargerai de mettre Richard à l'aise, ne t'inquiète pas.

Il était venu de Paris spécialement pour cette rencontre, réjoui à l'idée d'assister et de participer à la fin d'une histoire pénible.

— Pourquoi serait-on resté brouillés pour l'éternité ? À cause de maman ? Ton dîner est une très bonne initiative, ma grande !

Isabelle se retourna et lui sourit. Égal à lui-même, il était toujours aussi léger, gai, charmeur. Une fois de plus, elle regretta qu'il soit si peu présent dans sa vie. Il ne mettait les pieds à Tours que dans de rares occasions, et elle n'avait jamais le temps d'aller le voir à Paris. Après la mort de leur père, il s'était dépêché de partir, comme pour mettre de l'espace entre lui et sa famille. Isabelle le soupçonnait d'avoir été, d'une certaine manière, soulagé que leur père ne soit plus là pour le juger, et délivré de l'obligation de poursuivre des études afin de se forger un destin digne des Ferrière. « Je n'aime pas la province, je n'aime pas les notables, je déteste le droit ! Et maman m'exaspère… », avait-il confié à sa sœur en faisant ses valises. Elle aurait pu lui répondre que, néanmoins, il aimait son confort, et que grâce à tout ce qu'il ne supportait pas il allait pouvoir s'offrir le luxe de vivre en oisif. Pourtant, elle n'avait rien dit, navrée de le voir disparaître. Son départ s'était douloureusement ajouté au décès de Lambert et à l'absence de Richard, condamnant Isabelle à un tête-à-tête asphyxiant avec leur mère. Pire encore, elle s'était retrouvée seule à pouvoir assurer l'avenir. Si elle avait renoncé au notariat à ce moment-là, que seraient-ils devenus ? C'étaient les revenus de l'étude Ferrière et associés qui les faisaient vivre, leur mère s'était chargée de le marteler sur tous les tons.

— Alors comme ça, Richard s'est marié, reprit Lionel. À quoi ressemble sa femme ?

— Une petite blonde, soupira Isabelle.

— Oh, une blonde ? J'aurais juré qu'il n'aimait que les brunes. Les brunes comme toi. Est-ce qu'elle est jolie ?

— Pas mal… Tu verras ça toi-même.

— On dirait que ça t'ennuie ? Tu aurais voulu qu'il en épouse une moche ? Mais non, je sais ce que tu aurais préféré : qu'il soit inconsolable ! Toutes les nanas rêvent d'être inoubliables, irremplaçables. Quand j'ai quitté Armelle, tu sais ce qu'elle m'a prédit ? Que je ne m'en remettrais pas. Tu imagines la vanité nécessaire pour proférer pareille ânerie ?

Il riait de bon cœur, sans avoir conscience du cynisme de ses paroles. Avec une pointe de tristesse, Isabelle se souvint que son frère n'était pas seulement gai et charmeur, c'était aussi un grand égoïste. Chaque fois qu'il avait une liaison, ou même une simple aventure, il faisait croire à l'élue qu'il était réellement et durablement amoureux. Bien sûr, il mentait, aussi les choses se terminaient-elles toujours de la même manière, dans l'ennui pour Lionel, et dans les larmes pour la fille. À deux reprises, pourtant, il avait été pris de vitesse, se faisant plaquer quand il ne s'y attendait pas, mais il s'était contenté d'accepter avec le sourire ce juste retour de bâton.

— Donc, la blonde s'appelle Jeanne… Et l'hôtel, comment est-il ?

— Déroutant.

Le carillon de l'entrée empêcha Isabelle de se livrer à une description du Balbuzard.

— Va ouvrir, demanda-t-elle à son frère, et tombe-lui tout de suite dans les bras !

Comme, à l'origine, ils étaient censés dîner dans le jardin, elle n'avait pas demandé à Sabine de venir servir et elle commençait à le regretter. Des allées et venues incessantes entre la cuisine et la salle à manger ne lui permettraient pas de surveiller la conversation, et ce serait à Lionel de maintenir une bonne ambiance. Ôtant le tablier qui protégeait sa robe, elle jeta un coup d'œil au miroir que Solène avait installé trente ans plus tôt sur la porte de l'office, et qu'il fallait toujours nettoyer à cause des graisses de cuisson. Sa mère avait-elle été coquette ? Elle s'habillait de manière stricte, ne se maquillait pas, mais le miroir devait lui servir à vérifier qu'aucune mèche ne s'échappait de son chignon.

— Les temps changent, maman, murmura Isabelle en passant la main dans ses cheveux pour les ébouriffer.

Sa coupe courte, savamment structurée, mettait en valeur son visage fin et ses grands yeux en amande bordés de longs cils. Grâce au soleil du printemps, sa peau mate s'était hâlée et contrastait joliment avec le tissu blanc de son décolleté.

— Ça va aller, souffla-t-elle à son reflet.

Elle se détourna et prit une grande inspiration, puis elle se dirigea vers le salon, sourire aux lèvres.

— Je suis ravie de vous voir ! lança-t-elle à Jeanne en la saluant d'abord. Quel temps affreux, n'est-ce pas ?

Une seconde lui suffit pour détailler l'ensemble-pantalon bleu ciel, le chemisier noir, les mocassins plats. Une tenue seyante mais banale, nettement moins élégante que la robe d'Isabelle et ses escarpins à hauts talons.

— On va se consoler de la pluie avec un peu de champagne, proposa Lionel. Asseyez-vous donc.

Embarrassé, Richard tendit un superbe bouquet de roses à Isabelle.

— Elles sont magnifiques ! s'exclama-t-elle. Tu connais la maison, les vases sont toujours dans le bas du placard de l'office. Tu peux t'en charger ?

En le laissant s'occuper des fleurs, elle refaisait immédiatement de lui un intime de la famille. Elle le vit hésiter, puis il céda, traversa le salon et disparut dans le couloir. Jeanne parut un peu interloquée par la familiarité d'Isabelle mais elle parvint à conserver un sourire poli. Pour faire diversion, Lionel lui servit une coupe avant de s'asseoir en face d'elle.

— Isa m'a dit que le Balbuzard est un hôtel extraordinaire. Je suis aussitôt allé voir votre site Internet, et j'avoue avoir été épaté.

— Pourquoi donc ? s'enquit la jeune femme en plantant son regard dans celui de Lionel.

Isabelle, qui l'observait, comprit à son attitude que Jeanne n'appréciait pas de se trouver là, qu'elle était mal à l'aise, mais qu'elle refuserait de se laisser impressionner.

— D'un point de vue architectural, c'est une totale réussite, poursuivit Lionel sur le même ton aimable. Je n'aurais jamais cru que le mélange des genres puisse être aussi séduisant.

— Moi non plus, admit Jeanne. Même avec les plans en main, je n'étais pas convaincue. Quand je voyais les camions décharger tous ces panneaux solaires, ces baies vitrées et ces profilés en aluminium, je me disais qu'on était en train de détruire le paysage, pas de le préserver !

Elle eut un petit rire très gai qui agaça Isabelle, puis elle enchaîna :

— J'ai dû attendre la fin du chantier pour apprécier tout le talent de notre architecte. Durant les deux derniers mois, il avait engagé un paysagiste, et ils ont fait ensemble un travail remarquable. Le bois et le verre dont nous avions besoin pour respecter des normes écologiques très strictes sont les matériaux qui se fondent le mieux dans la végétation. Aujourd'hui, aucun client ne devine combien de petites maisons sont nichées dans la verdure.

— Un village de vacances, en somme ? intervint Isabelle. Comme au club Med avec les paillotes !

Jeanne tourna la tête vers elle et la toisa.

— Si vous voulez…

Apparemment vexée par la réflexion d'Isabelle, elle cessa de parler et but deux gorgées de champagne. Par chance, Richard revint au même instant.

— Ah, tu as trouvé ! Pose-le où tu veux et viens trinquer avec nous.

Il tenait à bout de bras un grand vase de cristal où s'épanouissaient trente-trois roses multicolores. Avec précaution, il l'installa sur une console, ainsi qu'il avait vu Solène le faire durant des années. Il y avait toujours eu des fleurs chez les Ferrière, Lambert rapportant un bouquet à son épouse tous les samedis matin.

— Je ne sais pas ce que tu nous prépares mais ça sent bon dans la cuisine, dit-il à Isabelle.

— Elle a tout acheté chez le traiteur, précisa Lionel, elle se contente de faire réchauffer.

Comme au bon vieux temps, il plaisantait pour faire enrager sa sœur. Adolescents, les garçons se liguaient contre la fille, jusqu'à ce que Richard commence à regarder Isabelle autrement.

— Viens t'asseoir là, intima Lionel en tapotant le canapé à côté de lui. Je suis content de te voir, mon vieux. Vraiment content.

Les deux hommes échangèrent un regard, d'abord circonspect, puis soudain chargé d'affection.

— On avait tous besoin d'une coupure, Richard, même toi. Mais on aurait pu faire moins long ! On s'est bêtement englués dans le silence, on a eu tort.

Lionel parlait d'un ton naturel, chaleureux, mais Isabelle vit la crispation des traits de Richard. Peut-être ne s'était-il pas préparé à quelque chose d'aussi direct ? Elle s'aperçut qu'elle le connaissait si bien qu'elle pouvait interpréter la moindre de ses expressions. Et là, il était en train de lutter contre l'émotion.

— J'ai tellement regretté, si tu savais, articula-t-il avec effort.

— Je sais ! protesta Lionel. Et je ne veux pas l'entendre. Nous ne sommes pas là pour ça. J'ai tiré un trait, Isa aussi, fais-en autant.

Mais Richard semblait maintenant décidé à vider l'abcès, sans doute encouragé par la franchise de Lionel.

— Votre mère doit toujours me haïr…

— Oh, maman ! Laissons-la en dehors, on a l'âge de s'en passer. De toute façon, si papa t'adorait, en revanche elle ne t'a jamais aimé. Voyons les choses en face, hein ?

Cessant de s'intéresser à Richard, Lionel s'adressa à Jeanne.

— Je suppose que vous connaissez toute l'histoire ? Mais rassurez-vous, on ne va pas vous embêter avec ça jusqu'à la fin du dîner. D'ailleurs, nous n'avons pas que de mauvais souvenirs à évoquer, loin de là ! On s'est amusés comme des fous quand on était gamins… Et c'est vrai que mon père chouchoutait Richard. Il a fallu que j'aie bon caractère pour ne pas en prendre ombrage.

Isabelle estima que son frère allait trop loin, une réconciliation n'impliquant pas qu'on en profite pour liquider tous les contentieux à la fois. Elle annonça joyeusement qu'il était temps de passer à table.

— Un coup de main ? lui proposa Richard.

— Oui, viens.

Elle l'entraîna jusqu'à la cuisine où elle lui désigna un tire-bouchon et une bouteille.

— Ouvre-la, veux-tu ?

Du réfrigérateur, elle sortit un plat de melon au porto entouré de jambon de Parme.

— Tu aimes ça, si mes souvenirs sont bons ?

Il était en train de humer le vin mais il se retourna pour la regarder. Durant quelques instants, ils restèrent les yeux dans les yeux, jusqu'à ce que le silence devienne gênant.

— Si tu peux…, bredouilla-t-elle, couper du pain, aussi ?

Elle était encore plus troublée qu'elle ne l'avait redouté. La présence de Richard ici la bouleversait, la rendait très vulnérable. Depuis qu'elle l'avait revu, elle pensait à lui tous les jours. Entre eux, l'attirance était toujours aussi forte, elle le sentait de manière palpable. Surtout dans cette cuisine où ils s'étaient si souvent saisi la main furtivement quand personne ne les regardait, où ils avaient pris l'habitude de se retrouver la nuit pour grignoter quelque chose en se dévorant des yeux, avant de se glisser dans le jardin pour observer les étoiles épaule contre épaule. Les nuits d'été, ils flirtaient derrière un gros massif de lauriers. Ils étaient jeunes, ils s'aimaient, ils ignoraient que la vie allait brutalement les séparer.

— Isabelle…, dit Richard d'une voix rauque, tout en continuant à la scruter.

S'ils avaient eu le droit de s'attarder dans la cuisine, peut-être auraient-ils passé la soirée entière à se dévisager. Le temps n'avait rien changé, jusqu'à la fin de leurs jours ils seraient comme le fer et l'aimant. Pourquoi ne pouvaient-ils pas se jeter dans les bras l'un de l'autre, alors qu'ils en mouraient d'envie tous les deux ?

— On a faim ! cria Lionel depuis la salle à manger.

Richard rompit le charme le premier en fouillant bruyamment dans un tiroir pour trouver le couteau à pain. À regret, Isabelle emporta le plat de melon.

— Ils étaient prévus pour un dîner au soleil couchant, déclara-t-elle en le posant au centre de la table. Les belles soirées de juin !

La pluie tombait toujours dru, ils l'entendaient battre sur les vitres, et le ciel était si sombre qu'il faisait quasiment nuit. Durant un moment, ils parlèrent de tout et de rien, en gens bien élevés. De la saison touristique déjà entamée, du climat généralement plus clément que ce soir-là, de la prospérité de l'étude Ferrière et associés, qui demeurait l'une des plus importantes de Tours.

— Et toi, demanda Richard à Lionel, qu'est-ce que tu fais de beau à Paris ?

— De la pub. J'ai pris quelques actions dans une petite boîte, et j'essaie d'avoir des idées. Mais je dois t'avouer que je ne me tue pas au travail ! Quand j'imagine Isabelle en train de faire des journées de dix-huit heures, ça me navre.

Sa sœur ne prit pas la peine de protester. Elle aurait pu lui rappeler qu'il était intéressé de manière indirecte au bon fonctionnement de l'étude. En échange des parts dont leur mère avait fait donation à Isabelle, celle-ci assurait une sorte de rente compensatoire à Lionel.

— Mais je suppose que tu es, toi aussi, un bourreau de travail dans ton hôtel ? Isa et toi, vous étiez déjà des laborieux au lycée, des acharnés. Les études, les concours, se gaver de boulot... Très peu pour moi !

— Il faut pouvoir s'en dispenser, finit par lâcher Isabelle d'un ton sec.

Du coin de l'œil, elle avait remarqué les lèvres pincées de Jeanne. L'expression « Isa et toi » avait déjà émaillé les propos de Lionel à plusieurs reprises, comme s'il n'arrivait pas à les dissocier, et la femme de Richard commençait à en prendre ombrage.

— À votre tour de nous éclairer sur votre métier, suggéra Isabelle. Décoratrice d'intérieur, c'est ça ?

— Oui, mais j'ai arrêté depuis longtemps. Le Balbuzard était trop prenant au début, et puis je ne souhaitais pas m'éloigner de ma fille, ni de mon mari.

— Vous y reviendrez peut-être un jour ?

— Qui sait ? J'aimais beaucoup dessiner des plans, choisir des tissus, mélanger des couleurs et des genres, trouver la place des objets. Il y a une réelle jubilation à réussir une ambiance, or ça tient à très peu de chose. Un détail peut suffire à tout changer.

Elle s'animait quand elle parlait, ce qui la rendait plus jolie.

— On admire la déco de nos petites maisons dans la plupart des guides, souligna Richard. Un atout supplémentaire pour l'hôtel !

Jeanne ne parut pas apprécier l'effort maladroit de son mari pour la mettre en valeur. Reprenant un air absent, elle se mit à jouer avec son porte-couteau. À l'évidence, le dîner lui pesait, elle ne posait aucune question et devait se sentir étrangère à tous ces souvenirs auxquels ils ne cessaient de se référer tous les trois.

Après les pigeonneaux, Isabelle apporta un plateau de fromages avec une salade de mesclun. Lionel déboucha une nouvelle bouteille, un menetou-salon rouge plutôt charpenté qu'il fit goûter à Richard.

— Comment le trouves-tu ?

— Très bon, mais j'ai assez bu.

— Vas-y, je conduirai pour rentrer, proposa Jeanne.

Sa phrase, anodine, jeta pourtant un froid. Parler d'alcool et de conduite à la table des Ferrière ne pouvait que mettre Richard à la torture. Lionel hésitait, la bouteille toujours au-dessus du verre, mais finalement il versa le vin.

— Profites-en ! dit-il d'un ton léger.

De sa main libre il serra une seconde l'épaule de Richard, un geste amical qui rassura Isabelle. Ainsi qu'il le lui avait promis, son frère faisait tout pour que la soirée se passe bien et pour que Richard soit à l'aise. Tant pis pour Jeanne si elle s'ennuyait, ses états d'âme n'intéressaient pas Isabelle.

— Pourquoi as-tu coupé tes cheveux ? s'enquit Richard avec un sourire un peu trop attendri. Pour qu'on ne tire plus dessus ?

— Elle faisait gamine avec sa queue-de-cheval, ironisa Lionel. N'oublie pas qu'elle est devenue *maître* Ferrière, notaire à Tours... Tiens, on dirait le titre d'un roman de Balzac !

Pendant qu'il riait, Isabelle et Richard échangèrent un nouveau regard. Combien de fois leurs yeux s'étaient-ils cherchés, croisés, accrochés, dérobés depuis le début du dîner ? Exactement comme lorsqu'ils étaient jeunes, à cette même table, et qu'ils avaient peur que Lambert ou Solène remarquent leur manège.

— Je vais chercher le dessert, décida-t-elle.

Jeanne se leva pour l'aider à débarrasser et la suivit jusqu'à la cuisine en constatant poliment :

— Vous avez une maison agréable.

— Oui, parce qu'elle est en ville et à deux pas de l'étude. Sinon, elle est assez vétuste et difficile à chauffer. Le contraire d'un habitat écologique ! Ou alors, il faudrait tout revoir, et je n'ai pas le temps de m'en occuper. Je ne suis décidément pas une écocitoyenne !

— Vous mettez beaucoup de dérision dans ce mot, fit remarquer Jeanne d'un ton glacial. Qu'est-ce qui vous gêne ?

— La mode. Que ce soit tellement à la mode ! Tout le monde fait semblant de s'approprier l'écologie pour avoir l'air responsable et évolué.

— Vous ne vous sentez pas responsable ?

— De quoi ? De la pollution ? Non. Demandez ça à l'industrie, aux grands groupes pétroliers et à leurs spéculateurs, à qui vous voulez mais pas à moi, Isabelle, qui compte moins qu'une goutte d'eau dans l'océan. Tiens, un exemple au hasard, vous savez pourquoi j'utilise sans honte des sacs en plastique ? Parce qu'on m'en donne ! Dès que j'achète le moindre truc, où que j'aille, on m'en *donne* un. Où est ma responsabilité ?

— Chacun d'entre nous en a une part. Plusieurs milliards de petits efforts individuels peuvent produire un gros changement.

— Changer quoi ? La planète ? Mais elle s'en fout, la planète ! Elle s'est toujours adaptée et elle continuera, sans l'homme au besoin. On disparaîtra, comme les dinosaures. Bon débarras !

Jeanne leva les yeux au ciel et posa brutalement la pile d'assiettes sur un plan de travail. Amusée par son agacement, Isabelle poursuivit aussitôt :

— Et puis, je n'ai pas la naïveté de croire à un monde parfait. Or c'est ce qu'on voudrait nous faire gober en ce moment. Monde parfait, risque zéro. Quelle blague ! On multiplie les interdits, on nous bombarde de conseils, on nous embrigade. Buvez de l'eau, au moins un litre et demi par jour. Jusqu'à ce qu'on nous dise le contraire, qu'il est inutile de boire si on n'a pas soif. Pour les cinq fruits et légumes par jour, on ne tardera pas à nous apprendre que, finalement, ça favorise le cancer du côlon ! Bref, toutes ces modes me fatiguent, je n'ai pas envie de les suivre.

— Vous mélangez tout, s'indigna Jeanne. Le réchauffement climatique n'est pas une mode.

— Il n'est pas prouvé, non plus. Le temps que les scientifiques se mettent d'accord…

Ayant trouvé sans mal un sujet qui leur permettait d'exprimer leur animosité réciproque, elles allaient pouvoir s'affronter ouvertement.

— C'est vous qui avez converti Richard à l'écologie ? insista Isabelle avec une petite moue apitoyée. Parce qu'il n'y pensait pas du tout quand il était jeune !

— Eh bien, il a dû y réfléchir plus tard, mais tout seul. Il n'est pas influençable, vous devriez le savoir.

— Oui, je le connais par cœur. Quand on a été amis d'enfance, on ne peut pas se cacher grand-chose.

D'autorité, Isabelle mit la tarte aux fraises dans les mains de Jeanne.

— Je suis très heureuse qu'il ait accepté de venir ce soir. Heureuse de constater qu'il est toujours comme chez lui dans cette maison où il a été élevé. Maintenant qu'il en a retrouvé le chemin, nous pourrons nous voir souvent.

— L'hôtel nous laisse malheureusement très peu de loisirs, répliqua Jeanne d'un ton neutre.

Elle fit volte-face, les doigts crispés sur le bord du plat à tarte. Isabelle la suivit du regard puis se laissa aller à sourire. Que sa femme soit d'accord ou pas, Richard reviendrait, elle en avait la certitude. Et peut-être qu'un jour, il reviendrait… pour de bon. Inutile de se mentir, c'était ce qu'Isabelle voulait.

*

* *

À deux heures du matin, cessant de lutter contre l'insomnie, Richard s'était levé sans bruit. Alors qu'il franchissait le seuil de la chambre, Jeanne avait gémi dans son sommeil, mais, au lieu de s'arrêter, il était parti sur la pointe des pieds. Il avait besoin de bouger, il ne pouvait pas réfléchir en restant allongé dans le noir.

Plutôt que s'installer dans le séjour, où Jeanne risquait de venir lui demander pourquoi il ne retournait pas se coucher, il descendit au rez-de-chaussée et gagna la salle de billard. Lorsqu'il appuya sur les interrupteurs, les suspensions de cuivre s'allumèrent au-dessus des tapis verts des deux tables tout en laissant le reste de la pièce dans la pénombre. Ici, il aurait tout loisir de faire les cent pas sans déranger personne. Inlassablement, tandis qu'il essayait de s'endormir, il s'était repassé le film de la soirée dans sa tête. L'attitude amicale de Lionel, les regards d'Isabelle, la vieille maison dont il avait reconnu chaque recoin : tout l'avait à la fois comblé et déstabilisé. Sans la présence de

Jeanne, il aurait pu se croire rajeuni de quinze ans à certains instants, mais l'expression maussade de sa femme l'en avait empêché. Comme prévu, elle avait détesté ce dîner. Et détesté Isabelle, bien entendu, qu'elle jugeait « arrogante, agressive, antipathique ».

Il se mit à marcher autour des deux billards, les mains enfouies dans les poches de son peignoir. Isa était tout simplement devenue ce qu'elle promettait d'être, à savoir une très belle femme, intelligente et sûre d'elle. Durant leur tête-à-tête de quelques minutes dans la cuisine, Richard aurait donné n'importe quoi pour avoir le droit de la serrer contre lui. Fallait-il vraiment s'infliger pareille tentation ? Toute la soirée, il avait dû se contrôler, s'obliger à ne pas la dévorer du regard. Entre le désir qu'il avait d'elle et la nostalgie que lui inspirait la maison des Ferrière, il s'était parfois senti dans un état second.

« C'est pourtant ça que tu voulais, mon pauvre ! Ce que tu attendais depuis le jour où tu es rentré à Tours. »

La gentillesse de Lionel l'avait tout à fait bouleversé mais, en définitive, seule l'attitude d'Isabelle comptait. Or elle avait pardonné, tiré un trait sur le drame. « Le passé est oublié, j'ai tourné la page », lui avait-elle dit un mois plus tôt dans son étude, sans parvenir à le convaincre. Pouvait-on *oublier* ?

Il s'arrêta devant le râtelier où s'alignaient les queues de billard. Il en décrocha une par le talon, la fit tourner entre ses doigts. En ce qui le concernait, avait-il jamais oublié la mort de ses parents ?

Lambert ouvre doucement la porte de la chambre d'amis et se tient sur le seuil quelques instants. Il est défait, livide. Interrompu au beau milieu d'un chapitre palpitant des Trois Mousquetaires, *Richard le regarde traverser la pièce, vaguement inquiet. Lambert s'assied au pied du lit, se racle la gorge. Il annonce qu'il est porteur d'une très mauvaise nouvelle. Richard ne devine pas la suite et il attend, le cœur battant un peu plus vite. Lambert dit d'abord qu'il sera toujours là. Où ça ? Au pied du lit ? Richard ne veut pas encore comprendre, alors Lambert lui prend les mains et, lentement, il murmure l'impensable. L'avion loué par Gilles et Muriel s'est écrasé. La bouche ouverte sur un cri muet, Richard cherche sa respiration. Lambert continue à parler, les yeux pleins de larmes. Pour le chagrin, il ne peut pas faire grand-chose, mais Richard ne doit pas avoir peur de l'avenir. Ici, il est chez lui, entouré de gens qui l'aiment très fort. Lambert jure qu'il fera tout pour remplacer Gilles de son mieux. Richard lutte un moment, puis le chagrin le soulève comme une vague et il se met à pleurer. Lambert parle toujours, d'une voix apaisante, trouvant les mots qu'il faut. Beaucoup plus tard, Lionel entre timidement dans la chambre, suivi d'Isa, et Lambert leur cède sa place. Les trois enfants forment un triangle sur le lit, le roman de Dumas gît sur le tapis. Ce n'est pas tant la perte de son père qui creuse un trou béant dans le cœur de Richard, mais celle de sa mère. Il n'a que treize ans, il a encore besoin d'amour maternel, et ce n'est pas Solène qui le lui donnera, il le sait. À cet instant décisif, Isabelle devient le seul élément féminin dont il peut espérer de la tendresse.*

Un bruit insolite, dans le parc, fit sursauter Richard. S'approchant d'une des fenêtres, il mit ses mains en visière pour essayer de voir quelque chose, mais la nuit était trop sombre. Il ne s'agissait peut-être que du passage d'un animal venu de la forêt toute proche. Ou bien de clients en train de s'offrir une promenade nocturne.

— Des Anglais, alors… Ils sont les seuls à aimer ce temps !

Si la pluie avait cessé, des grondements de tonnerre se faisaient toujours entendre au loin, et l'orage pouvait revenir à tout moment. Richard reprit ses allées et venues, étonné de constater qu'il n'avait pas en tête la liste des clients de l'hôtel. Depuis un mois, il devenait distrait, se sentait moins concerné par le Balbuzard. Il ne savait même pas où en était Martin avec la nouvelle parcelle.

— J'ai besoin de vacances, non ?

Mais il ne souhaitait pas s'éloigner, il en était tout à fait conscient. Il avait beau se dire que la pleine saison touristique ne lui permettait pas de partir, la véritable raison était ailleurs. Il s'arrêta à l'extrémité d'une des tables, posa ses mains sur la bande. S'il n'y prenait pas garde, il allait faire du mal à Jeanne. En rentrant de chez les Ferrière, elle s'était presque mise en colère, accusant Richard d'avoir passé la soirée à contempler Isabelle « comme un chien regarde un rôti ! ». Elle ne voulait plus entendre parler de ce genre de dîner et ne comptait pas rendre la politesse. « Si tu tiens à la voir, tu iras sans moi. » Sa jalousie était compréhensible, néanmoins il s'était défendu, avait parlé de retrouvailles, de pardon, de paix. La famille Ferrière restait la sienne, il n'avait pas d'autres racines. Péremptoire, Jeanne avait rétorqué : « Tu m'as, moi, et tu as Céline. Jusqu'à preuve du contraire, c'est ça ta famille. » À quoi bon discuter, argumenter ? Richard ne pouvait pas s'offrir le luxe d'être honnête avec Jeanne, il en était réduit à user de mauvaise foi. Bientôt, il mentirait.

Un éclair illumina les fenêtres d'une lueur fantomatique, juste avant un coup de tonnerre qui parut ébranler les murs. Quelques instants plus tard, la pluie s'abattit violemment sur les carreaux. Peut-être le bruit avait-il réveillé Céline ? Richard quitta la salle de billard, traversa la réception et s'arrêta au pied de l'escalier en pierre, tendant l'oreille. Il patienta deux ou trois minutes puis, comme il n'entendait rien, il renonça à monter et se dirigea vers le bar. Arpenter l'hôtel la nuit était un peu étrange mais pas déplaisant. Il passa derrière le grand comptoir de drapier et examina les bouteilles d'alcool. Son choix se porta sur un cognac hors d'âge dont tous les clients disaient grand bien. Il s'en servit un fond dans un verre de cristal, hésita, en rajouta une dose. Boire ne l'aiderait pas à y voir clair ou à se sentir mieux mais vaincrait peut-être l'insomnie. Depuis combien d'années n'avait-il pas passé une nuit blanche ? S'installant dans l'un des gros fauteuils club, il fit lentement tourner le cognac dans son verre avant de le goûter.

*

* *

Nettoyé par vingt-quatre heures de pluie, le ciel était redevenu bleu azur, et un soleil estival finissait de sécher les rues de Tours. Au pied de son immeuble, Solène Ferrière considérait la moto de son fils avec une moue dégoûtée.

— Tu te tueras sur cet engin ! prédit-elle à Lionel.

De toute façon, elle était de mauvaise humeur. Qu'Isabelle ait pu inviter Richard à une grande séance de réconciliation dans « sa » maison, la maison de Lambert, la mettait hors d'elle. Et Lionel cautionnait l'entreprise, avec sa légèreté coutumière. Un Lionel qui était passé la voir en coup de vent avant de repartir pour Paris. Le temps d'un café pris dans la cuisine de l'appartement, et déjà, il avait la tête ailleurs.

— Je suis prudent, ne t'inquiète pas, marmonna-t-il en jouant avec son casque.

Comme chaque fois qu'elle le voyait, Solène le trouva beau. Isabelle et lui se ressemblaient, avec leurs grands yeux ambre, leurs traits fins, et cette manière qu'ils avaient de considérer le monde avec la même assurance. Elle pouvait être fière de ses deux grands enfants, mais pourquoi n'étaient-ils mariés ni l'un ni l'autre ? Jusqu'à quel âge devrait-elle attendre pour avoir des petits-enfants ?

— Tu es content de ton travail à Paris ? s'enquit-elle afin de retarder l'instant où il allait enfourcher sa moto et disparaître.

— Oui, ça va. Mais ce n'est pas le plus important, tu sais bien. Je profite de la vie, maman, j'en profite pleinement !

Elle détesta son petit rire satisfait. Pourquoi se contentait-il d'une vie professionnelle médiocre ? Il aurait pu régner sur l'étude à la place de son père, mener une existence merveilleuse à Tours et gagner beaucoup d'argent. Au lieu de quoi il végétait, sans statut défini. L'affaire de publicité dans laquelle il prétendait avoir pris des parts semblait un prétexte pour ne rien faire. À longueur d'année il s'octroyait « une petite semaine de vacances », et Solène recevait des cartes postales expédiées des quatre coins du monde.

— Quand deviendras-tu sérieux ? ne put-elle s'empêcher de demander.

Ce n'était pas une question à poser, là, sur ce trottoir, alors qu'il s'affairait à enlever la béquille de sa moto et ne l'écoutait plus.

— Sérieux ? Quelle horreur, maman ! Je ne le serai jamais, je ne suis pas fait pour ça. Mais console-toi, tu as Isa, elle a accepté de rester dans le moule, la malheureuse.

— Je ne pense pas qu'elle soit malheureuse, rétorqua aigrement Solène. Elle a fort bien réussi. Elle exerce un métier passionnant, elle est entrée par la grande porte à l'étude, elle habite une belle maison qui…

— Cette maison est un affreux musée. À la place d'Isa, j'aurais tout changé, mais je suppose qu'elle n'en a même pas le temps. D'ailleurs, elle travaille tellement qu'elle n'a le temps de rien. À trente-cinq ans, elle ferait mieux de s'amuser un peu, sinon, elle va se réveiller vieille un beau matin.

— Mais non ! Ta sœur finira par se marier, c'est évident.

— Tu crois ?

Il lui lança un regard aigu avant de mettre son casque.

— Si tu lui avais foutu la paix, aujourd'hui elle aurait de grands enfants et sans doute serait-elle heureuse. Elle aimait Richard, maman. Elle l'aimait d'amour, tu comprends ça ? Et peut-être qu'elle n'aimera personne d'autre.

— Tu plaisantes ? s'écria Solène. Heureuse avec le petit con qui a tué son père un soir de beuverie ? Elle n'aurait jamais pu, elle aurait fait des cauchemars toutes les nuits ! Et puis je refuse de revenir là-dessus. J'ai protégé ma fille, j'ai fait mon devoir de mère, il n'y a rien à ajouter. Ah, quand je pense que vous avez revu ce pauvre type, ce...

Le vrombissement du moteur couvrit sa voix. Avec un signe d'impuissance, Lionel désigna son casque et rabattit sa visière. Il agita une main tandis que, de l'autre, il continuait à actionner la manette des gaz en faisant rugir la moto. Résignée, Solène s'écarta pour le laisser descendre du trottoir. Deux secondes plus tard, il avait disparu au bout de la rue.

— Fais attention à toi, murmura-t-elle.

Bien qu'elle ne comprenne rien au comportement de son fils, il lui manquait beaucoup. Dans le fond de son cœur, elle avait toujours éprouvé une petite préférence pour lui, flattée d'avoir un si joli petit garçon, et plus tard un si beau jeune homme. Mais il s'était révélé paresseux, instable, égoïste, au point qu'à présent Solène se sentait plus proche d'Isabelle que de lui. Au moins, sa fille avait repris l'étude et la maison, tout ce pour quoi Lambert et Solène avaient œuvré durant quatre décennies.

Après une hésitation, elle décida de remonter la rue de la Victoire jusqu'aux halles. Elle s'y rendait presque chaque matin pour faire ses courses, musardant entre les étals et bavardant volontiers avec ses vendeurs habituels. Ce moment de la journée était le seul à lui rappeler son ancienne vie, celle où elle avait été une épouse et une mère de famille. À l'époque, elle achetait déjà ses fruits et ses légumes ici, mais en grande quantité. Elle tenait sa maison d'une main de fer, soucieuse des menus susceptibles de plaire à la fois à son mari et à ses enfants. Le seul dont elle ne tenait pas compte était Richard, cet adolescent incrusté chez eux. Pourquoi aurait-elle dû le chouchouter ? Lambert lui accordait déjà tant d'importance ! Dans son rôle de parrain, puis de tuteur, il avait vraiment fait du zèle. Moins empressé auprès du gamin, il aurait pu laisser à Solène une chance de s'y intéresser.

« Non, je n'aimais pas Richard, de toute façon. Peut-être ai-je eu une prémonition ? Peut-être ai-je toujours su de manière inconsciente qu'il serait nuisible pour nous ? »

Elle expliquait ainsi son antipathie pour le gamin qu'ils avaient recueilli mais avant cela, Gilles et Muriel Castan lui avaient déjà inspiré une certaine aversion. Contrairement à Lambert, qui badait devant Gilles, elle jugeait ce couple frivole et immature. Des gens superficiels, uniquement préoccupés d'eux-mêmes, qui avaient eu le sort qu'ils méritaient.

« Et tant pis si ce n'est pas charitable ! On ne peut pas apprécier tout le monde. »

Arrivée aux halles, elle essaya de penser à autre chose. L'animation qui régnait dans les allées aurait pu la distraire, mais Richard continuait à l'obséder ce matin. L'idée de son retour dans la maison familiale, même le temps d'un dîner, avait soulevé Solène de fureur. Comment son fils et sa fille pouvaient-ils ainsi trahir la mémoire de Lambert ?

Avaient-ils rayé le drame de leur mémoire ? Ne se souvenaient-ils plus que, sans Richard, leur père serait toujours parmi eux ? Cette retraite après laquelle il avait tant soupiré, cette période de repos et de sérénité dont il s'était réjoui par avance, eh bien il ne les avait jamais connues à cause du petit jeune stupide et éméché qu'il avait pris sous son aile. Belle récompense, en vérité !

Elle s'arrêta devant un étal et son regard effleura des poissons couchés sur un lit de glace pilée. Leurs yeux ronds et leurs écailles argentées ne l'inspiraient pas. De quoi avait-elle envie pour déjeuner ? De rien, elle avait l'appétit coupé. Jamais Richard n'aurait dû repasser le seuil de leur maison. Elle s'était juré qu'il n'y mettrait plus les pieds, et voilà qu'Isabelle lui en refaisait les honneurs. Invité, absous, réintégré. Non, ce serait trop facile !

Passant du poissonnier au marchand de fruits, elle tendit la main vers une barquette de framboises. Après réflexion, elle en prit une deuxième, avec l'idée d'inviter Isabelle à déjeuner. Si elle se montrait diplomate, elle arriverait à savoir pourquoi sa fille avait décidé de revoir Richard.

*

* *

Le tourniquet de l'arrosage automatique produisait un petit bruit régulier, presque apaisant. Martin avait retourné la terre et semé du gazon qui lèverait en quelques jours, à condition d'avoir autant d'eau que de soleil. Un peu partout, il avait également préparé des trous plus ou moins larges, au fond desquels se trouvaient une couche de gravier et une autre de compost.

— Tu lui as laissé carte blanche ? demanda Jeanne qui venait de rejoindre Richard dans la nouvelle parcelle.

— Bien sûr. C'est lui le professionnel !

Dans la matinée, Martin était parti au volant de la camionnette de l'hôtel, égayé à la perspective de passer des heures dans sa pépinière favorite où il allait soigneusement choisir ses arbustes et ses fleurs.

— Il compte planter ce soir, à la fraîche, dit Richard en souriant. Et je suis impatient de découvrir ce qu'il nous rapportera…

Il vit que Jeanne se forçait à lui rendre son sourire. Elle n'avait toujours pas digéré le dîner chez Isabelle, ni de se réveiller seule à quatre heures du matin en se demandant où Richard était passé.

— Les clients de la cinq souhaitaient prolonger leur séjour mais j'ai dû refuser, annonça-t-elle. J'ai une réservation ferme pour ce soir et l'hôtel est plein.

— Je déteste ça. On devrait toujours garder une chambre en réserve pour ce genre de circonstances. Quand les gens veulent rester, je trouve odieux de les mettre dehors.

— En procédant comme ça, on perdrait beaucoup d'argent.

— Pas forcément. Tout dépend de la clientèle que tu vises. J'aimerais que le Balbuzard reste un hôtel d'exception, accueil compris. Qu'on soit toujours en mesure de s'arranger pour faire plaisir.

Jeanne haussa les épaules, sans doute agacée par son entêtement, puis elle fit quelques pas à travers le terrain.

— Et la clairière que Martin a laissée vide, là-bas, c'est destiné à quoi ?

— Je suis en train d'y réfléchir. Peut-être une nouvelle petite maison, il y a largement la place.

— Tu y *réfléchis* ? railla-t-elle. Sans me demander mon avis ? Je croyais que tu nous trouvais trop endettés pour refaire des travaux ? Chaque fois que je te parle d'un restaurant, c'est la raison de ton refus !

Il devina qu'elle cherchait la querelle, aussi préféra-t-il ne pas répondre. Jeanne ne lui faisait jamais de scènes, elle se mettait rarement en colère, elle était même assez gaie la plupart du temps. Du moins l'avait-elle été dans les premières années de leur mariage. Était-elle en train de changer, ou seulement exaspérée par l'irruption d'Isabelle dans leur vie ?

— Pourquoi me regardes-tu comme ça ? ajouta-t-elle d'un ton rogue.

— Je ne connaissais pas cette robe, elle est ravissante et elle te va très bien.

Il ne l'avait pas dit pour l'amadouer mais parce que, en effet, il trouvait Jeanne très jolie ce matin. Jolie et désirable, sauf qu'il ne la désirait pas du tout. Sa seule envie était de relire une fois encore le texto envoyé par Isabelle une heure auparavant. Plus courageuse que lui – plus libre, aussi –, elle n'avait pas hésité à exprimer en quatre mots ce qu'ils ressentaient tous les deux : « Tu me manques déjà. » C'était bien dans sa manière directe, spontanée, parfois brutale. Elle avait dû taper cette phrase entre deux rendez-vous, dès qu'elle l'avait pensée. Richard, lui, avait pensé la même chose toute la nuit.

— Tu me tiendras au courant de tes projets ! lui lança Jeanne.

Elle faisait allusion à cette nouvelle maison de verre et de bois qu'il songeait à faire construire, mais son exclamation retentit comme un avertissement pour Richard. Allait-il la tromper, la quitter ?

— Attends, dit-il en la rejoignant. Veux-tu que nous allions déjeuner en ville ? La réceptionniste s'en sortira très bien toute seule.

Bien qu'il l'ait proposé pour lui faire plaisir, il se sentit affreusement lâche. Emmener sa femme au restaurant alors qu'il n'avait qu'Isabelle dans la tête et dans le cœur était un piètre comportement.

— Eh bien… Pourquoi pas ? La semaine prochaine, l'école sera finie, et on ne pourra plus s'offrir d'escapades en amoureux !

Elle paraissait soudain toute réjouie, et elle le gratifia d'un vrai sourire, éblouissant cette fois.

— Je vais chercher mon sac, je te rejoins à la voiture.

Tandis qu'elle s'éloignait d'un pas vif, il sortit son téléphone portable de sa poche. Prêt à effacer le message d'Isabelle, par prudence, il constata qu'il en avait un autre. « On se revoit quand ? » lut-il sur l'écran. Le souffle coupé, il resta d'abord figé. Isa savait faire ce dont il n'était pas capable : elle exprimait ses désirs sans détour. Se revoir, oui, ils en viendraient là, inéluctablement. Elle l'acceptait d'office, alors que lui s'empêtrait dans ses doutes. Peut-être était-ce leur destin de ne pas pouvoir échapper l'un à l'autre, peut-être Solène n'avait-elle fait que retarder le cours des choses. Isabelle avait toujours été le rêve de Richard, son ambition, son devenir. Sans elle, depuis quinze ans, il n'avait fait que survivre, et pas un seul jour ne s'était écoulé sans qu'il pense à elle. Aujourd'hui, elle lui tendait la main, elle l'appelait, jamais il n'aurait la force de refuser.

« Il le faut, sinon, ce sera l'enfer… »

En quelques gestes trop nerveux, il effaça toute sa messagerie, puis il se dirigea vers le parking. Une immense lassitude était en train de s'abattre sur lui. Ne pas répondre à Isabelle risquait de le rendre enragé, il allait y songer à chaque instant.

Il déverrouilla la voiture, appuya ses coudes sur le toit. Jeanne ne tarderait plus à le rejoindre, elle devait donner ses consignes à Éliane, l'employée de service à la réception. Dans la poche de son jean, il avait l'impression que son téléphone portable lui brûlait la cuisse. Isa attendait sa réponse, il le savait. S'amusait-elle à imaginer combien de temps il résisterait ?

« Ses yeux se plissent quand elle rit, et elle a conservé son sourire de gamine… »

Levant la tête vers le ciel sans nuage, il poussa un long soupir résigné. La seconde d'après, le téléphone était dans sa main.

4

L'idée venait d'Isabelle. Trop maligne pour se montrer à Tours en compagnie de Richard, elle avait choisi le domaine de Beauvois, à Luynes, un manoir de charme apprécié des Américains amateurs de la « Loire Valley ». Le restaurant était, comme toujours en saison, rempli d'étrangers ravis de goûter à la cuisine française entre deux visites de châteaux.

— Au moins, ici, on ne devrait pas rencontrer des gens qu'on connaît ! avait-elle déclaré en s'installant à table.

Après des langoustines croustillantes, suivies d'un carré d'agneau aux morilles, ils étaient en train de savourer un dessert au chocolat blanc, étourdis d'avoir pu se regarder et se parler sans contrainte pendant près de deux heures.

— Tu es toujours gourmande, remarqua Richard qui ne la quittait pas des yeux.

Plus détendu qu'au début du repas, il semblait enfin profiter pleinement de leur tête-à-tête. Ils avaient commencé par se raconter leurs vies, ces quinze années de séparation et de silence qu'il leur fallait combler, et à présent, ils avaient l'impression fragile d'avoir retrouvé un peu de complicité.

— Je ne t'aurais jamais imaginée seule, Isa. Pas mariée, je l'avais entendu dire, mais au moins plongée dans une grande histoire d'amour. Ils doivent être nombreux à se presser devant ta porte, non ? Tu as tout, absolument tout ce qu'il faut pour plaire à un homme !

— Quoi de plus que les autres femmes ? Une situation de notable ?

— Assortie de très jolies jambes. D'un sourire radieux. Des plus beaux yeux dorés de la planète.

— N'exagère pas.

— Tu n'as pas vu les regards qui t'ont accompagnée pendant que tu traversais cette salle à manger, tout à l'heure ? Tu es une sorte d'idéal féminin.

Comme elle éclatait de rire il ajouta, plus bas :

— En tout cas, tu étais le mien.

— « Étais » ?

Avec une petite moue contrariée, elle se pencha en avant pour murmurer, d'une voix douce mais persuasive :

— Tu mets les choses à l'imparfait ? Écoute, nous sommes là tous les deux, face à face, seuls. Tu as trente-sept ans, moi trente-cinq, il y a urgence à rattraper le temps perdu. Et ce ne sera pas en se disant des politesses ou des fadaises qu'on y arrivera. Tu veux savoir de quoi j'ai envie ?

Il acquiesça d'un signe de tête, apparemment prêt à tout entendre.

— De toi, Richard. Tu vois, c'est simple.

— Ah… Tu trouves ça simple ? bredouilla-t-il.

Un peu pâle, soudain, il la dévisageait avec une avidité qui l'encouragea à poursuivre.

— Il y a de très belles chambres, ici. Meublées d'époque avec vue sur la forêt.

— Isabelle…

— Et il se trouve que j'en ai réservé une. Au cas où tu partagerais mon envie.

Elle jouait le tout pour le tout, sachant que dès qu'il serait rentré chez lui, il se culpabiliserait pour ce déjeuner. La loyauté de Richard constituait le principal obstacle au désir d'Isabelle, mais elle parviendrait à le contourner si elle se montrait assez rapide.

— Je ne peux pas, souffla-t-il d'une voix sans timbre.

— Bien sûr que si. Je vais te montrer, viens.

Lorsqu'elle se leva, son cœur battait très vite. Richard pouvait encore refuser, s'enfuir.

— Tu n'es pas curieux de voir comment ça se passe chez tes concurrents ? ironisa-t-elle.

— Le Balbuzard n'entre pas en concurrence avec cet hôtel.

— Ah, oui ! Rien d'écolo ici, juste une débauche de luxe et de dépenses. Ça te changera les idées.

Pour le rassurer, elle faisait semblant de s'amuser, de prendre les choses à la légère, néanmoins elle avait peur. Tandis qu'il réglait leur repas, elle récupéra à la réception la clef de la chambre qu'elle avait effectivement réservée. Tout comme elle s'était libérée de ses rendez-vous de l'après-midi.

— Isabelle, c'est hors de question, chuchota-t-il en la rejoignant.

Il lui saisit le bras et elle en profita pour l'entraîner fermement vers l'escalier. Ils devaient avoir l'air un peu ivres à ne pas marcher du même pas, elle le tirant et lui résistant.

— Si on franchit le seuil de cette foutue chambre, nous n'aurons que des ennuis, dit-il entre ses dents.

Il aurait pu se dégager s'il l'avait vraiment voulu, et ils le savaient tous les deux.

— L'ennui est la dernière chose qui puisse nous arriver, répliqua-t-elle en ouvrant une lourde porte.

La pièce était vaste, accueillante, baignée d'une lumière douce grâce aux rideaux à moitié tirés. Il y avait du tissu sur les murs, une moquette framboise au sol, un grand lit à baldaquin surmonté d'un dais plissé. Sur le plateau de marbre d'un guéridon, une bouteille de champagne rafraîchissait dans un seau.

— Isa, je...

Il baissa la tête, enfouit ses mains dans ses poches comme s'il redoutait le moindre geste.

— Tu vas sûrement me trouver stupide, mais je ne veux pas tromper Jeanne.

— Tu ne trompes personne. J'étais là avant. C'est à moi que tu es infidèle depuis des années !

Avec un sourire triste, il lui fit comprendre qu'il refusait d'entrer dans son jeu.

— Très bien, soupira-t-elle. On peut rester là sans rien faire. Boire une coupe et pleurer. Se dire adieu encore une fois.

Elle se débarrassa de son petit spencer blanc qu'elle jeta sur un fauteuil voltaire. L'emmanchure américaine de sa robe légère dévoilait ses épaules et son dos. Pivotant sur le talon d'un escarpin, elle se détourna et entreprit d'ouvrir la bouteille.

— Va-t'en si tu y tiens, Richard !

Le bouchon sauta en l'air, un peu de mousse se mit à couler le long du goulot.

— Tu t'y prends mal, attends.

Rien qu'à l'intonation de sa voix, elle sut qu'il était en train de céder. Il lui prit le champagne des mains, emplit à moitié les deux flûtes du plateau. Debout juste derrière elle, il la frôlait. Lorsqu'il caressa sa nuque du bout des doigts, elle fut parcourue d'un long frisson.

— Toi, chuchota-t-il, tu n'as rien à perdre. Moi, je ne vais plus en dormir la nuit.

Elle n'avait pas oublié sa douceur, sa patience, sa sensualité. Il l'entoura de ses bras, posa ses lèvres sur une épaule.

— Je n'ai jamais désiré aucune femme autant que toi, Isa…

Il se rendait enfin, acceptait ce qu'elle lui offrait.

— Mais je t'aime toujours et me voilà condamné à être de nouveau très malheureux.

Ses lèvres glissaient sur la peau d'Isabelle, de la pointe de l'épaule à l'omoplate. Elle ferma les yeux, se laissa aller contre lui.

*

* *

— Ne me dis pas qu'il ne te fait pas craquer, je ne te croirais pas !

Éliane leva d'abord les yeux au ciel, puis elle esquissa un sourire amusé.

— Allez, je reconnais qu'il est assez… séduisant.

D'un coup d'œil, la jeune femme s'assura que la porte de la cuisine était bien fermée.

— Si la patronne nous entendait, dit-elle à voix basse, elle en ferait une jaunisse.

Colette gloussa tout en rangeant les tasses et les soucoupes en bon ordre dans le placard.

— Il n'y a pas une seule fille, ici, qui n'ait pas été sous le charme du patron à un moment ou à un autre. Mais c'est normal, il demande les choses si gentiment ! Quand il a une réflexion à te faire, il reste courtois, il ne se met jamais en colère. Et puis… Je ne sais pas, moi, je le trouve sexy !

Éliane éclata de rire et se mit aussitôt une main devant la bouche.

— *Sexy ?* répéta-t-elle dans un hoquet.

— Tu n'as pas remarqué ses jolies petites fesses dans ses jeans ? Ses chemises à col ouvert, son sourire ravageur… Il a de belles mains, aussi, c'est rare pour un homme.

— Oui, j'avais vu ça, admit Éliane.

— Tiens donc ! Alors, tu le regardes, tu le détailles, tu es comme les autres, mademoiselle la réceptionniste.

Elles s'amusaient bien ensemble, profitant de la pause d'Éliane pour cancaner entre filles.

— Tiens, même Virginie, qui a un petit copain trop mignon, je la surprends parfois à jeter des regards au patron... Mais bon, elle rêve, parce que lui ne regarde personne.

— À cause de sa femme, tu crois ?

— Non, répondit Colette en fronçant les sourcils. Je n'ai jamais eu l'impression qu'il était fou de sa femme. Remarque, je peux me tromper. Elle, en revanche, elle a bien l'air d'une nana toujours amoureuse de son mec. Amoureuse et jalouse, méfie-toi d'elle.

Éliane hocha la tête, songeuse. Oui, elle devait bien l'admettre, il lui était déjà arrivé de fantasmer sur Richard Castan. Quand elle s'ennuyait à la réception ou au bar et qu'elle le voyait passer, elle cherchait toujours à échanger quelques mots avec lui. Une remarque sur le temps, une plaisanterie à propos d'un client excentrique, n'importe quoi pour le retenir. Mais elle devinait qu'il n'était pas le genre d'homme à draguer son personnel, peut-être même pas le genre à tromper son épouse. Il restait dans son rôle d'employeur sérieux, agréable, pour qui tout le monde aimait bien travailler. D'ailleurs, les filles préféraient s'adresser à lui plutôt qu'à Jeanne pour une demande de congé ou un changement d'horaire, sachant qu'il était plus conciliant.

— Elle ne m'est pas sympathique, soupira Éliane.

— La patronne ? Rassure-toi, elles ne le sont presque jamais !

Colette esquissa une moue évoquant l'expression de Jeanne lorsqu'elle était contrariée.

— « Vous avez vu l'heure ? » articula-t-elle dans une imitation très réussie. « Et cette poussière, là, elle ne vous tire pas l'œil ? Bon sang, signalez-le quand il y a de la moisissure sur un joint de sanitaire ! »

Elles se remirent à rire et n'entendirent pas la porte s'ouvrir.

— Éliane, dit froidement Jeanne, vous reprenez la réception ? Je dois m'occuper de ma fille, je serai chez moi s'il y a quoi que ce soit. En principe, nous avons deux couples qui arrivent en fin d'après-midi, ils ne devraient plus tarder. La trois et la cinq sont bien prêtes, Colette ?

— Oui, madame.

Jeanne hocha la tête puis se détourna. Impossible d'empêcher les employées de s'amuser entre elles, toutefois elle avait eu l'impression en entrant que ces deux-là riaient à ses dépens. Pourtant, elle essayait d'entretenir de bons rapports avec tout le personnel, mais à l'évidence elle n'y parvenait pas aussi bien que Richard. Parce que les filles préféraient avoir affaire à un homme ? Non, même avec Martin, Richard obtenait ce qu'il voulait, et dès qu'un fournisseur posait problème, c'était encore Richard qui réglait la question sans heurt.

Jeanne remonta dans son appartement et trouva Céline affalée devant la télévision.

— C'est l'heure de prendre ta douche, mon bébé. Et après, on fera un gâteau pour le dîner !

Richard avait disparu depuis le milieu de la matinée, évasif quant à ses projets de la journée. Depuis qu'il avait revu Isabelle Ferrière, il semblait distrait, distant, exactement comme Jeanne l'avait prévu. Elle essaya de le joindre sur son portable mais n'obtint pas de réponse. Plutôt que laisser un message, elle raccrocha, agacée. Où pouvait-il bien être ?

Sur la table du séjour, son carton à dessin était resté ouvert. Un peu plus tôt, elle avait montré à Céline une série d'esquisses réalisées en vue de la nouvelle petite maison de bois et de verre. Si Richard voulait vraiment en faire construire une, Jeanne débordait d'idées pour la décoration. Augmenter la capacité d'accueil de l'hôtel lui plaisait, mais était-il concevable qu'ils ne prennent pas cette décision ensemble ? Jusqu'ici, ils avaient toujours tout élaboré en se concertant à chaque étape.

« Je ne suis pas assez vigilante. Il n'y a rien de plus fragile qu'un couple, or Richard arrivera bientôt à la quarantaine, l'âge de tous les dangers... Est-ce qu'il s'ennuie avec moi ? On ne fait jamais rien de très original, on ne part pas en vacances, on n'a pas d'autre projet que vérifier les comptes à la fin du mois ! »

Elle entendit sa fille l'appeler depuis la salle de bains et se dépêcha de la rejoindre. Riant aux éclats sous le jet tiède, Céline demanda si elle pouvait s'attarder encore trois minutes. La fillette connaissait par cœur les recommandations de ses parents afin de ne pas gâcher l'eau, mais elle adorait s'ébrouer sous la douche en chantant à tue-tête.

— D'accord, chérie, mais pas longtemps.

Jeanne n'avait aucune envie de se lancer dans un couplet sur le respect de l'environnement, le sens de l'économie ou la rareté de l'eau. *L'or bleu*, comme la désignait Richard qui savait leur fille charmée par cette expression.

« C'est une enfant, elle a besoin de s'amuser. On ne peut pas toujours lui parler de l'avenir de la planète, on finira par l'angoisser et la culpabiliser. »

Les convictions de Jeanne en matière d'écologie étaient solides, mais le combat se révélait parfois ingrat au quotidien. Trier tous les déchets jusqu'au dernier, écrire sur un vilain papier recyclé, se passer de baignoire, vivre en superposant les gros pulls à longueur d'hiver, bref, se refuser de nombreux petits plaisirs pour le bien de l'humanité.

« À certains moments, ça me fatigue ! »

Richard éprouvait-il la même lassitude ? La même révolte devant l'attitude inconsciente de ceux qui ne voulaient pas faire le moindre effort ? Jeanne s'aperçut qu'elle ne savait plus ce que pensait son mari. Ils s'étaient lentement éloignés l'un de l'autre avec les années et, depuis l'irruption d'Isabelle, la distance augmentait à toute allure.

« Bon sang, où est-il ? »

Elle attrapa un drap de bain et fit signe à Céline de couper l'eau. Tout en frictionnant la fillette, elle décida qu'elle allait préparer une soirée plus romantique que de coutume. Elle mettrait des bougies dans les chandeliers, un fond musical, de l'argenterie sur la table. Sans oublier de se maquiller un peu, de se parfumer, d'enfiler une jolie robe. Richard se demanderait sans doute la raison d'une telle mise en scène, et ce serait le moment de lui dire qu'elle l'aimait comme au premier jour de leur rencontre. Réjouie par cette perspective, elle sourit à sa fille.

— Mets-toi vite en pyjama, on a un gâteau à faire !

*

* *

Richard devait la lâcher, il en était parfaitement et douloureusement conscient. En revanche, il n'avait aucune idée de l'heure. Comme tous les amants, ils avaient fermé les rideaux, ne laissant que la lumière tamisée d'une des lampes de chevet. Dans cette pénombre dorée, ils s'étaient d'abord regardés, vite reconnus, réappris pas à pas. À présent, Richard tenait Isabelle contre lui. Sous sa paume, l'épaule de la jeune femme était douce, tiède, terriblement familière. Il déplaça sa main, la posa sur un sein. Où allait-il trouver la force de s'éloigner d'elle ? Tout l'après-midi, il l'avait caressée avec amour sans parvenir à se rassasier, affamé de sa peau et de son parfum. Il avait guetté ses réactions, écouté son souffle, attendu son plaisir. Isabelle était la même que quinze ans plus tôt, la même et une autre, mais surtout la même. Celle qu'il ne parviendrait jamais à oublier, quoi qu'il fasse.

— Tu n'étais qu'une chimère, murmura-t-il, un souvenir, un rêve, et je m'en accommodais. Pas très bien, d'accord, mais enfin, je n'y pensais pas à chaque instant. Seulement, maintenant…

Réussissant enfin à enlever ses mains, il s'écarta.

— Ne pars pas, protesta-t-elle.

— Ah, non ? Et que crois-tu qu'on va faire ? Rester là tout l'été ?

— Ça m'irait bien !

— Moi aussi, hélas…

Debout à côté du lit, il remit sa montre, constata qu'il était sept heures.

— Dans la vraie vie, soupira-t-il, je ne suis qu'un pauvre type qui vient de tromper sa femme.

— Qu'est-ce que tu vas lui dire ?

— Je ne sais pas. Rien.

Rien ? Ce serait difficile, Jeanne allait poser des questions, il faudrait bien trouver des réponses.

— Dis-moi, Richard, ça signifie quoi, *la vraie vie* ?

— Celle où on est obligé de se contraindre tout le temps. Je n'ai pas envie de rentrer chez moi, je n'ai pas envie de mentir, mais j'y suis forcé.

Toujours allongée, Isabelle l'observait. Il se pencha vers elle, la prit par la nuque pour glisser un oreiller supplémentaire sous sa tête.

— Je t'aime, Isa.

Un constat qui l'exaltait et l'accablait à parts égales. Jamais il n'aurait dû céder, entrer dans cette chambre. Avec un soupir, il ramassa ses vêtements avant de gagner la salle de bains. En quelques heures, il était devenu le traître, le méchant, un rôle qu'il détestait d'emblée. Néanmoins, il ne regrettait rien, pas une seule minute du moment qu'il venait de vivre. Avoir tant rêvé d'Isabelle l'avait mis hors d'état de refuser, s'en vouloir maintenant serait aussi injuste qu'inutile.

Il ouvrit en grand les robinets de la douche, laissa le jet déferler sur ses cheveux, son visage. Pas question de faire souffrir sa femme, encore moins de détruire sa famille, c'était sa seule certitude. Les yeux fermés, il se savonnait avec des gestes nerveux lorsqu'il sentit la présence d'Isabelle derrière lui. Elle lui prit le savon des mains et se mit à lui masser délicatement les épaules, le dos, les hanches.

— Qu'est-ce qui va nous arriver ? chuchota-t-elle au bout d'un moment.

Elle faisait glisser la mousse onctueuse sur ses cuisses, son ventre.

— Arrête, Isa.

— C'est l'heure qui t'inquiète ? Tu n'en as plus, ta montre est trempée. Pourquoi l'as-tu remise ? Pour partir plus vite ?

Ses caresses devenaient plus précises, totalement irrésistibles. Il lui fit face, la plaqua contre lui, l'embrassa jusqu'à ce que l'eau qui ruisselait sur eux les fasse suffoquer.

— Isabelle, gémit-il en reprenant sa respiration.

Alors qu'il la soulevait, les deux mains autour de sa taille, elle lui échappa, sortit de la douche.

— Tu veux rentrer chez toi, hein ? Je te fais perdre du temps, d'ici peu ce sera un véritable roman-feuilleton qu'il te faudra inventer !

Elle le narguait, couverte de gouttelettes brillantes, sculpturale. Puis elle s'enroula dans une serviette, en tendit une autre à Richard.

— Je ne sais pas ce qu'il y a au fond de ta tête, ajouta-t-elle d'une voix sourde, un peu agressive. Mais ne me dis pas que tu as passé une journée formidable et qu'on recommencera à l'occasion. Je ne serai pas ta maîtresse, tu comprends ?

— Non, avoua-t-il.

— Dommage !

Laissant tomber la serviette, elle se dirigea vers la chambre et commença à se rhabiller. Richard se sécha dans la salle de bains, enfila ses vêtements en hâte puis la rejoignit.

— Quelque chose te met en colère, Isa ?

— Oui, tout ! T'avoir traîné ici, d'abord. M'apercevoir qu'on s'aime toujours comme des fous, comme des gosses, qu'on a perdu quinze ans. Une paille ! Et savoir, parce que je te connais par cœur, que tu ne feras pas marche arrière. Non, tu vas rester marié et tu voudras me voir en cachette, c'est pathétique… Mais toi aussi, tu me connais, tu imagines bien que je ne vais pas me planquer, encore moins partager ! Aujourd'hui, on n'a fait que remuer le couteau dans la plaie. C'était mon idée, je la regrette, voilà, je n'ai rien à ajouter.

Il se demanda ce qu'elle avait espéré exactement en retenant une chambre. Se passer un caprice ou bien croire que la Terre allait s'arrêter de tourner ? Que voulait-elle donc qu'il fasse ou qu'il dise, à cette seconde précise ? Oui, ils étaient comme des gosses, des gosses perdus et fautifs.

— Pars le premier si tu préfères, si tu as peur de rencontrer quelqu'un qui…

Au lieu de répondre, il se contenta de la prendre par le bras, la serrant un peu trop fort. Ils restèrent silencieux dans l'escalier, mais lorsqu'il voulut gagner la réception, elle l'en empêcha.

— J'ai réglé d'avance, précisa-t-elle. J'ai pensé que ce serait mieux pour toi de ne pas laisser de trace ici.

Elle avait donc tout prévu jusqu'au moindre détail. Organisée, déterminée, égale à elle-même. Toujours muet, il ne la lâcha que lorsqu'ils furent arrivés devant leurs voitures.

— J'aurais préféré que tu me laisses payer, dit-il enfin. Je me sens mal à l'aise pour des tas de raisons, celle-ci en plus.

L'idée de la quitter là le rendait malade. À l'amertume et à l'angoisse s'ajoutait une pénible impression de vide.

— Tu cherches comment tu vas prendre congé ? Je n'aimerais pas être à ta place, Richard.

Son cynisme la trahissait car elle s'était toujours protégée de cette manière-là. Petite Isa qui, enfant, disait parfois des horreurs pour éviter de pleurer. Il réalisa soudain qu'elle était aussi malheureuse que lui, aussi amoureuse que lui, et il lui ouvrit les bras. Quand elle fut réfugiée contre lui, il lui caressa les cheveux, le lobe d'une oreille.

— Tu m'as assez torturé pour aujourd'hui, souffla-t-il.

La tête dans son cou, elle répondit par un long soupir résigné. Puis, très lentement, elle se détacha de lui, se détourna sans le regarder. Immobile, il attendit qu'elle soit montée dans sa voiture, qu'elle ait démarré et se soit éloignée sur le chemin. La voir disparaître fut pire que ce qu'il avait redouté. La perdait-il encore une fois ? Jamais il ne pourrait le supporter ! Luttant contre l'envie de se lancer à sa poursuite, il s'installa au volant et s'obligea à attendre un peu. Au point où il en était, quelques minutes supplémentaires ne changeraient plus rien. Qu'allait-il raconter à Jeanne ?

En quittant les abords de l'hôtel, il jeta un coup d'œil à la superbe piscine, en contrebas, autour de laquelle une demi-douzaine de clients paressaient. À une époque, il s'était posé la question pour le Balbuzard, mais il n'avait pas donné suite, persuadé que les gens qui séjournaient chez lui ne recherchaient pas les plaisirs d'une piscine ou d'un court de tennis.

« Je devrais reconsidérer le projet. Les étés sont souvent magnifiques, ici, et pouvoir se rafraîchir en fin de journée après un périple à travers les châteaux de la Loire serait peut-être un avantage. »

Il s'étonna de songer à des choses pareilles. Son problème immédiat était d'inventer un mensonge plausible. Non seulement l'inventer, mais parvenir à le débiter d'un ton convaincant.

« Bon sang, j'ai horreur de ça ! Je ne veux pas, je n'y arriverai pas. Et Jeanne ne mérite pas d'être prise pour une idiote. »

Mais il n'existait pas d'alternative. Avouer la vérité était impossible, impensable. *J'ai fait l'amour toute la journée. Je t'ai oubliée dans les bras d'Isabelle. Je l'ai mangée, bue, adorée. Je l'ai aimée, je l'aime et je l'aimerai toujours.* Oser dire ces phrases, voilà qui serait honnête. Cruel mais vrai. Totalement hors de question !

« Que vais-je faire, mon Dieu ? »

La montre du tableau de bord indiquait huit heures et demie. Il était parti de chez lui à onze heures du matin, sans donner de précisions, justement pour ne pas avoir à mentir. Avait-il cru qu'il trouverait une explication plausible, entre-temps ? Non, il s'était contenté de différer le problème, trop heureux de courir à son rendez-vous galant avec l'enthousiasme imbécile d'un collégien.

« Mais ce n'était qu'un déjeuner ! Je me réjouissais de voir Isa et de passer un moment avec elle, je n'imaginais pas qu'on se retrouverait au lit. »

Vraiment ? Connaissant Isabelle, il aurait pu s'en douter. D'ailleurs, elle n'avait pas choisi l'endroit au hasard, et y avoir réservé une chambre n'était pas très surprenant de sa part. Maintenant, Richard devait se dépêcher de traverser Tours, de franchir la Loire, puis de gagner la forêt d'Amboise. Il était à une trentaine de kilomètres de chez lui, assez loin pour ne pas se faire remarquer.

« Je n'ai prêté aucune attention au personnel, j'étais trop occupé à regarder Isa. Avec un peu de malchance, quelqu'un m'aura identifié. De toute façon, je suis dans les ennuis jusqu'au cou. »

À la hauteur de la Pagode de Chanteloup, il s'arrêta au bord de la route pour consulter son portable. Cinq appels en absence de Jeanne étaient signalés, mais elle n'avait laissé aucun message. Descendant de voiture, il s'accorda une cigarette pour réfléchir. À l'orée de la forêt, la lumière du soleil couchant devenait mordorée, envoûtante. Bien des années auparavant, quand Lambert emmenait les enfants pique-niquer ici, il parlait des chasses à courre de François 1er, des conjurés d'Amboise pendus au grand balcon du château, de Léonard de Vinci installé au Clos Lucé, de la visite de Charles Quint. Mélangeant des leçons d'histoire et de botanique, il leur apprenait à différencier les arbres, les plantes. Et toujours, il chantait les louanges de la Touraine, mettait sa région en valeur, se félicitait d'y habiter.

— Lambert, pardon, murmura Richard.

À toute la culpabilité éprouvée pour cette mort qu'il avait provoquée allait s'en ajouter une autre désormais, moins lourde mais plus insidieuse. Car en redevenant l'amant d'Isabelle, Richard ne pouvait que semer le malheur.

Il écrasa le mégot dans le cendrier de la voiture et se remit en route. Au moins, Céline serait couchée quand il arriverait chez lui, Jeanne pourrait dire tout ce qu'elle avait sur le cœur.

Le parking du Balbuzard était presque plein, l'hôtel devait être complet.

« Curieux que je n'en sache rien… Il n'y a pas si longtemps, j'étais concerné par le moindre détail de ce qui se passe ici. Ça aussi, Jeanne l'aura forcément remarqué. »

Résigné à la scène qui l'attendait, il pénétra dans le hall de la réception en essayant de se composer un visage serein. Éliane le salua d'un grand sourire avant de lui annoncer que tous les clients prévus étaient bien arrivés. Deux couples étaient en train de jouer au billard, d'autres s'attardaient au bar.

— Mme Castan est là-haut, ajouta-t-elle. Si vous voulez monter, allez-y, je fermerai quand tout le monde sera parti se coucher.

— N'oubliez pas de compter vos heures supplémentaires, répondit-il en lui rendant son sourire. Bonne nuit, Éliane, à demain.

Il s'engagea dans l'escalier de pierre qu'il grimpa quatre à quatre. Sa hâte était ridicule après un tel retard, mais à présent il avait envie d'en finir au plus vite. Entrant d'un pas résolu dans le séjour, il se heurta à Jeanne qui l'enlaça aussitôt.

— Je m'inquiétais ! s'écria-t-elle. Tu aurais dû m'appeler… mais tu es là, c'est le principal. Je te préviens, le dîner risque d'être un peu desséché. Allez, viens t'asseoir et raconte.

Désemparé, il se laissa entraîner vers la table, remarqua les bougies à moitié consumées dans les chandeliers, la porcelaine fine, l'argenterie, quelques cristaux scintillants qui parsemaient la nappe de dentelle.

— Raconte, répéta-t-elle dès qu'il fut assis.

Sa voix était un peu dure, et son sourire forcé. Néanmoins, elle s'était jetée sur lui pour l'embrasser. Que devinait-elle exactement, qu'avait-elle peur d'entendre ?

— Jeanne, je ne t'ai pas téléphoné parce que je savais que tu ne serais pas d'accord. En fait, j'ai déjeuné avec Isabelle.

Un bref silence les sépara puis elle murmura :

— Je vois.

Elle parut chercher ses mots, ou bien sa respiration, mais finalement elle s'éloigna vers la cuisine d'où elle revint avec une marmite fumante.

— Agneau aux asperges, annonça-t-elle. Bien sûr, tu ne dois pas avoir faim. C'était un très long déjeuner, non ?

Toujours debout, elle le dévisagea avec curiosité, attendant sa réponse.

— J'avais envie de voir Isabelle. Nous avions... beaucoup de choses à nous dire.

Son piteux mensonge provoqua une étrange réaction chez Jeanne.

— Tout ça parce que j'ai refusé de la recevoir ici ? Écoute-moi, Richard, je n'apprécie pas cette femme, j'en conviens. Tu l'as trop aimée dans ta jeunesse pour qu'elle me soit sympathique. En plus, je la trouve désagréable avec moi. Mais je ne tiens pas à ce que tu la rencontres dans mon dos. Alors, si ça t'est nécessaire, invite-la chez nous, je m'en arrangerai.

— Non, protesta-t-il, atterré. Non, je ne te demande pas de...

— Ce sera mieux pour tout le monde, je t'assure. Plus clair, plus honnête. À propos, as-tu couché avec elle, en souvenir du bon vieux temps ?

Comme prévu, il était maintenant le dos au mur, sans autre choix que mentir ou avouer et, de toute façon, se sentir misérable.

— Je plaisantais, enchaîna-t-elle. Tu fais une telle tête d'enterrement ! Tout ça n'est pas grave, on y survivra. Je te sers ?

Son visage semblait de marbre. Elle parvenait à se maîtriser, dans un effort désespéré qui devait beaucoup lui coûter. Mais si elle décidait d'éviter l'affrontement, si elle préférait le silence à une confession dont elle ne saurait que faire, avait-il encore la possibilité de parler ?

— Et puis nous ne sommes pas censés nous surveiller l'un et l'autre comme des amants jaloux ou des amoureux transis. Nous sommes un vieux couple ! Un couple solide, n'est-ce pas ? La prochaine fois, envoie-moi un texto, je ne m'inquiéterai pas.

— Jeanne, je suis désolé.

— Vraiment ? Eh bien, bon appétit, mon chéri.

De son assiette trop remplie montait une odeur délicieuse. Il s'aperçut qu'il mourait de faim, et aussi qu'il avait besoin de boire quelque chose. Dans le seau, les glaçons avaient fondu autour de la bouteille de sancerre qui flottait. Il emplit les verres, puis leva le sien en direction de sa femme avant de le vider d'un trait.

— As-tu pris une décision au sujet de cette nouvelle maison ? Parce qu'il faudrait vite appeler l'architecte. Depuis notre dernier chantier, il y a encore eu des progrès pour les matériaux, mais il faudra conserver une certaine unité visuelle. J'ai préparé quelques croquis de déco, je te les montrerai. J'ai aussi appelé la banque, ils seraient d'accord pour un prêt à un taux intéressant. En ce qui me concerne, je suis partante, donc, la balle est dans ton camp.

— Écoute, Jeanne…

— Le seul à être contrarié sera Martin. Si un engin à chenilles écrase ses plantations, il nous arrachera les yeux !

— Jeanne…

— Non ! s'exclama-t-elle en tapant du poing sur la table. Je te parle de l'avenir du Balbuzard, ne cherche pas à te défiler.

L'avenir de l'hôtel, mais surtout le leur.

— Je ne suis pas sûr de vouloir me lancer là-dedans, réussit-il à articuler.

Ils se comprenaient à demi-mot, mais ce jeu dérisoire crucifiait Richard. Il regarda Jeanne bien en face, prêt à lâcher la vérité malgré tout.

— Tu ne manges pas, chéri ? demanda-t-elle d'une voix sourde, différente.

Éberlué, il la vit défaire un bouton de son chemisier. Elle portait un soutien-gorge de satin rouge très échancré, dont il n'avait pas le souvenir.

— Malgré ton retard, ça reste une soirée romantique, j'ai planté le décor…

Elle se leva, fit glisser la fermeture éclair de sa jupe qui tomba au sol en dévoilant un string assorti.

— Une boutique de lingerie vient d'ouvrir à Tours, j'en ai profité… Comment me trouves-tu ?

Quand elle vint vers lui, il remarqua enfin qu'elle portait des sandales à hauts talons. Elle avait de belles jambes et ne les montrait pas assez souvent.

— Jeanne, bredouilla-t-il en se levant précipitamment, je dois te faire un aveu.

— Je n'en veux pas ! hurla-t-elle dans un brusque accès de rage. Je sais tout ce que tu t'apprêtes à me dire, mais *je n'en veux pas* ! Tu m'entends ? Parce que ces mots, si tu les prononces, m'obligeront à te jeter hors d'ici. Je ne veux pas d'une scène de rupture, je ne veux pas que notre vie s'écroule ce soir, je ne veux…

Elle s'interrompit, les yeux pleins de larmes, et dut avaler sa salive avant de conclure, d'une voix devenue sourde :

— Et je ne veux pas que tu me repousses, je ne le supporterai pas.

Trop désespéré pour réagir, Richard restait les bras ballants.

— Pourquoi vous criez si fort ? demanda Céline depuis le seuil du séjour.

Le visage bouffi de sommeil, la fillette regarda alternativement son père et sa mère.

— À cause de ça ? Wouah, c'est beau…

Elle pointait le doigt vers les sous-vêtements rouges de Jeanne, qui se dépêcha de remettre son chemisier.

— Tu as raison, c'est très joli, j'aime beaucoup, déclara Richard. On criait ? Désolé, ma puce. Allez, viens te recoucher.

Il la rejoignit, la souleva dans ses bras.

— Je te porte jusqu'à ton lit et tu te rendors tout de suite, d'accord ?

Tournant la tête, il vit que Jeanne, toujours debout, s'appuyait d'une main à la table comme si elle cherchait son équilibre. Le cœur serré pour elle, il s'éloigna en s'efforçant de sourire à sa fille. Il se sentait dans la peau d'un sale type et il détestait ça. Après avoir recouché Céline, il l'embrassa, la borda, s'attarda quelques instants dans sa chambre. La scène qui venait d'avoir lieu lui laissait un goût affreusement amer. Jeanne ne se faisait aucune illusion, à partir du moment où il avait prononcé le prénom d'Isabelle, elle avait dû comprendre. Un déjeuner ! C'était risible et pitoyable, sa femme ne pouvait pas avaler une couleuvre pareille. Il aurait été mieux inspiré en se taisant, ou alors en avouant tout sans se laisser interrompre.

Lorsqu'il revint dans le séjour, Jeanne était en train de débarrasser la table. Elle portait le même chemisier mais avait enfilé un jean et des mocassins.

— Céline s'est rendormie ? demanda-t-elle d'un ton froid.

— Oui. Elle n'y pensera plus demain matin. Est-ce que l'hôtel est complet ?

Agacée par l'incongruité de la question, elle leva les yeux au ciel.

— Encore heureux !

— J'y vais, dit-il en ramassant ses clefs de voiture restées sur la table.

— Où ça ?

— Je trouverai une chambre quelque part.

— Chez Isabelle ?

— Bien sûr que non… Il faut qu'on se laisse le temps de souffler, Jeanne. Si ça peut te rassurer, je dors dans la voiture ou dans la cabane à outils de Martin.

Elle le toisa, le regard dur, avant de lâcher :

— Pauvre con…

Sans plus s'occuper de lui, elle souffla les bougies et emporta les chandeliers à la cuisine.

5

Après une nuit passée dans un petit hôtel de la périphérie de Tours où personne ne risquait de le reconnaître, Richard était allé sonner chez Ismaël. Celui-ci habitait un grand appartement à peine meublé, au-dessus du restaurant La Renaissance, et il accueillit spontanément son vieux camarade de l'école hôtelière. Richard n'avait pas voulu s'adresser à ceux de ses amis qui connaissaient Jeanne depuis leur mariage, afin d'éviter les bavardages, les commentaires ou, plus redoutable encore, les conseils. Ismaël, pour sa part, n'avait rencontré Jeanne qu'une fois, lorsqu'il s'était rendu au Balbuzard quelques jours plus tôt. Autour de la bouteille de champagne promise par Richard, ils avaient bavardé avec entrain tandis que le fils d'Ismaël explorait le parc en compagnie de Céline. Mais cette unique entrevue n'en faisait pas un familier de Jeanne, il restait d'abord le copain de Richard.

Sans poser de question, Ismaël lui offrit donc une chambre dans son appartement.

— Trop marrant, un patron d'hôtel qui ne sait pas où dormir ! railla-t-il seulement.

Il ne redevint sérieux que lorsque Richard lui expliqua les raisons de sa crise de couple.

— Isabelle Ferrière ? Mais tu es cinglé, vieux ! Ma parole, tu cherches à te remettre dans les ennuis. Voilà une femme qui t'a boudé pendant des lustres, histoire de bien te culpabiliser, puis au bout de quinze ans elle claque des doigts, et toi, tu files ventre à terre ?

— Eh bien oui, je suis accro ! Totalement dépendant. Le temps n'y a rien fait, je n'en reviens pas moi-même. Quand Isabelle me regarde, je fonds, je craque, je cède. Avec elle, j'ai l'impression de revenir au point de départ, d'avoir une seconde chance et toute la vie devant moi. Près d'elle, tout a un autre goût, une autre couleur. Je l'ai dans la peau, Ismaël.

— La belle excuse ! C'est ce que m'a sorti ma femme quand elle s'est barrée. Elle avait ce type *dans la peau*, d'après elle. Six mois après, elle l'a quitté aussi. Alors tu vois, si c'est pour faire ça…

— Elle n'est pas revenue vers toi ? s'étonna Richard.

— Non, elle a préféré rester en Australie, elle s'y plaît. Et elle ne voulait plus jamais entendre parler de restauration, de Rungis à quatre heures du matin, de fourneaux et de marmitons. Deux fois par an, je lui envoie notre fils en vacances. Elle a une petite maison et un bon job là-bas, mais elle est toujours seule. Tu parles d'un gâchis !

— Tu n'es pas retombé amoureux, depuis ?

— Eh bien, le problème est que… comment te dire ? D'abord, je travaille seize heures par jour, ensuite, je ne tiens pas à imposer une belle-mère à mon fils. En dernier, mais ça reste entre nous, peut-être bien, au fond, que moi aussi j'avais ma femme dans la peau…

Il éclata d'un rire tonitruant, content de sa blague qui devait pourtant contenir un fond de vérité.

— De toute façon, on a toujours tort de détruire sa famille sur un coup de tête. Réfléchis d'abord, mon vieux. Et tu peux le faire ici tant que tu veux.

Après avoir conduit Richard jusqu'à la chambre d'amis, il lui confia un double des clefs et partit travailler. Resté seul, Richard erra dans l'appartement vide, assailli de pensées désordonnées, contradictoires. En quittant le Balbuzard, la veille, il avait seulement voulu préserver Jeanne. Ne pas laisser s'envenimer leur querelle jusqu'à la rupture, ne pas avoir à lui avouer qu'il était hors d'état de faire l'amour avec elle. Oui, il l'avait trouvée belle dans ses sous-vêtements vaporeux, mais non, il ne la désirait pas. Sa seule envie, qui le prenait aux tripes, était d'être à nouveau dans les bras d'Isabelle.

En fin de matinée, fatigué de tourner en rond, il alla marcher le long des rues de Tours. Ses pas le conduisirent jusqu'à l'étude Ferrière, qu'il observa de loin pendant un long moment. Sans l'accident, il aurait pu être derrière ces murs, notaire lui-même et marié à Isabelle. La vie dont il avait rêvé dans sa jeunesse. Un autre destin, brisé sur une route à cause d'un chauffard, un paradis perdu qu'il ne retrouverait pas.

« Et pourquoi pas ? Des tas de gens recommencent leur existence à quarante ans, je peux encore décider de mon sort ! »

Mais il n'y croyait pas. Même en admettant qu'Isabelle le veuille, elle aussi, même en supposant que Jeanne puisse lui pardonner un jour, il ne parvenait pas à imaginer un avenir radicalement différent de celui qui avait été le sien jusqu'à ce jour. Il finit par s'arrêter près des halles, aux Mille et Un Verres, où il se contenta de grignoter une planche de charcuterie au comptoir. Après quelques gorgées de chinon bien frais, il sortit son portable de sa poche et le remit en service. Il l'avait coupé la veille, en se couchant dans cet hôtel anonyme où il avait si mal dormi. À ce moment-là, il n'était pas en état de parler à sa femme, encore moins à sa maîtresse.

« Isabelle est devenue ma *maîtresse*… C'est insensé ! »

Cependant, elle l'avait prévenu, ce rôle ne lui convenait pas, elle ne partagerait pas. Et comme pour lui administrer la preuve qu'il ne s'agissait pas d'une vaine menace, elle n'avait pas cherché à le joindre. Jeanne non plus, car il n'y avait aucun appel en absence. Il se sentit bêtement soulagé par ce double silence qui lui offrait un délai inattendu.

« Pour quoi faire ? »

Il n'en saurait pas davantage dans deux jours ou dans dix ! À la croisée des chemins, il fallait qu'il se décide, il ne pourrait pas rester indéfiniment dans l'expectative.

« Ai-je le choix ? Jeanne ne supportera pas que je revienne à la maison par sens du devoir. Pour Céline mais pas pour elle. Sans la toucher, sans la regarder, la tête ailleurs. D'autant plus qu'à présent, elle sait où est ma tête, où est mon cœur. »

Quittant le quartier des halles, il descendit jusqu'au boulevard Béranger où se tenait le marché aux fleurs, comme tous les mercredis. Devant la profusion d'étals multicolores qui embaumaient, il songea à Martin et à ses plantations, au Balbuzard. Que deviendrait l'hôtel si Jeanne et lui divorçaient ?

« On en est déjà là ? Hier matin, j'avais une vie à peu près normale ! »

À peu près seulement. Depuis combien d'années se contentait-il de travailler, d'être un bon citoyen respectueux de l'environnement, un père attentif et un époux sérieux ? Sérieux… Voilà, son problème était là : il faisait toujours tout par raison et par obligation. Où étaient passés l'enthousiasme de sa jeunesse, la fantaisie, les fous rires et les illusions, la flamme de la passion ? Sa « crise de la quarantaine » n'était peut-être que l'appétit de vivre qui revenait en force.

Il remonta jusqu'à la place de la Victoire, s'engagea dans la rue piétonne du Grand-Marché. En principe, il aimait l'animation qui régnait là grâce aux nombreux bars, restaurants et boutiques. Bordée de maisons à colombages ou à pans de bois, cette rue du vieux Tours conduisait à la place Plum'. De nouveau, il n'était pas très loin de l'étude Ferrière, comme si ses pas le ramenaient inéluctablement vers Isabelle. S'adossant à un porche, il reprit son téléphone en main. Durant quelques minutes, il joua distraitement avec le clapet. De ce qu'il s'apprêtait à faire allait dépendre le cours de son existence. Une simple pression sur dix touches, et tout basculerait, dans un sens ou dans l'autre.

« Qu'est-ce que je veux vraiment ? »

Il pouvait poursuivre une route sans joie aux côtés de Jeanne, avec la conscience tranquille et de lancinants regrets. « Comme un cheval de labour avec ses œillères, qui finit par mourir à la tâche au bout d'un sillon. »

Ou alors, il pouvait reconquérir Isabelle, en espérant que l'exaltation de l'amour fasse taire ses remords. « Jusqu'à quand ? Peut-on être heureux en ayant trahi ? »

De l'autre côté de la rue, un couple d'amoureux était en train de s'embrasser passionnément, indifférent au reste du monde, la fille sur la pointe des pieds et le garçon la tête penchée. Richard baissa les yeux sur l'écran de son portable et sélectionna le numéro d'Isabelle.

*

* *

Tout en sifflotant, Lionel observa la table d'un œil critique. Satisfait, il hocha la tête. Sur des sets de lin noir, il avait posé des assiettes de porcelaine blanche et des couverts aux manches de bakélite noire ; au centre, une orchidée blanche dans un élégant vase noir. Pour une fois qu'il recevait sa sœur, et surtout dans des circonstances pareilles, il se donnait du mal. D'un regard circulaire, il s'assura que tout était en ordre dans la grande pièce à vivre, surmontée d'une verrière, dont il était si fier. Tous les gens qui entraient chez lui avaient la même réaction, d'abord la surprise devant ce décor très minimaliste, puis l'enthousiasme en découvrant la vue imprenable sur le canal Saint-Martin, quatre étages plus bas. Le premier choc passé, certains appréciaient l'endroit, d'autres pas. Un immense canapé de cuir noir, flanqué de deux petites tables d'ébène à chaque bout, était le seul élément de confort. Le reste du mobilier se composait d'une table de verre et de quatre chaises de métal martelé. Sur le mur du fond se trouvaient trois grandes affiches encadrées, dont l'une était en réalité un écran plat de télévision. Aucun tapis, aucun bibelot, aucune étagère. Le foutoir se trouvait dans sa chambre, à l'autre bout du loft, invisible pour les invités.

En découvrant ces lieux, qui avaient abrité autrefois des ateliers de couture, Lionel avait eu un coup de foudre. Rien, ici, ne pouvait lui rappeler la maison familiale de Tours, c'était exactement ce qu'il voulait. Grâce à sa mère, puis grâce à Isabelle, il avait pu acheter et aménager ce loft à son idée. Il leur en était reconnaissant mais, après tout, Isabelle avait l'étude, une situation enviable et des revenus conséquents. Quant à leur mère, elle se plaisait dans un affreux trois-pièces fonctionnel, d'une banalité à pleurer, sur lequel elle avait jeté son dévolu après la mort de leur père. « Tout le monde est content, c'est formidable ! » répétait Lionel qui fuyait les discussions d'argent. S'il en gagnait peu, parce qu'il travaillait en dilettante, en revanche, il s'amusait beaucoup.

— Et j'aimerais que ça dure, marmonna-t-il, que les bêtises d'Isabelle ne changent pas la donne…

Isabelle avec Richard ! Même pour Lionel, le fantaisiste de la famille, la situation avait quelque chose d'aberrant. Que ces deux-là se remettent ensemble après quinze ans de séparation était à peine croyable. À quoi pensait donc Isabelle ? À torpiller la vie de Richard définitivement ? Souffler sur les braises d'un amour de jeunesse dénotait un comportement tout à fait infantile, or Isa était une femme intelligente et responsable. Qu'espérait-elle d'un replâtrage aussi tardif ? Si Richard divorçait, abandonnant sa gamine, il allait sombrer dans une nouvelle crise de culpabilité. Trop loyal, trop droit, trop honnête, il devait déjà se sentir mal. L'insouciance de leurs vingt ans était révolue, encore une chimère après laquelle il était stupide de courir. Mais peut-être Richard courait-il seulement après sa revanche ? En perdant à la fois l'affection débordante de Lambert et l'amour fou d'Isabelle, il avait dû en baver. Et mettre du temps à remonter la pente ! Pourquoi irait-il la dévaler aujourd'hui ?

Le délicat carillon de la porte sortit Lionel de sa rêverie. Avec l'impression d'accueillir deux fugitifs, il tomba dans les bras de sa sœur, puis dans ceux de Richard.

— Alors, les amoureux, en cavale ?

— Pas en cavale, corrigea Isabelle. En voyage.

— Où passez-vous vos vacances ?

L'expression « lune de miel » aurait été malvenue, et Lionel l'avait retenue de justesse.

— On part à l'aventure ! répondit sa sœur d'un ton de défi. Rien n'est programmé, on passe d'abord un ou deux jours à Paris, ensuite on filera vers le Sud. On s'arrêtera peut-être en Bourgogne, et puis direction la Provence…

Elle resplendissait. Comme toujours quand elle obtenait ce qu'elle voulait.

— Si maman m'appelle, suis-je censé savoir où tu es et ce que tu fais ? s'inquiéta-t-il.

— Je ne lui ai pas donné de détails, j'ai seulement annoncé que je prenais une semaine de congé.

Bien sûr. Elle avait préféré éviter l'affrontement, les cris, la litanie des reproches. Lionel se tourna vers Richard et croisa son regard. Il semblait moins heureux qu'Isabelle, mais c'était normal, il avait bien davantage à perdre dans l'aventure.

— Je vous ai préparé des steaks tartares à ma façon ! Très relevés, avec beaucoup de câpres, d'oignons, et une touche de piment. Désolé pour les frites, elles sont surgelées. Ça ira, Richard ?

La question ne concernait pas le menu, Richard dut le comprendre car il adressa un clin d'œil à Lionel en lui souriant, soudain plus détendu.

— Il est sympa, ton appartement, soupira Isabelle.

— Rien ne t'oblige à habiter dans ton musée de la bourgeoisie locale ! Tu vois comme c'est clair, ici ?

Il se demanda si sa sœur envisageait pour de bon de vivre avec Richard. Après cette escapade, il leur faudrait rentrer à Tours et faire face. Divorce, déménagement, ils allaient connaître des mois difficiles tandis que les mauvaises langues iraient bon train.

— Clair, d'accord, grâce à ta verrière, mais tout de même trop dépouillé à mon goût.

Quels pouvaient bien être les goûts d'Isabelle en matière de décoration ? Le mobilier de l'étude n'était pas plus fantaisiste que celui de la maison, et à peine plus moderne ! Lionel eut une pensée pour la femme de Richard, qui savait si bien parler de son métier de décoratrice d'intérieur. Qu'allait-elle devenir et comment prenait-elle la fuite de son mari ? Seul avec Richard, il lui aurait posé la question, mais ce sujet était délicat à aborder devant Isa.

— Asseyez-vous, je vous sers à boire.

— Tu es gentil de nous recevoir, dit sa sœur en lui tendant son verre. Nous risquons d'être des parias un peu partout désormais…

— Vous ne serez pas les premiers à qui ça arrive. Et puis, le monde a changé, même à Tours, je suppose ?

— Pas vraiment ! répliqua-t-elle avec un petit rire très gai.

Elle s'amusait, elle était à l'aise, aussi épanouie que déterminée.

— Concrètement, demanda-t-il pour la ramener sur terre, que comptez-vous faire ?

Agacée par ce qu'elle devait prendre pour une attaque, elle le toisa.

— Avant tout, vérifier qu'on s'aime aussi fort qu'on le croit. Et si c'est le cas, je ne vois pas ce qui pourrait se mettre en travers de notre route.

Elle saisit la main de Richard qu'elle serra dans la sienne d'un air de défi.

— On ne me l'enlèvera plus, martela-t-elle. Tu comprends ça ? Quand j'avais dix-huit ans, on a décidé à ma place, mais c'est fini !

Sa sincérité ne faisait aucun doute, pourtant Lionel ne fut pas convaincu. À un moment donné, Isa avait un peu oublié Richard, qu'elle le veuille ou non. Juste après la mort de leur père, il avait bien fallu une rupture, mais par la suite ? Avec son caractère décidé, elle aurait pu chercher à le revoir un ou deux ans plus tard. Or elle n'avait jamais rien tenté dans ce sens, elle s'était contentée de profiter de sa vie d'étudiante à Paris. Elle avait eu des liaisons, des coups de cœur, avait passé des nuits entières à danser, d'autres à réviser, menant une existence trop remplie pour conserver une place à son premier amour. Lionel se rappelait très bien cette question, posée par Isa d'une voix songeuse mais pas désespérée : « Je me demande ce que

Richard a pu devenir. » Au fil du temps, elle l'évoquait parfois avec nostalgie, ou bien avec curiosité, mais elle ne parlait pas de se lancer à sa poursuite.

— Toi qui y vas souvent, as-tu des endroits à nous recommander en Provence ?

Isabelle faisait référence aux nombreuses escapades que Lionel s'offrait à longueur d'année.

— Si vous poussez jusqu'à Arles, descendez au Jules César, c'est une halte inoubliable dans un ancien couvent. Sinon, il y a le Vallon de Valrugues, à Saint-Rémy, et bien évidemment l'Oustau de Baumanière, aux Baux. Vous avez l'embarras du choix, mais tout ça n'est pas donné, je vous préviens !

Du coin de l'œil, il observa Richard qui semblait n'écouter que distraitement ce programme. À quoi pensait-il donc ? À Jeanne ? À son propre hôtel ? Commençait-il à regretter d'avoir tout plaqué sur un coup de tête ?

« À sa place, je serais angoissé, et pourtant j'ai une nature moins scrupuleuse que la sienne. »

L'affection ancienne qu'il éprouvait pour Richard, moitié camaraderie, moitié fraternité, se réveillait. À un moment donné, dans la famille Ferrière, Richard avait tenu le rôle d'aîné, ce qui arrangeait bien Lionel. Il avait accepté ce grand frère tombé du ciel avec une sorte de soulagement, comprenant que les ambitions de leur père et l'avenir de l'étude ne reposeraient plus entièrement sur ses épaules. Richard travaillait bien en classe et Lionel, loin d'en être jaloux, se sentait ainsi dispensé de bons résultats. Et puis, dès le début, Lionel avait bien vu que Richard ne cherchait pas à accaparer l'attention ou l'amour de Lambert, qu'il recevait comme un surprenant cadeau. De la même manière, il ne tenait pas à ce qu'on s'apitoie sur son sort d'orphelin, il n'y faisait jamais allusion. Enfin, et surtout, puisque Richard était le plus âgé, Lionel n'assumait plus la fastidieuse responsabilité de sa petite sœur. Lors des sorties des trois adolescents, c'était Richard qui devait rendre des comptes à Lambert ou à Solène. D'une certaine façon, Lionel s'était retrouvé cadet, et content de l'être. Aujourd'hui, en regardant l'homme qu'était devenu Richard, Lionel s'attendrissait. Une envie très incongrue de le mettre en garde contre Isabelle lui donna envie de rire. Toujours les garçons contre la fille, comme lorsqu'ils étaient gamins !

— Si tu as quelque chose à me dire, vas-y, suggéra Richard.

Sous le regard insistant de Lionel, il devait commencer à s'inquiéter.

— Désolé, j'étais perdu dans nos vieux souvenirs d'enfance. Allez, trinquons à vous deux et à votre voyage.

Après tout, Richard avait presque été son frère, il pouvait bien devenir son beau-frère. Quinze ans plus tôt, Lionel ne s'était pas opposé à cette idée, il n'allait pas le faire maintenant.

*

* *

Solène ne décolérait pas. Sa fille la croyait-elle assez stupide pour n'avoir pas compris ? À l'étude, où elle était allée afin de savoir ce qui se tramait, l'un des notaires associés avait fini par vendre la mèche : Isabelle vivait une grande histoire d'amour avec un ami d'enfance. Voilà l'explication fournie, limpide et simpliste ! Un « ami » d'enfance ? Pouvait-on qualifier d'ami celui qui avait tué Lambert ? Pour ne pas jeter le trouble parmi ses anciens confrères, Solène s'était contrainte à faire bonne figure, demandant des nouvelles de chacun, clercs, secrétaires, formaliste ou caissière, et même de certains vieux clients. Mais une fois hors de l'étude, elle avait laissé libre cours à sa rage. Après avoir annulé sa partie de bridge, elle avait décidé d'employer les grands moyens. La seule personne qui ne pourrait que lui donner raison et entrer dans son camp était l'épouse de Richard, autant la rencontrer sans perdre de temps. Elle trouva l'adresse dans le guide Michelin et fila sur la route au volant de sa petite Peugeot.

À son arrivée au Balbuzard, la première chose qui la frappa fut la luxuriance du parc, puis le charme exquis du tout petit château, ou du moins ce qu'il en restait. Ainsi, Richard avait parcouru du chemin malgré tout et, d'après ce qu'elle voyait, il tirait plutôt bien son épingle du jeu. L'école hôtelière n'avait pas fait de lui qu'un gâte-sauce ou un veilleur de nuit, il devait avoir une bonne étoile !

Lorsqu'elle entra dans le hall de la réception, elle continua de regarder autour d'elle avec intérêt, cherchant en vain des défauts dans la décoration ou la tenue de l'hôtel.

— Bonjour madame ! lui lança une charmante jeune fille, bien trop jeune pour être la femme de Richard. Bienvenue au Balbuzard, que puis-je pour vous ?

— J'aurais voulu rencontrer Mme Castan, répondit Solène du bout des lèvres.

En prononçant ce nom, elle constata qu'elle le détestait toujours autant. Quarante ans plus tôt, Lambert en avait déjà plein la bouche quand il parlait de Gilles et Muriel. Les Castan ceci, les Castan cela, et leurs fouilles, leurs trésors archéologiques, leurs réceptions, leur *merveilleuse fantaisie*. Solène ne les appréciait guère et ne comprenait pas l'admiration de Lambert pour ce fêtard de Gilles. Et dire qu'ensuite, il avait fallu intégrer Richard à leur propre famille ! Ce jour-là, Lambert avait signé son arrêt de mort sans le savoir.

— Je vais la prévenir, susurra la jeune fille de sa voix d'hôtesse de l'air. Si vous voulez bien vous rendre au bar pour l'attendre…

Par curiosité, Solène jeta un coup d'œil en passant à la salle de billard, puis elle alla s'asseoir à une table isolée du bar. Décidément, l'endroit était remarquable, chaleureux et calme, accueillant, impeccable. Difficile de croire que Richard ait pu agencer ça tout seul. Elle s'absorba dans la contemplation du parc qui paraissait, lui aussi, être aux mains d'un professionnel.

« Isabelle devrait engager un paysagiste pour redessiner le jardin de la maison. À force de laisser la végétation à l'abandon, c'est un peu triste… »

Quand elle retournait chez elle, Solène évitait de faire des réflexions, mais elle estimait que sa fille aurait pu mieux s'occuper de son cadre de vie. Elle avait l'impression qu'Isabelle ne faisait que dormir là, qu'elle était en transit.

— Bonjour, je suis Jeanne Castan.

Au premier regard, Solène comprit qu'elle avait affaire à une femme intelligente et réservée, ce qui n'allait pas forcément faciliter leur conversation. Sans se lever, elle lui tendit la main.

— Enchantée. Solène Ferrière, la mère d'Isabelle.

Un éclair de rage traversa le regard très bleu de Jeanne, néanmoins elle esquissa un petit sourire de politesse.

— Ah… Votre visite me surprend un peu.

— J'imagine, oui. J'entreprends une démarche insolite en venant vous voir, mais je crois que nous avons un intérêt commun.

Jeanne croisa les bras dans une attitude défensive, apparemment décidée à ne pas s'asseoir.

— Si vous souhaitez récupérer votre mari, c'est aussi mon vœu le plus cher. Ma fille n'a rien à faire avec lui, je désapprouve cette fugue ridicule.

En abattant ses cartes d'entrée de jeu, elle espérait éviter une fin de non-recevoir.

— Je suis certaine qu'ils ont agi sur un coup de tête, ajouta-t-elle.

— Peut-être, concéda Jeanne. Mais nous n'y pouvons rien, ni vous ni moi.

— Ne soyez pas défaitiste. Tout le monde est accessible au raisonnement, eux comme les autres, et si chacune de notre côté nous trouvons les bons arguments, ils finiront par écouter. Je ne sais pas si vous connaissez l'histoire de notre famille, c'est assez…

— Je la connais, trancha Jeanne. J'en ai beaucoup entendu parler, beaucoup trop à mon avis. Vous n'avez pas très bien traité Richard à l'époque, semble-t-il. Qui peut se prétendre à l'abri d'un accident ? Il n'avait que vingt ans, et une profonde affection pour votre mari.

— Encore heureux ! Lambert l'a traité comme son propre fils, et même mieux. Lionel aurait pu en prendre ombrage, mais c'est un gentil garçon.

Jeanne continuait à la dévisager avec méfiance et Solène comprit qu'elle devait se montrer plus adroite. À l'évidence, critiquer Richard ne lui apporterait pas l'adhésion de cette femme. Sans doute était-elle toujours très amoureuse de son mari malgré son infidélité, il fallait la ménager.

— Ne voulez-vous pas vous asseoir quelques instants ? demanda-t-elle d'une voix plaintive. Je ne suis pas votre ennemie, au contraire. Ce que fait Isabelle est malhonnête. Sa conduite m'étonne, je ne l'ai pas élevée dans cet esprit-là. En réalité, je crois qu'elle est restée accrochée à l'idée de son amour de jeunesse contrarié, mais elle va vite déchanter. Ils reviendront la tête basse, vous verrez !

Reculant d'un pas, Jeanne haussa les épaules.

— Je ne peux pas m'attarder plus longtemps, déclara-t-elle d'une voix dure.

Elle était plus coriace que prévu, plus difficile à cerner. À regret, Solène se leva.

— Tenons-nous au courant, si vous voulez bien. La première qui aura des nouvelles…

— Non, je suis désolée, répliqua Jeanne.

Avec un petit signe de tête, elle prit congé sans autre formule de politesse, traversant le bar à grands pas. La visite de Solène Ferrière la faisait bouillir de colère, la rabaissait, l'humiliait.

« Si je ne tenais pas un hôtel, jamais cette mégère n'aurait osé sonner chez moi ! »

Mais sa fille lui avait donné l'exemple en débarquant au Balbuzard sans prévenir quelques semaines plus tôt au prétexte d'une invitation à dîner, d'une « amicale » réconciliation. Jeanne avait été stupide de céder, elle regrettait amèrement sa naïveté.

« Isabelle aurait trouvé autre chose, elle serait parvenue à ses fins de toute façon. »

À la réception, Éliane voulut l'informer des dernières réservations et d'un désistement.

— Pas maintenant ! jeta Jeanne sans s'arrêter.

C'était la journée des surprises car Ismaël était lui aussi arrivé à l'improviste une heure auparavant. Au moins, en voilà un qui n'avait pas cherché à enjoliver la raison de sa présence, avouant tout bêtement qu'il s'inquiétait pour elle et pour Richard. Sa franchise avait plu à Jeanne, assez pour lui proposer un café dans son appartement, loin des oreilles trop curieuses du personnel.

Elle le rejoignit en haut où elle le trouva occupé à passer en revue les moindres détails de la cuisine.

— Vous avez un fourneau de qualité et des ustensiles corrects, lui dit-il en souriant. Vous aimez préparer de bons petits plats ?

— De temps en temps… Richard ne vous a pas dit que mon rêve aurait été d'ouvrir un restaurant au Balbuzard ?

— C'est une bonne idée. Vous avez le cadre idéal !

— Oui, mais il s'y oppose. Trop de risques, trop de frais fixes.

— Franchement, il n'a pas tort.

— Eh bien, je pense que ça n'a plus grande importance, maintenant. Je ne sais pas ce que nous allons devenir, lui, moi, et l'hôtel.

Elle se mordit les lèvres, stupéfaite d'avoir pu prononcer une phrase aussi intime devant quelqu'un qu'elle connaissait si peu.

— Excusez-moi, bredouilla-t-elle. Je ne veux pas vous impliquer dans notre histoire.

— Pourquoi pas ? Je suis un ami de Dick.

— Dick ?

— On l'appelait comme ça à l'école hôtelière pour le faire enrager.

— Il ne me l'a jamais raconté.

— Je crois qu'il n'a pas trop aimé cette période. Du moins, pas au début. Il était encore complètement obnubilé par l'accident de voiture, il en cauchemardait toutes les nuits. Moi, j'ai réussi à le mettre en confiance et à le faire parler, après il s'est senti mieux. La mère d'Isabelle Ferrière a été moche avec lui, elle…

— C'est drôle, figurez-vous qu'elle sort d'ici. On m'a fait descendre pour elle.

— Quel culot ! Qu'est-ce qu'elle voulait ?

— M'embobiner. Me faire croire qu'en alliant nos forces, on ferait revenir les amants en fuite. En réalité, elle est horrifiée que sa chère fille soit retombée sous le charme de Richard. Elle le déteste toujours autant, elle n'a rien pardonné.

— Méchante bonne femme. Égoïste et hypocrite.

— Comme sa punaise de fille !

De nouveau, Jeanne regretta ses paroles.

— Ne m'en veuillez pas, murmura-t-elle, mais j'ai du mal à ne pas être agressive.

Une immense lassitude venait de s'emparer d'elle. Depuis le départ de Richard, elle avait tenu le coup devant Céline, devant le personnel de l'hôtel, mais elle n'allait bientôt plus y arriver, toutes les larmes refoulées ne tarderaient pas à l'étouffer.

— J'ai aussi beaucoup de mal à accepter, ou même à comprendre ce qui arrive. Je savais bien que tout n'était pas parfait entre Richard et moi, qu'on avait trop laissé le quotidien nous user et nous endormir, mais jamais je n'aurais imaginé qu'il puisse partir comme ça, du jour au lendemain. C'est… c'est insupportable, voilà.

Sa voix s'était mise à chevroter et sa vue se brouillait. L'instant d'après, elle sentit le bras d'Ismaël autour de ses épaules.

— Venez vous reposer un peu, dit-il en l'entraînant vers le séjour.

Il la fit asseoir sur le canapé, repartit à la cuisine d'où il revint avec deux petits verres et une bouteille de cognac.

— L'alcool des coups durs et des coups de blues ! Buvez cul sec, ça ira mieux.

Elle avala trois gorgées à la suite avant d'arriver à grimacer un sourire ironique.

— Pourquoi êtes-vous tellement prévenant ? Richard vous a demandé de veiller sur moi ?

— Bien sûr que non. Il n'est pas du genre à se décharger sur les autres, vous le savez bien.

Il s'installa en face d'elle, posant la bouteille entre eux sur la table basse.

— Je suis passé par là, je sais ce qu'on ressent. Ma femme est partie un beau matin en me laissant notre fils et un petit mot laconique qui n'expliquait rien.

— Ça s'est passé quand ?

— Il y aura trois ans après-demain. Sale anniversaire. Tout ça pour dire que je peux comprendre.

Jeanne laissa échapper un long soupir, puis elle se pencha en avant et remit une rasade de cognac dans chaque verre.

— Ma fille ne va plus tarder. Elle est allée visiter Chenonceau pour la troisième fois avec mes parents.

— Mon fils adore aussi ! Le labyrinthe, le Musée de Cires, la grande galerie sur le Cher… et les cuisines. Je suis tout content de l'emmener découvrir les châteaux de la Loire un par un, il a le bon âge pour apprécier l'histoire de France. Et moi, je les revois avec plaisir.

— Vous êtes né dans la région ?

— Du côté de Blois. J'aime la Touraine, et en vivant à Paris je me suis rendu compte que je ne pouvais pas m'en passer. La douceur du climat n'est pas une légende, l'air est d'une légèreté incroyable, le bleu du ciel est plus profond. Quant aux produits qu'on trouve ici, pour un cuisinier, ça n'a pas de prix. On dit que c'est le verger de la France, mais pas uniquement ! Il y a les vignes, la pêche, la chasse…

Baissant les yeux sur sa montre, il sursauta et se leva d'un bond.

— Il faut vraiment que je file, j'ai un monde fou ce soir au restaurant. Venez donc déjeuner un de ces jours avec vos parents et votre fille, je vous ferai un menu spécial !

— Malheureusement, ils partent tous les trois demain matin. Céline passe toujours une partie des vacances chez eux, c'était convenu depuis longtemps.

— Ne restez pas toute seule, c'est mauvais pour le moral.

Elle lui sourit sans avoir à se forcer, émue par sa gentillesse.

— Si je veux reconquérir Richard, je préfère que Céline ne soit pas dans les parages. Pour l'instant, je ne lui ai rien dit, elle croit son père en voyage, à la recherche d'un architecte. Nous avions le projet de bâtir une…

Incapable de poursuivre, elle secoua la tête pour chasser les larmes qui revenaient.

— Ça va aller, Jeanne ?

— Oui, partez vite, ne faites pas attendre vos clients.

Elle le suivit des yeux tandis qu'il quittait la pièce, et l'entendit descendre l'escalier de son pas lourd. Il avait l'air d'un gros nounours affectueux, ce qui attirait immanquablement les confidences. En principe, Jeanne n'aimait guère se livrer, surtout à un quasi-inconnu, mais la sollicitude d'Ismaël était irrésistible. Dommage d'avoir fait connaissance dans des circonstances pareilles. En temps normal, elle aurait beaucoup apprécié cette rencontre avec un vieil ami de Richard.

« Oh, Richard… Où es-tu ? »

Mettant ses poings sur ses yeux, elle s'obligea à respirer lentement. L'idée de devenir la femme trompée et abandonnée qui pleure du matin au soir la révoltait. Ses parents et sa fille allaient arriver, elle ne devait pas leur donner l'image d'une loque ! Elle se fit la promesse solennelle d'en finir pour de bon avec les crises de larmes. Aucun sanglot, si déchirant soit-il, ne lui ramènerait Richard, il y avait sûrement autre chose à tenter.

« À condition qu'il m'aime ! Ne serait-ce qu'un peu… S'il m'a épousée par dépit, je n'ai rien à espérer, il ne reviendra pas. »

Elle ne se faisait pas d'illusions, les sentiments que lui portait Richard étaient fragiles, et le temps les avait émoussés. Mais peut-être le fantôme d'Isabelle, toujours entre eux depuis le début, avait-il tout faussé ? Peut-être que Richard, en réalisant son vieux rêve, allait enfin le détruire ? De toute façon, elle refusait de considérer le combat perdu d'avance, elle se sentait de taille à affronter sa rivale. Et tant qu'elle serait occupée à se battre, elle n'aurait plus ni le loisir ni l'envie de pleurer.

*

* *

Sous le soleil accablant, les cigales stridulaient sans répit et leur chant montait vers les fenêtres ouvertes de la chambre, accompagné de l'entêtant parfum des pins. Sur le lit défait aux draps froissés, Isabelle et Richard s'étaient un peu éloignés l'un de l'autre pour avoir moins chaud, mais ils se tenaient encore par une main, doigts emmêlés, comme s'ils ne pouvaient pas tout à fait se lâcher.

— Le ciel, ici, a une autre couleur que chez nous, murmura Isabelle.

Elle roula sur le ventre puis secoua la tête pour décoller de son front et de sa nuque ses cheveux trempés de sueur.

— Veux-tu descendre à la piscine ? proposa Richard.

De sa main libre, il suivit la courbe du dos d'Isabelle, le creux de ses reins.

— Plus tard...

Depuis trois jours, ils vivaient sans horaires, passant l'essentiel de leur temps à faire l'amour et à parler, jamais rassasiés.

— Non, maintenant, protesta-t-il. J'ai envie d'un plongeon dans l'eau fraîche, et je meurs de faim !

Il l'embrassa délicatement entre les omoplates avant de se lever. L'hostellerie du Vallon de Valrugues leur coûtait une fortune, comme Lionel le leur avait prédit, mais ils avaient décidé de ne rien se refuser durant cette semaine d'escapade. Leur chambre, vaste et élégante, possédait une terrasse où ils prenaient le petit déjeuner en regardant les oliviers et la chaîne des Alpilles au loin. Ils déjeunaient tardivement au bord de la piscine, dînaient de saint-jacques poêlées dans la salle à manger aux colonnes romaines : l'addition serait forcément exorbitante.

Dans la salle de bains carrelée de bleu, Richard prit une douche tiède. Comme chaque fois qu'il se retrouvait hors de la présence d'Isabelle, il se mit à penser à Jeanne et à Céline, incapable de les chasser de son esprit. Aujourd'hui, sa fille devait être partie avec les parents de Jeanne qui habitaient dans la région bordelaise, à quelques pas de Libourne. Chaque année, ils étaient ravis d'emmener la fillette en vacances avec eux, sachant très bien s'en occuper et la distraire. Jeanne était donc seule au Balbuzard, seule aux commandes de l'hôtel, seule le soir dans son lit. Ou plutôt dans *leur* lit. Dans leur appartement, leur foyer. Comment supportait-elle cette situation insensée ? Elle avait précisé, glaciale, lors d'une unique et laborieuse conversation téléphonique, qu'elle préférait communiquer avec Richard par de brefs messages écrits, qu'elle refusait de bavarder en direct avec lui. De toute façon, il n'y avait pas grand-chose à faire ou à dire qui puisse atténuer la brutalité d'une rupture totalement imprévisible jusque-là. Richard était parti sur un coup de tête, un vrai coup de folie qui le stupéfiait lui-même. Quand Isabelle l'avait exigé, il s'était entendu céder. Devant le « ça ou rien » il avait choisi, terrifié à l'idée qu'Isa puisse à nouveau lui échapper. Il la voulait, il en devenait fou, l'ultimatum l'avait fait plier.

Face au miroir, il eut envie d'éviter son propre regard. Lorsque cette idyllique parenthèse provençale s'achèverait, il faudrait bien accepter tout le reste. Divorcer, négocier pour obtenir une garde alternée de Céline, déménager. Vendre le Balbuzard ?

« Non, pas ça… Pas ça en plus ! »

Mais Jeanne risquait de se montrer impitoyable, et elle serait dans son bon droit.

— Tu te contemples, mon chéri ? ironisa Isabelle.

Appuyée au chambranle, elle était nue, irrésistible avec les marques plus claires de son maillot de bain tranchant sur sa peau bronzée.

— Moi, je te trouve très beau. Très séduisant ! Tu l'étais déjà tout jeune homme, mais la maturité te va encore mieux. Qu'est-ce que tu as fait pour te muscler autant ? Salle de sport ?

— Chantier. J'ai charrié des pierres, de la terre, j'ai débité des arbres morts, j'ai monté des clôtures avec Martin, je…

— Martin ?

— Le jardinier du Balbuzard. Dans un hôtel, on n'a jamais fini. Et notre petit bout de château a été dur à restaurer.

Il la vit réagir et sut qu'il n'aurait pas dû dire « notre » en parlant de Jeanne et lui. La jalousie faisait partie du caractère d'Isabelle, déjà à dix-huit ans elle ne supportait pas que d'autres filles sourient à Richard. Or il attirait les sourires et les clins d'œil, autant aujourd'hui que quinze ans plus tôt. La veille, au bord de la piscine, une femme lui avait demandé l'heure d'une voix langoureuse, et Isabelle avait répondu à sa place.

— Tu vas le regretter, ton petit bout de château ?

Elle avait abordé la question à plusieurs reprises, déterminée à mettre les choses au point avec lui.

— J'y ai consacré beaucoup d'énergie, beaucoup d'argent, et aussi beaucoup d'amour.

Comme il s'y attendait, elle haussa les épaules, balayant d'un geste agacé tout ce que Richard avait pu construire avec une autre femme qu'elle.

— Tu remonteras une affaire, un truc différent. Entreprendre ne te fait pas peur, n'est-ce pas ?

Sans répondre, il enfila son caleçon de bain, un jean et un polo. Nager l'empêcherait de s'obséder en vain sur toutes les questions qu'il se posait.

— Richard ?

Isabelle s'approcha, le prit par le cou, se plaqua contre lui.

— Je t'aime à la folie, chuchota-t-elle en lui offrant ses lèvres.

Le désir s'empara de lui immédiatement. Il posa une main sur sa nuque, l'autre au creux de ses reins. Sa peau était d'une douceur affolante, sa bouche fondait sous le baiser impérieux de Richard. Il adorait chaque centimètre carré de son corps, chacun de ses gestes ou de ses soupirs. Mais il n'aimait pas forcément toutes les pensées qui se dissimulaient au fond de sa jolie tête. Jusqu'où allait-elle l'entraîner ?

— Ça te fait peur d'être ici avec moi ?

Elle le connaissait assez bien pour deviner son état d'esprit, néanmoins il refusa de se livrer.

— Tu veux faire l'amour ? lui souffla-t-il à l'oreille.

En guise de réponse, elle s'attaqua aux boutons de son jean.

*
* *

Jeanne confia à sa mère le doudou de Céline, un lapin tricoté dont la petite fille avait besoin pour s'endormir quand elle n'était pas chez elle.

— Soyez prudents sur la route ! lança-t-elle à son père. Et téléphonez-moi en arrivant.

Sourcils froncés et lèvres pincées, sa mère hésitait encore à monter en voiture.

— Est-ce que tu es sûre que ça ira, ma Jeanne ?

— Oui, maman, ne t'inquiète pas.

— Si tu n'as pas le moral, tu m'appelles.

— Promis.

— Et si tu as besoin de moi, si tu veux que je revienne te tenir compagnie, tu n'as qu'un mot à dire.

— Maman !

— Je sais, je t'agace. Mais tu verras, quand Céline sera adulte, tu t'angoisseras toujours autant pour elle. Et tu sais ce qu'on dit : petits enfants, petits soucis, grands enfants, grands soucis !

Attendrie, Jeanne prit sa mère dans ses bras.

— Ne t'en fais pas, dit-elle tout bas. Je ne vais pas me jeter par la fenêtre parce que Richard est parti.

— J'espère bien ! Aucun homme ne vaut ça, crois-moi.

— Quand vous aurez fini vos bavardages, intervint son père en baissant sa vitre, on pourra partir.

Le sourire qu'il adressa à Jeanne était empreint d'une infinie tendresse.

— Monte, enjoignit-il à son épouse, ta petite-fille s'impatiente.

À l'arrière de la voiture, Céline faisait de grands signes d'adieu.

— Prends soin de toi, Jeanne, dit-il encore avant de démarrer doucement.

Elle les regarda s'éloigner en agitant la main, le cœur serré. Ils avaient retardé leur départ de deux jours pour rester avec elle et la soutenir, mais maintenant, elle voulait vraiment être seule. Lorsqu'elle leur avait annoncé la fugue de Richard, ils étaient tombés des nues, consternés. Jusqu'ici, ils avaient eu beaucoup de sympathie pour leur gendre, et ils ne comprenaient pas ce qui était arrivé.

À pas lents, Jeanne quitta le parking. En ce qui la concernait, elle comprenait trop bien.

— Madame Castan ! l'interpella Martin qui venait de surgir entre deux arbres. Il faut absolument que je sache ce que vous avez décidé.

— Pour ?

— Pour cette construction ! Si des tractopelles doivent se promener par ici, j'aimerais bien être prévenu. Vous construisez ou pas ?

Drapé dans sa dignité, Martin parlait d'un ton rogue qui exaspéra Jeanne.

— La décision appartient à la banque, répliqua-t-elle, on n'obtient pas un prêt en cinq minutes, figurez-vous.

— Et en attendant, je fais quoi ?

Les bras croisés, il la toisait. À la place de Jeanne, Richard aurait négocié, temporisé, mais elle ne s'en sentait pas la patience.

— Faites votre travail sur le reste du terrain, et gardez les plantations dans la serre en attendant.

Elle lui tourna le dos mais il protesta :

— Il y a autre chose ! Les réservoirs d'eau de pluie sont quasiment vides, le temps est trop sec.

— Eh bien, pour une fois, servez-vous de l'eau courante, concéda-t-elle.

Comme tout le reste du personnel, Martin devait se demander où était passé Richard. Jusqu'ici, personne n'avait fait de réflexion, toutefois ça n'allait plus tarder. À ce moment-là, que dirait-elle ?

« J'ai toutes les procurations nécessaires, je peux décider toute seule. Contacter l'architecte, monter le dossier du prêt, faire la nouvelle petite maison. Le Balbuzard, je le garde, quoi que Richard fasse ! Je le garde et je continue à le faire prospérer. Si on doit partager un jour, on verra, je me défendrai. Mais on n'en est pas là… »

L'avenir de l'hôtel la préoccupait, pourtant elle n'arrivait pas à s'y intéresser vraiment. Malgré elle, dix fois par jour, elle consultait son portable, espérant un message de Richard. Le genre de déclaration improbable qui n'arrivait que dans les films à l'eau de rose : « Je regrette, je reviens, je t'aime. » Bien sûr, le téléphone restait muet, aucun texto, rien dans la boîte vocale. Elle se demanda s'il oserait appeler ses parents pour avoir des nouvelles de Céline. Dans ce cas, son père le traiterait immanquablement de « beau saligaud ». L'idée la fit sourire, et ce sourire inattendu lui prouva qu'elle n'allait pas trop mal. Fidèle à sa promesse, elle ne pleurait plus, à la place elle occupait toutes ses heures d'insomnie à faire des croquis, et son carton à dessin débordait. Si vraiment il fallait vendre un jour le Balbuzard, elle voulait être prête à reprendre son ancien métier.

— Non, maugréa-t-elle, je ne vendrai pas. Pas question ! Au pire, on le mettra en gérance, on…

Elle s'interrompit, consciente de parler à voix haute. À cette heure-ci, les femmes de chambre allaient et venaient d'une petite maison à l'autre, elle devait se surveiller.

« Manquerait plus qu'un vent de panique souffle sur le personnel au beau milieu de la saison ! »

Se redressant de toute sa taille, elle se mit à marcher d'un pas vif, l'air affairé.

« Je vais appeler la banque maintenant, je veux un rendez-vous aujourd'hui. Martin a raison, il faut que les choses avancent. Et si Richard n'est pas d'accord, tant pis pour lui. »

Ne devait-elle pas apprendre dès à présent à se passer de Richard ? De son avis, de son consentement, de son aide comme de sa présence. Et de sa chaleur, la nuit. Elle vérifia d'un coup d'œil qu'elle était bien seule sur le sentier menant au château, et elle martela entre ses dents :

— Va au diable, Richard !

6

La chaleur fut à son comble au moment du 15 août mais, sur les rives de la Loire, l'air restait respirable. Par chance, Richard avait vite déniché un petit trois-pièces, rue des Tanneurs, où il pouvait s'installer immédiatement. Sa seule exigence auprès de l'agence immobilière avait été de disposer de deux chambres afin d'en consacrer une à Céline lorsqu'il l'accueillerait. Mais Jeanne y consentirait-elle ? Elle refusait toujours de lui parler au téléphone, estimant qu'il n'avait qu'à venir jusqu'au Balbuzard s'il voulait discuter.

Dès leur retour de Provence, Isabelle s'était de son côté violemment querellée avec Solène qui ne décolérait pas et qui avait fait comprendre que jamais, au grand jamais, Richard n'habiterait la maison familiale. De toute façon, il ne le souhaitait pas, pour l'instant il voulait un endroit bien à lui. Contrariée, Isabelle n'adressait plus la parole à sa mère, et elle était venue visiter l'appartement de Richard d'assez mauvaise grâce.

— Je le trouve un peu exigu, non ? critiqua-t-elle à peine entrée. En plus, tu vas être obligé d'acheter des meubles qui ne te serviront à rien par la suite… Et pendant ce temps-là, je suis toute seule dans une baraque trop grande pour moi. Tout ça est ridicule !

Que s'était-elle donc imaginé ? Qu'ils allaient vivre ensemble du jour au lendemain, et chez les Ferrière ? Richard étant toujours marié, les commérages n'auraient pas manqué d'aller bon train. Tours était une ville où tout se savait très vite, or Isabelle avait une position de notable qui la mettait dans l'obligation de préserver les apparences, que cela lui plaise ou non.

Vêtue d'un élégant ensemble de shantung crème, elle tournait d'un air maussade dans les pièces vides, se demandant sans doute ce qu'elle faisait là.

— Isa, il faut bien que j'aie une adresse, lui rappela-t-il gentiment. Et que nous sachions où dormir…

Un peu radoucie, elle jeta un coup d'œil par la fenêtre du séjour puis partit examiner la salle de bains, qui ne comportait qu'une douche.

— Tu n'aurais pas dû te précipiter pour signer le bail. Nous avons un portefeuille de locations à l'étude, je t'aurais dégotté quelque chose de mieux.

Mais justement, il ne voulait pas dépendre d'elle pour ses moindres faits et gestes. Durant leur semaine d'escapade, il s'était parfois senti dépassé par les exigences d'Isabelle. Pressée de tout planifier, elle ne lui laissait aucune marge de manœuvre, aucun délai de réflexion.

— Ce sera transitoire, dit-il pour lui rendre le sourire.

En réalité, l'attitude farouche de Solène l'avait soulagé, le dispensant d'expliquer à Isabelle pourquoi il ne voulait pas vivre avec elle dans l'immédiat.

— Le provisoire qui dure, on connaît ! répliqua-t-elle. Je te préviens, tu ne me feras pas ce coup-là.

— Je n'en ai pas l'intention. Seulement, j'ai besoin d'un peu de temps pour m'organiser. Tout est allé très vite, Isa.

C'était un euphémisme. Isabelle l'avait entraîné dans une cascade d'événements au milieu desquels il ne maîtrisait plus rien.

— Je sais bien que tu cherches à ménager ta femme, Richard. Mais tu ne lui feras pas moins de mal en laissant traîner les choses.

— « Traîner » est un peu excessif, non ?

Le ton mordant qu'il venait d'utiliser le surprit lui-même. Pourtant, au lieu de s'offusquer, Isabelle éclata de rire.

— Holà, je retrouve mon Richard grincheux ! Enfant, ça t'arrivait de prendre la mouche exactement de cette manière. Papa te traitait de grognon-bougon-ronchon jusqu'à ce que tu te dérides, tu t'en souviens ?

Il n'était pas certain d'avoir envie de parler de Lambert. S'il les voyait, du Ciel où il avait dû monter tout droit, que pensait-il d'eux ?

— Bon, il faut que je retourne travailler, annonça-t-elle. Tu t'occupes de trouver un lit, deux oreillers et une cafetière ? Je ne vais pas pouvoir m'arrêter à l'heure du déjeuner, j'ai plein de rendez-vous et de dossiers en attente. Je te vois ce soir, mon chéri.

Elle vint l'embrasser, câline, mais ne laissa pas le baiser se prolonger, pressée de regagner son étude, ses affaires. Richard ne chercha pas à la retenir, il se contenta d'aller ouvrir une fenêtre pour la voir déboucher sur le trottoir. La démarche assurée sur ses escarpins à hauts talons, sa coiffure savamment désordonnée, ses longues jambes bronzées par le soleil provençal, elle était vraiment belle. Attirante, sensuelle, sûre d'elle, le genre de femme qui ne passait pas inaperçue. Lorsqu'elle disparut au coin de la rue, Richard eut l'impression d'un manque, d'une déchirure. Ne pouvait-il déjà plus se passer d'elle ? Lui était-elle devenue aussi nécessaire que l'oxygène ? Ou bien avait-il peur, loin d'elle, d'être rendu à lui-même et de se mettre enfin à réfléchir ?

Après avoir fermé la fenêtre, il refit le tour de l'appartement. Il n'avait pas seulement besoin d'un lit et d'une cafetière ! Devait-il établir une liste de tous les objets qu'il lui faudrait pour vivre ici ? Découragé, il s'assit à même le parquet flottant, d'assez mauvaise qualité. Il avait l'habitude d'un décor chaleureux autour de lui, celui que Jeanne savait si bien créer. Il avait aussi l'habitude de journées chargées de responsabilités et de contraintes, pas de cette vacance qui menaçait de s'éterniser.

« Avant tout, il faut que je parle à Jeanne. »

Inutile de continuer à fuir une rencontre devenue indispensable. Ils devaient s'entendre au sujet de Céline, qui manquait beaucoup à Richard, se mettre d'accord pour le Balbuzard, leurs comptes en banque respectifs, leurs dettes, un éventuel partage de leurs biens.

« Mon Dieu, qu'ai-je fait ? »

Il essaya de s'imaginer vivant avec Isabelle. Remarié avec Isabelle. Et peut-être à nouveau père, car elle voudrait forcément des enfants. D'un geste nerveux, il chercha son paquet de cigarettes écrasé dans la poche de son jean. Il fumait davantage depuis quelques jours, et il avait racheté des Camel, en souvenir de Lambert.

Les trois enfants baissent la tête, penauds. Isa n'est pas la plus fautive, elle a à peine tiré une bouffée qui l'a rendue toute pâle. Mais les garçons n'ont pas voulu abandonner, ils sont allés jusqu'au mégot en creusant les joues. À force de s'entraîner, ils savent craquer une allumette entre deux doigts, puis l'éteindre d'une pichenette. Des gestes empruntés aux adultes, qui les font se sentir plus grands. Pourtant, là, sous le regard de Lambert qui vient d'entrer, alerté par l'odeur de la fumée, ils n'en mènent pas large.

— Vous êtes devenus fous ? Ce n'est pas de votre âge, en plus vous allez flanquer le feu ! Vous avez donc le diable au corps ?

Il tend la main pour confisquer cigarettes et allumettes, reconnaît son paquet de Camel.

— Vous me l'avez volé ? demande-t-il gravement.

Il les dévisage l'un après l'autre, et quand arrive le tour d'Isa, elle dit qu'elle a mal au cœur.

— Tant pis pour toi. Je ne veux pas d'enfants voleurs ! Tu m'entends, Lionel ?

L'idée est de Lionel, évidemment, et Lambert doit s'en douter, mais il s'empresse d'ajouter :

— Je ne vous demande pas lequel d'entre vous est allé le chercher dans la poche de mon manteau, parce que je ne veux pas d'enfants délateurs non plus. Compris ? Et c'est valable pour toi, Richard. Tout ce que je dis est valable pour toi, puisque maintenant tu fais partie de la famille.

Il rempoche ses Camel et les allumettes.

— L'incident est clos, mais le premier que je reprends à fumer n'ira pas au cinéma mercredi. À bon entendeur...

Quand il sort, les trois gamins respirent. Lambert est toujours juste, jamais méchant, cependant il peut avoir l'air sévère. Son air de notaire, fait remarquer Lionel qui est le premier à retrouver le sourire.

Richard détailla le chameau stylisé sur le paquet froissé qu'il tenait dans sa paume, puis il se refusa la cigarette qu'il s'apprêtait à allumer. D'ailleurs, il n'y avait rien qui puisse faire office de cendrier dans cet appartement rigoureusement vide.

« Vide et sinistre. Est-ce qu'ils ont rétabli l'eau ? L'électricité ? »

Il se releva, préoccupé par toutes les tâches qui l'attendaient, la plus urgente étant de trouver un lit et le faire livrer dans la journée.

« Sinon, Isa exigera d'aller à l'hôtel, et je crois vraiment qu'il faut arrêter les frais. J'en ai assez d'enrichir la concurrence... »

Mais bientôt, il ne serait plus concurrent de personne s'il perdait le Balbuzard. Secoué d'un frisson de mauvais augure, il était sur le point de partir lorsqu'il se ravisa. Il prit son portable et sélectionna le numéro de Jeanne. Oser l'affronter faisait partie des choses urgentes.

*

* *

— Qu'est-ce que tu fais là ? s'étonna Isabelle en se retrouvant nez à nez avec sa mère dans le couloir.

À l'heure du déjeuner, l'étude était quasiment déserte. Seuls un clerc et une secrétaire se faisaient réchauffer des hot-dogs dans le micro-ondes de la cuisine, mais les notaires associés et tout le reste du personnel étaient sortis.

— Je suis venue te parler, articula Solène d'un ton pincé.

— J'ai du travail par-dessus la tête !

— Oui, je m'en doute, c'est toujours comme ça quand on rentre de vacances, ma chérie. Mais je n'en ai pas pour longtemps. Tu as bien cinq minutes à m'accorder ?

Isabelle haussa les épaules avant de se diriger vers la cuisine à grands pas, Solène derrière elle.

— Bon appétit ! lança-t-elle au clerc et à la secrétaire. Ne vous dérangez pas, je prends juste un café.

Sans en proposer à sa mère, elle se servit une tasse et repartit vers son bureau, marchant moins vite cette fois, pour ne pas renverser le café.

— Écoute, maman, je sais d'avance tout ce que tu vas me dire...

— Tu le sais mais tu n'en tiens pas compte, tu n'en fais qu'à ta tête ! Ta fugue avec Richard a été une aberration, je t'assure. Partir en compagnie d'un homme marié, toi ! Tout le monde en parle à Tours, et pas de façon bienveillante. Ici, tu es connue comme le loup blanc, tu es *maître Isabelle Ferrière* ! Et lui aussi, à cause de son hôtel, les gens le connaissent. Il ne…

— Il ne sera pas le premier homme à divorcer, trancha Isabelle.

Les yeux écarquillés, sa mère la dévisagea d'un air horrifié.

— Divorcer ? répéta-t-elle lentement. Tu vas lui faire quitter sa femme pour de bon ? Sa fille ?

— Oui, et je vais l'épouser. Mais comme tu ne veux pas qu'il habite la maison, eh bien je vais te la rendre, *ta* maison ! On en achètera une autre, plus gaie.

— Je crois que tu deviens folle…

— Pourquoi ? Parce que je fais ce que j'aurais dû faire il y a quinze ans si tu ne m'en avais pas empêchée ? Je l'aime, maman, je l'ai toujours aimé !

— La mort de ton père ne t'a pas dégoûtée de lui ?

— Arrête de ressasser, éluda Isabelle. Tu m'as servi ce couplet pendant trop longtemps.

— Un « couplet », vraiment ? J'ai perdu mon mari dans la force de l'âge, pour moi, c'est un drame, si pour toi ce n'est qu'une anecdote !

Le ton était monté entre elles et, s'apercevant qu'elles criaient, elles jetèrent ensemble un coup d'œil vers la porte du bureau restée ouverte.

— Inutile que toute l'étude en profite, marmonna Solène en allant fermer. Tu as décidé de couler la boîte ? Tu es jeune, Isabelle, et les gens ne sont pas obligés de te faire confiance uniquement parce que tu es la fille de Lambert Ferrière. Pour ma génération, un notaire doit être quelqu'un de moral, de stable, en tout cas pas une croqueuse d'hommes mariés ou une briseuse de foyer. La province, c'est comme ça, on se connaît, on s'observe, et on se juge. On a aussi de la mémoire. Ceux qui se souviennent de l'accident qui a coûté la vie à ton père, comment réagiront-ils en te voyant au bras du chauffard ? Tu imagines ce qu'ils penseront de toi ?

— Je m'en moque.

— Tu ne devrais pas. Mais si tu préfères l'anonymat, rejoins donc ton frère à Paris. Ou change de métier tant que tu y es !

Levant les yeux au ciel, excédée, Isabelle vida sa tasse de café. Le discours de sa mère, tellement prévisible, ne changerait rien à ses projets. Elle était décidée à faire divorcer Richard le plus vite possible pour l'épouser, tant pis si certains vieux clients de l'étude s'en offusquaient. Il s'agissait de sa vie privée, qu'elle était prête à défendre bec et ongles.

— Je ne te comprends pas, ma petite fille, reprit Solène d'une voix lasse. Tu as tout ce qu'une femme peut désirer, tu es jeune, tu es belle, ta réussite professionnelle est exemplaire. Pourquoi tout gâcher ? Richard Castan est un nuisible, crois-moi. Il a toujours guigné l'étude et, à travers toi, il finira par se l'approprier. Tu ne vois donc rien ?

— L'amour rend aveugle, tu sais bien, ironisa cyniquement Isabelle.

— Il n'est pas question d'amour ! Juste une amourette contrariée qui ne mérite pas que tu y reviennes pour une pseudo-revanche. En ce moment, tu te trompes sur lui et, plus grave, sur toi-même. Quand tu t'en rendras enfin compte, tu vas beaucoup le regretter.

Le visage de sa mère, tordu par la colère et le mépris, avait quelque chose de laid qui mettait Isabelle mal à l'aise.

— Si tu as fini, maman, j'ai vraiment du travail.

— Ne t'inquiète pas, je m'en vais.

Comme elle n'avait pas lâché son sac durant toute la discussion, Solène n'eut qu'à se détourner pour gagner la porte et sortir. Soulagée par son départ, Isabelle resta un moment immobile, fixant le sous-main de son bureau sans le voir. Existait-il une once de vérité dans tout ce qu'elle venait d'entendre ? Sa mère, qui avait toujours détesté Richard, était forcément de parti pris, néanmoins elle n'avait pas proféré que des absurdités. Oui, les gens allaient juger Isabelle, non seulement les clients ou les employés de l'étude, mais aussi les notaires associés.

— Je les enverrai sur les roses, grogna-t-elle en s'asseyant à son bureau.

Elle se trouvait à un moment crucial de sa vie, elle le savait. Pouvait-elle prendre le risque de mettre en péril sa propre réussite ?

— Nous ne sommes plus au XIXe siècle, bon sang ! J'ai le droit d'être heureuse *en plus* du reste.

Et son bonheur passait par Richard, elle en était convaincue. Contrairement aux autres hommes qu'elle avait connus, Richard la faisait vibrer. Vibrer de plaisir la nuit, et d'émotion lorsqu'elle se réveillait à côté de lui. Avec lui, elle se sentait en territoire connu, elle n'avait pas besoin de jouer un rôle, elle était de nouveau la *plus jolie fille du lycée*, elle exultait.

Elle tendit la main vers un dossier qu'elle se mit à feuilleter distraitement. Le véritable problème n'était pas de choquer ou non les gens. Pour l'instant, c'était Richard lui-même le problème. Sa fichue loyauté, son sens des responsabilités, son caractère entier. Isabelle n'était pas naïve, elle ne croyait pas qu'il allait oublier aisément sa femme et sa fille. Ni son Balbuzard, d'ailleurs. Essayer de le pousser dans cette voie serait une erreur. Or le moindre faux pas risquait de coûter cher à Isabelle, elle le savait. Richard était culpabilisé, fragilisé, il pouvait encore faire machine arrière et rentrer chez lui. Dans cet affreux trois-pièces qu'il venait de louer, il devait tourner en rond et se ronger.

Du matin au soir, il aurait tout le temps de penser au « mal » qu'il faisait à Jeanne, au chagrin de la petite Céline, et à ce qu'il allait devenir.

« Le seul remède est un divorce rapide par consentement mutuel, un partage des biens à l'amiable et en express, puis que Richard remonte immédiatement une autre affaire qui l'occupera. Si c'est l'hôtellerie qui l'amuse, en avant ! »

Elle se reprocha aussitôt ses derniers mots. Richard avait interrompu ses études de droit après l'accident, il n'était pas devenu notaire alors qu'il en rêvait, et l'école hôtelière n'avait sans doute été pour lui qu'un pis-aller. Mais enfin, aujourd'hui il en vivait bien et il semblait apprécier son métier.

Les yeux baissés sur le dossier en désordre, elle soupira. Après la divine escapade provençale, elle trouvait dur de se remettre au travail. Peut-être pourrait-elle prendre encore quelques jours de vacances en septembre ?

« Une fois que j'aurai liquidé tout ce bazar… »

La pile de chemises cartonnées, en équilibre sur le coin du bureau, était vraiment décourageante. Isabelle se leva pour aller ouvrir l'une des fenêtres sur la rue, mais entre le bruit de la circulation et la bouffée de chaleur qu'elle reçut au visage, elle préféra refermer, résignée. Ce soir, ils n'auraient qu'à dîner dans un bistrot sur les bords de la Loire, se régaler de poisson grillé et de légumes frais en profitant de la fraîcheur de l'eau.

« On serait tout aussi bien dans le jardin, à la maison ! »

Hélas, sa mère avait décidé de la priver de ce plaisir. Si elle s'entêtait dans cette attitude absurde, Isabelle mettrait sa menace à exécution et lui rendrait la maison. La lui laisserait sur les bras, en fait, car jamais Solène ne reviendrait y vivre.

« Ou je suis chez moi, ou je suis chez elle, il va falloir choisir. »

Mais ce ne serait pas de gaieté de cœur, car malgré son aspect vieillot et figé, Isabelle aimait l'endroit. Elle y avait grandi, y avait connu tous ses premiers émois amoureux avec Richard, elle s'y sentait à l'aise au milieu de ses souvenirs et à l'abri du reste du monde.

Un coup frappé à sa porte la fit sursauter. La caissière de l'étude entra sans attendre la réponse et vint déposer près du sous-main une pile d'actes et de chèques à signer.

— Quelle chaleur, hein ? Il faudrait envisager un jour de climatiser les bureaux…

Isabelle lui adressa un petit sourire crispé. La climatisation, une couche de peinture un peu partout, certaines moquettes à changer : l'étude avait indiscutablement besoin d'un coup de neuf. Depuis Lambert, le décor n'avait pas changé.

— J'y pense, affirma-t-elle.

Cependant, elle aurait préféré ne songer qu'à son dîner avec Richard et à la robe qu'elle allait choisir. Être amoureuse ne lui donnait pas envie de travailler, surtout pas en plein mois d'août. Elle fit l'effort de chasser Richard de son esprit. Elle avait des responsabilités, des collaborateurs à payer et des décisions à prendre dans le cadre de ses affaires. Si on devait la juger sur sa vie privée, au moins qu'elle soit irréprochable sur un plan professionnel.

*

*   *

Lorsque Richard entra dans le hall de la réception, Jeanne se trouvait occupée avec un couple de clients espagnols. Discrètement, il lui fit signe qu'il montait l'attendre à l'appartement. En gravissant l'escalier de pierre, il se sentit submergé de nostalgie, comme prévu, mais lorsqu'il pénétra dans le séjour, l'impression devint insupportable. Ils s'étaient tellement échinés sur ces murs, Jeanne et lui ! À l'époque, ils auraient soulevé des montagnes ensemble pour construire leur foyer. La chambre de Céline leur avait donné du fil à retordre avec son parquet éventré par endroits, mais ils en étaient venus à bout et leur fillette avait battu des mains devant le résultat.

Il s'approcha de la porte vitrée qui menait à la cuisine, la fit coulisser sur ses rails. Les plans de travail et l'évier étaient impeccables, à croire que personne n'habitait plus ici. Où Jeanne prenait-elle ses repas en l'absence de Céline ? Peut-être dans la cuisine de l'hôtel, au rez-de-chaussée, où elle devait se trouver moins seule. Avec les allées et venues des employés pour la préparation des petits déjeuners ou la confection de jus de fruits frais, il y avait toujours un peu d'animation en bas.

— Je n'arrivais pas à me débarrasser de ces clients ! lança Jeanne derrière lui. Et mon espagnol n'est pas formidable…

Faisant volte-face, il la dévisagea. Elle avait un peu maigri et ses yeux bleu azur semblaient plus grands. Sa bouche aussi, et elle devait détester ça car elle trouvait ses lèvres trop pulpeuses, mais Richard estima qu'elle était plus jolie ainsi.

— Comment vas-tu ? s'inquiéta-t-il.

— Bien !

— Tu es sûre ?

— Est-ce que je devrais m'être désintégrée de désespoir parce que tu es parti ?

— Jeanne…

— Ne t'inquiète pas, ça va. Je ne dis pas que c'est facile, mais je m'en sors. Je fais tourner l'hôtel. Malgré tout, il faut bien que quelqu'un s'en charge !

— Oui. Et il faut aussi que nous en parlions.

— Absolument. Veux-tu un café ?

Il acquiesça d'un signe de tête, troublé par l'attitude calme de Jeanne, et désemparé de se trouver en face d'elle. Sa femme. Une belle femme, une femme bien. Qu'il avait trompée, abandonnée.

— Je ne sais pas comment te demander pardon, murmura-t-il.

— Oh, ne cherche surtout pas ! Ce n'est pas le genre de conversation que nous pouvons avoir en ce moment. À mon avis, limitons-nous aux choses urgentes.

— Comme tu voudras.

— Ne me la joue pas penaud et contrit, Richard. Contentons-nous de parler d'argent puisque tu es venu pour ça.

— Pas uniquement. Donne-moi d'abord des nouvelles de Céline. Ton père m'injurie quand j'appelle chez eux, et il refuse de me la passer.

— Elle est en pleine forme. Pour l'instant, on ne lui a rien dit, ce sera à toi de le faire quand elle rentrera.

— Tu me laisseras la voir ?

Jeanne posa une tasse devant lui puis, relevant les yeux, elle le scruta sans aucune indulgence.

— Tu es son père. Je ne veux pas me mettre dans mon tort. En ce qui concerne les histoires de garde, ce sera à un juge de statuer.

Il eut l'impression de recevoir une douche froide. Le mot de « juge », associé à leur fille, venait de le précipiter dans la réalité crue du divorce.

— Je n'ai pas besoin d'un juge, Jeanne. J'espère que nous serons d'accord pour tout ce qui concerne Céline mais, au bout du compte, je ferai ce que tu auras décidé.

Elle parut réfléchir une seconde, battit des cils à plusieurs reprises comme si elle refoulait ses larmes.

— Imaginer ma fille en week-end chez Isabelle Ferrière me rend malade, souffla-t-elle enfin d'une voix altérée.

— J'ai loué un appartement, protesta-t-il. Céline ne verra que moi si tu me la confies.

— Mais un jour, cette femme deviendra sa belle-mère, non ?

Le regard de Jeanne étincelait soudain de rage, et la manière dont elle toisait Richard signifiait qu'elle ne lui ferait aucun cadeau. La perspective de voir son mari épouser Isabelle devait la rendre folle.

— Nous n'en sommes pas là, réussit-il à dire.

L'avoir énoncé à voix haute lui fit réaliser qu'il n'avait pas réfléchi sérieusement à son avenir. Voulait-il vraiment refaire sa vie avec Isabelle ?

— Pour tout t'avouer, Jeanne, je ne sais plus où j'en suis.

— Le contraire m'étonnerait. Tu es parti d'ici en cinq minutes, montre en main. Ta femme, ta fille, ta maison, hop, à la poubelle, et pas de tri sélectif, cette fois ! Moi qui croyais te connaître, je n'en suis pas encore revenue.

— Je n'avais pas le choix, il me semble.

— Je ne t'ai pas chassé, rappela-t-elle. Tu t'es mis dehors tout seul.

— Nous n'aurions pas pu continuer, tu le sais très bien. Je suis peut-être un « beau saligaud », comme dit ton père, mais je déteste mentir et je n'avais pas l'intention de mener une double vie.

— En somme, c'était elle ou moi ? Eh bien tu l'as prise, elle, affaire classée !

Il ne répondit rien et le silence s'installa durant quelques instants. Puis Jeanne se détourna en haussant les épaules.

— Bon, voyons l'essentiel… J'ai obtenu un accord de principe de la banque et j'ai fait venir l'architecte. Il pense me soumettre assez vite ses plans pour la nouvelle construction. Dans l'esprit des précédentes, mais plus moderne, avec des normes encore plus rigoureuses. Une maison positive en énergie ! Nous avons imaginé une sorte de suite destinée aux familles, avec deux chambres modulables.

Elle avait retrouvé un calme apparent et elle en profita pour se servir un café avant de venir s'asseoir en face de Richard.

— Évidemment, tu vas me dire que ce n'est pas le moment d'investir. Pas le moment d'un point de vue personnel, privé, en revanche, ce serait très bien pour le Balbuzard qu'il est temps d'agrandir. On ne peut pas perdre toute une parcelle rien qu'en jardin d'agrément, ce n'est pas rentable. D'ailleurs, il resterait même la place de faire une piscine, ce qui justifierait une augmentation du prix des chambres, et l'amortissement serait rapide.

Dépassé par ce discours, Richard se demanda où Jeanne voulait en venir. Son incompréhension devait se lire sur son visage car elle se pencha en avant et reprit, toujours très posément :

— C'est un projet d'envergure, que je compte mener à bien.

— Toute seule ?

— Pourquoi pas ? Tu ne m'en crois pas capable ? Vois-tu, Richard, je pense être en droit d'exiger ton accord.

— Mais enfin, si nous nous séparons, si…

— Qu'est-ce que c'est que ce conditionnel ridicule ? *Si ?* Nous sommes déjà séparés ! Et *si* nous divorçons, *si* nous partageons le Balbuzard, ça ne signifie pas qu'on va le vendre. Tu resteras propriétaire de la moitié des parts, voilà tout.

— Et la moitié des dettes.

— La moitié des revenus aussi.

— Pas si c'est toi qui fais tout le travail.

— Oh, rassure-toi, je vais me salarier ! J'ai vu ça avec notre comptable. Peut-être un emploi à mi-temps pour commencer. Je dois t'avertir qu'avec les remboursements des différents emprunts, il ne restera quasiment pas de bénéfices.

Ainsi, elle avait pensé à tout réorganiser sans lui. En moins de deux semaines, elle avait vu banquier, architecte et comptable, envisagé un nouveau chantier, planifié l'avenir de l'hôtel et le sien.

— Jeanne ?

Il tendit la main à travers la table et attendit. Après une hésitation, elle accepta de la prendre.

— Tu peux faire ce que tu veux. J'ai juste peur que ce soit beaucoup pour toi.

La main de Jeanne dans la sienne était douce. Elle avait de longs doigts fuselés, faits pour tenir un crayon ou un fusain.

— Tu as enlevé ton alliance, constata-t-il en baissant les yeux sur son annulaire.

— Elle ne signifiait plus grand-chose. Isabelle supporte que tu gardes la tienne ?

Bien entendu, Isa lui avait demandé de l'ôter, mais jusqu'ici il n'avait pas pu s'y résigner, comme s'il s'agissait d'une ultime trahison. Il sentit que Jeanne la lui retirait.

— Je garde les deux, murmura-t-elle. Je les donnerai un jour à Céline.

Il fut presque soulagé qu'elle la lui ait prise et qu'elle la conserve.

— Si tu as besoin de mon aide ici, tu n'auras qu'à le dire, je viendrai volontiers.

— J'y compte bien. Mais pas tout de suite, d'accord ? Pour l'instant, ça me rendrait trop triste. Il faut que je m'habitue à ton absence, et à ce que tu ne sois plus qu'un… visiteur.

Il n'eut pas le culot de répondre qu'il voulait rester son ami, son complice. D'ailleurs, ce rôle lui déplaisait. Il essaya d'imaginer Jeanne avec un autre homme installé au Balbuzard à sa place, cependant il y renonça en sentant poindre une sorte de rage inattendue. De la jalousie ? Ce serait très malvenu et tout à fait inexplicable.

— Pour les meubles, reprit-elle, j'aimerais que tu ne touches à rien. Céline ne comprendrait pas qu'il manque un canapé, des lampes ou des tapis à son retour.

— Oui, bien sûr, ce n'était pas mon intention. Je vais m'acheter de quoi faire un petit campement provisoire, mais j'arrangerai une jolie chambre pour Céline.

— Préviens-moi quand ce sera prêt. À ce moment-là, tu devras lui dire la vérité, et ensuite, si elle le souhaite, elle pourra passer un week-end chez toi. Uniquement si c'est son désir, et avec toi *tout seul.*

— Entendu.

Prêt à céder sur n'importe quoi, il avait surtout remarqué que Jeanne venait de lâcher sa main. Leur entretien se terminait, Richard allait devoir partir mais il n'en avait aucune envie. Il aurait voulu s'attarder, lui poser d'autres questions, peut-être la serrer dans ses bras pour la consoler.

— Je dois redescendre, déclara-t-elle en se levant. Éliane va prendre sa pause déjeuner. Si tu as encore cinq minutes, arrange-toi pour trouver Martin et le dérider, il est de très mauvaise humeur. Il dit qu'à force d'avoir un jardin en chantier, plus rien ne poussera !

Elle se mit à rire, sans se forcer, et sa gaieté étonna Richard. Pour sa part, il se sentait affreusement triste, avec une impression d'irrémédiable gâchis. En silence, il suivit Jeanne à travers cet appartement si familier où il n'était pourtant plus chez lui. Sur l'avant-dernière marche de l'escalier, elle s'arrêta net et il buta contre elle, la prenant machinalement par les épaules pour ne pas qu'elle trébuche.

— Qu'est-ce que tu comptes faire, Richard ? Remonter une affaire hôtelière ?

Elle parlait tout bas, pour qu'on ne les entende pas depuis la réception.

— Oui, j'y pense.

— Alors, on sera concurrents ?

La tête tournée vers lui, elle ouvrait de grands yeux incrédules.

— C'est fou, chuchota-t-elle. Absolument fou… À propos, j'ai reçu le représentant d'un nouveau guide qui doit paraître à Noël. Un écoguide vert. Je crois que le type a été épaté et que j'aurai droit à une super-note !

Elle avait utilisé la première personne car le Balbuzard ne concernait plus qu'elle. Richard se sentit rejeté, pourtant c'était bien lui qui avait décidé de partir. Décidé ? Les circonstances, l'entêtement sans concession d'Isabelle et la rapidité des événements avaient décidé pour lui. En réalité, il était ballotté comme un fétu de paille dans un torrent.

— Je vais tâcher de trouver Martin, déclara-t-il.

Au moins, avec le jardinier, il serait plus à l'aise. Lui faire accepter une nouvelle construction ne devrait pas poser de problème, il suffirait d'imaginer comment l'intégrer au paysage existant pour galvaniser Martin. À chaque défi, il commençait par ronchonner et protester, puis il se prenait au jeu.

— Si tu as besoin de quoi que ce soit, Jeanne, appelle-moi, n'hésite pas.

Il n'osa même pas l'embrasser sur la joue, il sauta les deux dernières marches et fila droit à travers le hall pour échapper au regard d'Éliane qui l'observait depuis le comptoir de la réception. Tout le personnel devait s'interroger sur son absence, et sa visite de ce matin ne ferait qu'attiser la curiosité.

Dehors, la chaleur était devenue accablante malgré la disparition du soleil que cachaient de gros nuages noirs. Le temps n'allait pas tarder à tourner à l'orage, et Richard se mit à souhaiter une bonne averse pour emplir les réservoirs d'eau de pluie. Même si le Balbuzard était désormais l'affaire de Jeanne, il se sentait encore très impliqué. Comment allait-il apprendre à s'en désintéresser, puis à s'en passer ?

— Vous habitez toujours ici ou pas ? lui lança Martin au détour d'une allée.

La question, trop abrupte, le hérissa.

— Qu'est-ce que ça peut vous faire ?

Ils se toisèrent deux ou trois secondes, puis Richard ajouta, plus conciliant :

— Il s'agit de ma vie privée, Martin. Pour le Balbuzard, il n'y a rien de changé, votre emploi n'est pas menacé. La construction de la nouvelle petite maison aura bien lieu, sans doute cet hiver, au moment de la fermeture annuelle. Alors, en attendant que le chantier démarre, il faut rendre la parcelle séduisante pour la durée de la saison. Toutes les chambres sont réservées pour les semaines à venir, faites donc plaisir aux clients avec des fleurs et des plantes odorantes, d'accord ?

Martin hocha la tête, dubitatif, avant d'appuyer son menton sur le manche de sa pelle. Sa manière de considérer Richard indiquait clairement sa désapprobation.

— Je n'aime pas discuter avec Mme Castan, finit-il par lâcher. Les femmes, on ne peut jamais leur faire comprendre un projet d'ensemble. Elles ne pensent qu'aux bouquets ou aux herbes aromatiques !

— Jeanne n'est pas comme ça, Martin. Si vous preniez la peine de bavarder gentiment avec elle, vous vous en rendriez compte. Son premier métier était la décoration d'intérieur, je crois qu'elle manie aussi bien que vous l'association des couleurs ou la maîtrise des perspectives. Elle a du talent, et elle sait apprécier le vôtre.

Un peu ébranlé, le jardinier cessa de le dévisager, laissant son regard errer au loin.

— D'accord, dit-il enfin, j'essaierai… Tiens, le revoilà, celui-là !

Richard se retourna et il eut la surprise de découvrir Ismaël qui marchait vers eux.

— Vous le voyez souvent ? demanda-t-il avec curiosité.

— Tous les jours !

Martin leva les yeux au ciel avant de s'éloigner, tandis qu'Ismaël rejoignait Richard.

— Salut, vieux… Tu viens voir ma femme ?

Avec un large sourire, Ismaël acquiesça.

— J'espère que ça ne t'ennuie pas ? Je l'aime bien, alors je lui tiens compagnie de temps en temps. Ton départ l'a secouée…

Très à l'aise, Ismaël ne semblait pas trouver la situation incongrue. Depuis quand était-il devenu l'ami de Jeanne ? Il ne la connaissait même pas deux mois plus tôt !

— Tu es au courant pour ce restaurant qu'elle a tellement envie de monter ? poursuivit tranquillement Ismaël. C'est un projet vague, mais qui m'intéresse.

Une nouvelle petite maison, éventuellement une piscine, peut-être un restaurant : Jeanne avait la folie des grandeurs.

— La période me paraît mal choisie pour se lancer dans un truc d'une telle envergure, finit-il par dire.

— Au contraire ! Pour Jeanne, ce serait un excellent dérivatif, elle pensera moins à votre divorce si elle est très occupée. Et, question finances, je…

— Richard ! Richard !

Brutalement interrompus par les cris de Jeanne qui arrivait ventre à terre, se tordant les chevilles sur les graviers, ils se précipitèrent ensemble à sa rencontre.

— Mon père vient d'appeler, annonça-t-elle d'une voix haletante. Céline a été hospitalisée ! Elle avait un peu de fièvre hier soir, mais presque quarante ce matin. Aux quatre cents coups, ils ont fait venir le samu qui l'a embarquée sur une suspicion de méningite !

— Où est-elle ?

— À l'hôpital Robert-Boulin, à Libourne.

— J'y vais, décida Richard.

— Non ! hurla Jeanne, au bord de l'hystérie. J'y vais, moi. En trois heures d'autoroute, j'y serai. Je pars tout de suite, le temps de prendre mon sac. Toi, tu n'as qu'à garder le Balbuzard. Je t'appellerai dès que j'aurai...

— Désolé, Jeanne, mais je t'accompagne, ou bien je pars tout seul de mon côté. Je ne reste pas ici les bras croisés, tu comprends ?

Elle secoua furieusement la tête, les larmes aux yeux.

— Et on ferme l'hôtel pendant ce temps-là ?

— Confie-le à Éliane, elle a le sens des responsabilités.

— C'est une gamine ! Tu m'emmerdes, Richard, tu ne vois pas qu'il y a urgence ?

Près de craquer, elle le prit par le col de sa chemise et commença à le secouer.

— Allez-y tous les deux, intervint Ismaël. Je passerai matin et soir jeter un coup d'œil sur la boutique, promis. J'ai l'habitude du personnel, je leur parlerai, ne vous en faites pas.

Prenant gentiment Jeanne par les poignets, il lui fit lâcher Richard.

— Tu n'es pas vraiment en état de conduire, ma grande. Laisse-lui le volant et filez.

Jeanne n'hésita qu'une seconde avant de céder. Pour elle, l'important était de rejoindre sa fille au plus vite.

— Je reviens tout de suite ! lança-t-elle en s'élançant vers l'hôtel.

Sous le choc, Richard essaya de rassembler ses idées. Il devait prévenir Isabelle avant de se retrouver enfermé dans une voiture avec Jeanne. S'éloignant d'Ismaël qui n'avait pas bougé, il sortit son téléphone de sa poche. Par chance, Isa n'était pas joignable et il n'eut qu'à laisser un message, ce qui lui évita de longues explications. Puis il revint vers Ismaël et s'arrêta juste devant lui.

— Est-ce que tu dragues Jeanne ? demanda-t-il en scrutant son ami d'un regard incisif.

— Pourquoi pas ? Il te les faut toutes les deux, Dick ? L'ancienne et la nouvelle, ta femme et ta maîtresse ?

Utiliser ce vieux surnom semblait être une provocation, et Richard réagit avec agressivité :

— Tu n'es pas en train de me donner une leçon de morale par hasard ?

— Pas par hasard, non. Je te trouve bien con d'avoir cédé au chant des sirènes, mais c'est ton problème. Voilà Jeanne…

Elle les rejoignit, à bout de souffle et les traits creusés par l'angoisse.

— On y va ? s'impatienta-t-elle.

Cependant elle prit quelques instants pour embrasser Ismaël, lui remettre un jeu de clefs et le remercier. À côté de lui elle paraissait toute petite, presque fragile. Certes, elle avait maigri, mais Ismaël avait une véritable stature de colosse. L'ours et la poupée. Existait-il quelque chose entre eux ? Agacé de se poser pareille question alors qu'il n'aurait dû penser qu'à sa fille, Richard se dirigea vers le parking à grands pas.

*

* *

Pour une fois qu'elle pouvait profiter pleinement de la fraîcheur de son jardin, Isabelle s'y trouvait seule. Comme toujours. Et dans le réfrigérateur, le dîner préparé par Sabine l'attendait. Sa grande et belle histoire d'amour ne changeait donc rien à sa vie ? Son téléphone sans fil calé dans le cou, elle s'était allongée sur la balancelle après avoir jeté ses chaussures au loin sur les graviers.

— Je ne veux pas être à la merci de toutes les rougeoles ou scarlatines de cette gamine, ronchonna-t-elle.

Le rire strident de Lionel lui vrilla le tympan et elle éloigna un peu le combiné de son oreille.

— Enfin, ma vieille, tu savais qu'il n'est pas célibataire ! Tu vas devoir supporter les remous de son divorce dans les mois à venir, quant à sa fille, il l'a pour la vie. Si tu ne peux pas t'en arranger…

— C'est à Jeanne de s'en occuper, trancha Isabelle avec mauvaise foi. Qu'avait-il besoin de l'accompagner ? Ils vont se mettre chacun d'un côté du lit et bêtifier à qui mieux mieux, ce qui n'assurera pas la guérison de la petite.

Cette fois, Lionel resta silencieux, puis il murmura :

— Tu t'entends, Isa ? Tu parles d'elle de façon vraiment hargneuse.

— Il faudrait que je l'aime ? Je ne connais pas cette môme et je m'en moque ! Un jour, nous aurons *nos* enfants, Richard et moi.

— Ça ne rayera pas celle-là de la carte. Quand tu seras devenue sa belle-mère, tu devras en prendre soin toi aussi.

Ce fut au tour d'Isabelle de se taire, méditant la prédiction de Lionel. Parviendrait-elle à aimer la fille de Jeanne un jour ? Sûrement pas. Elle désirait Richard pour elle seule, Richard en entier, un Richard sans passé et sans attaches. En réalité, le Richard de vingt ans que Solène lui avait fait manquer.

— Pourquoi est-ce si compliqué ? gémit-elle.

Sur la table de fer forgé, devant elle, un rayon de soleil se reflétait dans la bouteille de quincy, débouchée en rentrant de l'étude et dont il manquait déjà la moitié.

— J'aimerais que tu sois ici pour trinquer avec moi. La soirée est magnifique, toute douce, et je suis comme une idiote sur ma balancelle, sans personne à qui parler.

— Tu me parles depuis une heure, rappela-t-il gentiment. Veux-tu que je vienne dîner avec toi demain soir ?

— Tu ferais ça ?

— Une virée à moto me tente assez. Mais je t'en supplie, ne fais pas signe à maman.

— Je m'en garderais bien ! Elle est odieuse, elle continue à me pourrir l'existence, et à cause d'elle, je vais être obligée de quitter la maison.

— Une chance pour toi. Trouvez-vous donc un endroit nouveau, Richard et toi, sinon vous ne pourrez jamais redémarrer.

— Tu crois qu'on y arrivera ?

— Je ne lis pas dans le marc de café. Mais je te conseille de faire quelques concessions. Richard n'est plus un gamin, prends-le tel qu'il est aujourd'hui, ou laisse-le tranquille.

Isabelle changea de position sur la balancelle, et elle en profita pour boire deux gorgées de quincy.

— À ton avis, Lionel, pourquoi ne sommes-nous pas mariés, toi et moi ?

— Parce que le modèle familial ne nous a pas inspirés.

— Toi, sûrement, tu es un rebelle ! Mais pas moi. Je serais volontiers rentrée dans le moule. D'ailleurs, je l'ai fait avec l'étude...

— Tu n'as pas vraiment eu le choix, Isa. Je ne brillais pas à la fac de droit, et Richard était devenu l'ennemi public numéro un après l'accident. Tu as dû te sentir obligée, quelque chose comme ça. Dans la foulée, tu aurais pu fonder ta propre famille, seulement Richard te trottait toujours dans la tête, alors tu as joué les cœurs d'artichaut en attendant ton heure.

Rassérénée par la voix affectueuse de son frère, Isabelle commençait à se sentir mieux. Quelques heures plus tôt, le message laconique de Richard l'avait plongée dans l'angoisse. Non pas à cause de la gamine, bien sûr, mais à l'idée qu'il disparaisse pour une durée indéterminée, en compagnie de sa femme. Chercheraient-ils un hôtel proche de l'hôpital, ce soir ? Prendraient-ils deux chambres ou une, l'habitude aidant ? Leur angoisse de parents devant leur enfant malade allait-elle provoquer entre eux un rapprochement ? Isabelle se sentait soudain exclue de l'existence de Richard. À peine l'avait-elle retrouvé qu'il lui échappait, elle ne le supportait pas.

— À demain, Lionel, et sois prudent sur la route, recommanda-t-elle avant de couper la communication.

Lorsqu'il venait à Tours, son frère dormait dans son ancienne chambre, dont il avait expédié la plupart des meubles au grenier. Et neuf fois sur dix il évitait leur mère, ou bien il se contentait d'aller prendre un café chez elle en vitesse. Il avait su couper les ponts, se séparer de sa famille et changer toutes ses habitudes, pourquoi Isabelle n'y parviendrait-elle pas ?

Elle s'extirpa de la balancelle, s'étira dans les derniers rayons du soleil. Pieds nus, elle fit quelques pas, hésitant à quitter le jardin. Finalement, elle alla se préparer un plateau avec le repas froid prévu par Sabine, et deux dossiers qu'elle devait absolument terminer. De retour sous la tonnelle, elle essaya encore une fois d'appeler Richard, mais il était injoignable. Une seconde, elle songea à cet appartement vide et sinistre où elle avait failli dormir ce soir. Même avec un lit, deux oreillers et une cafetière, l'endroit resterait déprimant ! Fallait-il vraiment en passer par là ? Elle avait rêvé de Richard ici, comme au bon vieux temps de leur jeunesse. Il aurait monté leur petit déjeuner, ils auraient fait l'amour sans crainte d'être surpris, heureux d'être enfin libres de pouvoir s'aimer. Mais Solène réduisait le rêve à néant par son intransigeance, se mettant une fois de plus en travers de la route de sa fille. Lionel avait raison, Isabelle devait se trouver un nid qui ne soit ni la maison familiale, trop pleine de vieux souvenirs, ni ce trois-pièces lugubre, loué à la va-vite ! Elle allait s'en occuper dès qu'elle aurait eu une conversation sérieuse avec Richard. À son retour de Libourne, elle ne le lâcherait pas.

*

* *

Dès le premier regard, Richard avait compris qu'il n'était pas le bienvenu et que son beau-père allait lui mener la vie dure. En attendant qu'un médecin vienne les renseigner sur l'état de santé de Céline, qui restait préoccupant, Lucien Lequenne avait entraîné son gendre hors de la salle réservée aux familles. À présent, devant le distributeur de boissons du hall, ils étaient sur le point d'en venir aux mains.

— J'espère que tu ne comptes pas mettre les pieds chez nous ? gronda Lucien.

— Je n'en avais pas l'intention.

— Encore heureux ! De toute façon, je me demande ce que tu fiches ici, on n'avait pas besoin de toi.

— C'est ma fille, Lucien.

— *Ta* fille, et aussi *ta* femme, mais tu les as abandonnées, non ?

— Je n'abandonne pas Céline, je me sépare de Jeanne. Ça arrive à des tas de gens.

— Ben voyons ! De nos jours, tout est possible, tout est permis, c'est bien pratique !

— Et rassurez-vous, nous ferons au mieux pour Céline.

— Mieux que quoi ? s'emporta Lucien. La petite aura le cœur brisé, voilà tout. Ah, quand je pense que je te prenais pour un type bien !

— Ne me dites pas que vous ne connaissez personne dans notre cas ?

— Bien sûr que si. Des hommes qui se vautrent dans l'adultère ou qui se tirent avec leur secrétaire, on en trouve à tous les coins de rues, hélas ! Tu n'as donc pas deux sous de jugeote pour briser ta famille sur un coup de tête ?

— Ce n'est pas ce que vous croyez, Lucien.

— Tout ce que je crois, c'est qu'au fond ma pauvre Jeanne y gagnera, parce qu'elle était bien mal lotie avec un trou-du-cul de ton espèce !

L'expression fit blêmir Richard qui préféra se détourner pour partir, mais Lucien le retint en l'agrippant brutalement par le bras.

— Tu n'as pas le courage de me regarder en face, hein ?

Richard se dégagea d'un mouvement sec qui fit chanceler Lucien.

— Vous n'allez pas vous battre ici ? s'écria Jeanne. Je rêve !

Arrivée derrière eux, elle s'interposa.

— Le médecin veut nous parler, dit-elle à Richard avant de s'adresser à son père. Calme-toi, je t'en supplie…

Lucien haussa les épaules, toujours furieux, puis il se tourna vers la vitrine du distributeur. Côte à côte, Jeanne et Richard traversèrent le hall et rejoignirent le pédiatre en blouse blanche qui les attendait. Il leur annonça que, malgré la ponction lombaire, Céline ne récupérait pas comme il l'aurait voulu.

— Il s'agit d'une méningite bactérienne, expliqua-t-il, plus embêtante qu'une virale, et qui a atteint la moelle épinière. Heureusement, le diagnostic a été précoce et votre fille a reçu un traitement antibiotique dès son arrivée à l'hôpital, sans attendre le résultat des tests. On verra l'évolution d'ici deux ou trois jours, toutefois, je pense que Céline n'aura pas de séquelles neurologiques. Pour l'instant, elle est fatiguée, elle a encore des maux de tête légers et elle a besoin de repos car cette maladie puise énormément dans les réserves énergétiques du corps. Mais votre présence lui fera plaisir, elle a beaucoup réclamé sa maman et son papa !

Il les accompagna jusqu'à la chambre de Céline qui somnolait, toute pâle sur son oreiller. Dès qu'elle aperçut ses parents, elle se redressa et tendit les bras. Avec des gestes d'une douceur inouïe, Jeanne la serra contre elle, la câlina, la berça en lui murmurant des paroles apaisantes. Au bout d'un moment, elle s'écarta à regret pour laisser la place à Richard.

— On est venus si vite qu'on n'a pas eu le temps de te trouver un cadeau, ma puce. Mais on va se rattraper demain, promis !

Il vit que Céline tenait le lapin tricoté dont elle ne se séparait pas. Sur la table de chevet, un chien et un âne en peluche trônaient près d'un livre de contes. Ses beaux-parents avaient fait ce qu'il fallait pour leur petite-fille, on ne pouvait rien leur reprocher.

— Je rentre quand à la maison ? murmura-t-elle.

— Quand tu seras complètement guérie.

— Quel jour ?

— Le médecin le dira.

— J'ai hâte…

De part et d'autre du lit, Jeanne et Richard échangèrent un regard. Chez elle, une mauvaise surprise attendrait Céline : l'absence de son père. Mais ce n'était vraiment pas le moment d'en parler. Ils lui firent raconter le début de ses vacances, essayèrent de l'amuser, puis l'aidèrent à se rendormir en lui lisant des histoires à tour de rôle. Lorsqu'ils quittèrent la chambre, sur la pointe des pieds, la nuit était tombée.

— Je vais me chercher un hôtel près d'ici, déclara Richard. Tu dors chez tes parents ? Je peux te déposer et retourner te chercher demain matin.

— Pas la peine, ils m'attendent sur le parking.

— Parfait. Tâche de bien te reposer…

Il hésitait à la quitter, ne sachant pas comment lui dire au revoir.

— Les visites sont autorisées à partir de midi, rappela-t-il. Mais si tu viens avant, je ne crois pas qu'on te jettera dehors. De mon côté, j'essaierai de dénicher un magasin de jouets et j'achèterai des trucs de notre part à tous les deux.

Jeanne hocha la tête, s'efforçant de sourire, mais elle semblait inquiète et épuisée.

— Ne t'en fais pas trop, ce médecin m'a l'air formidable.

Il se pencha vers elle et l'embrassa doucement sur la tempe.

— Céline va se remettre, j'en suis certain.

S'écarter d'elle lui demanda un effort car il avait terriblement envie de la prendre dans ses bras pour la consoler et la rassurer.

— Je suis désolée de ne pas dîner avec toi, dit-elle d'une voix mal assurée, mais je crois que mes parents ont besoin que je leur remonte un peu le moral. Même s'ils n'y sont pour rien, Céline est tombée malade chez eux et ils se sentent responsables. En tout cas, n'en veux pas à papa, tu sais qu'il est impulsif et…

— Et tu es sa fille unique. J'espère que je n'aurai pas à m'engueuler un jour avec le mari de Céline, parce que je serai encore plus vindicatif que ton père !

Bien que les mots l'aient blessé, il n'en voulait pas à Lucien de son agressivité. Pour ses beaux-parents, ce qui aurait dû être un été agréable tournait au cauchemar, entre le divorce de leur fille et l'hospitalisation de leur petite-fille. Du coup, Richard devenait indésirable. Il suivit Jeanne des yeux, la vit quitter le hall puis disparaître dans la nuit, et un sentiment de solitude le prit à la gorge. Il connaissait mal Libourne mais il devait se trouver une chambre, ainsi qu'un endroit où dîner car il était mort de faim. À quand remontait son dernier repas ? Depuis le café offert par Jeanne dans la matinée, il n'avait rien avalé.

Lorsqu'il sortit, l'air était lourd, saturé de gaz d'échappement. Les équipes de jour quittaient l'hôpital, ainsi que tous les visiteurs, et il y avait beaucoup d'agitation sur le parking. Nulle part il ne vit la voiture de ses beaux-parents qui avaient dû s'empresser de ramener Jeanne chez eux. À leur âge, une journée comme celle-ci était éprouvante. Prenant son portable dans sa poche de jean, il le remit en service. Cinq appels en absence témoignaient de l'impatience d'Isabelle, ce qui lui arracha un sourire. Elle allait le harceler de questions, en particulier sur la date de son retour, or il n'avait aucune idée du temps qu'il lui faudrait passer ici. Tant que Céline serait hospitalisée, il resterait, ensuite il la ramènerait au Balbuzard avec Jeanne.

Il sélectionna le numéro d'Isa et ne fut pas surpris de l'entendre répondre dès la première sonnerie.

— Enfin toi ! s'exclama-t-elle. Tu aurais pu trouver cinq minutes pour m'appeler, non ? Comment va ta fille ?

— Pas aussi bien qu'on le voudrait. Pour l'instant, les médecins la gardent.

— Ah… Combien de temps ?

— Je ne sais pas. Ça dépendra de sa capacité de récupération.

— Alors, tu ne rentres pas ?

— Pas maintenant, non. Je pense qu'il y en a pour quelques jours.

Après un petit silence, Isabelle soupira :

— Tu me manques.

— Toi aussi, mon amour.

— Où vas-tu t'installer ?

— Dans un hôtel proche. Je n'ai pas encore cherché.

— Et Jeanne ?

Il perçut une pointe d'agressivité dans sa voix. La jalousie d'Isabelle pouvait avoir quelque chose de flatteur pour lui, mais pas dans ces circonstances.

— Elle est chez ses parents.

Un nouveau silence s'installa durant quelques instants.

— Si tu dois t'éterniser là-bas, reprit enfin Isabelle, je peux te rejoindre pour le week-end.

Cette perspective rebuta immédiatement Richard, sans qu'il puisse s'expliquer pourquoi. Isa lui manquait vraiment et il aurait adoré passer la nuit avec elle, néanmoins il ne souhaitait pas du tout sa présence à Libourne.

— Je ne crois pas que ce soit une bonne idée. Si tu viens, tu t'ennuieras forcément.

— Mais non ! Mettons que j'arrive samedi soir, comme ça nous aurons la soirée et la nuit pour nous. Tu ne dors pas à l'hôpital, j'imagine ? Je repartirai dimanche dans la matinée. Il y a quoi ? Trois heures de route ?

Acculé, Richard cherchait désespérément une raison à invoquer pour refuser.

— Tu ne vas pas passer ton week-end à conduire, c'est ridicule. Je sais que tu croules sous le travail, profites-en pour te reposer un peu.

— Eh bien, répliqua Isabelle d'une voix altérée, tu ne meurs pas d'envie de me voir on dirait !

— Bien sûr que si. Mais je ne me sens pas… disponible. Je m'inquiète pour ma fille et je veux passer le plus de temps possible avec elle. Quand elle sera de retour à la maison, je serai plus libre.

— À la « maison » ?

— Au Balbuzard.

— Tu considères toujours que c'est ta maison ?

— J'ai fait un lapsus, Isa.

— Pas très agréable pour moi. Parce que, justement, il faut que nous nous en trouvions une, de maison. La nôtre. Tu comprends ? Ton trois-pièces miteux, c'est très gentil, mais on ne va pas vivre là.

— Seulement quelques mois, chérie. Laisse-moi le temps de m'organiser, de…

— Organiser quoi ? demanda-t-elle d'un ton cassant.

— Mes finances, d'abord, et puis le divorce, tout ça. Jeanne et moi, nous devons expliquer la situation à Céline. Nous…

— J'en ai marre que tu me parles de Jeanne !

Stupéfait, il l'entendit se mettre à pleurer.

— Isa, ma chérie, dit-il tendrement, ne prends pas tout au tragique.

— Tu es loin, je suis toute seule, et j'ai l'impression qu'on n'arrive à rien, toi et moi. Si tu aimes encore ta femme, si c'est avec elle que tu veux rester, autant que je le sache maintenant !

— Isabelle, voyons… J'ai quitté Jeanne pour te suivre, tu n'as aucun doute à avoir. Seulement, il est impossible de changer de vie en cinq minutes, et Jeanne sera toujours la mère de ma fille. Mais c'est toi que j'aime, que j'aime à la folie.

« Folie » était le bon mot, il s'appliquait aussi bien aux sentiments excessifs de Richard pour Isabelle qu'à cette tourmente dans laquelle il était pris malgré lui.

— Tu ne peux pas ouvrir la bouche sans prononcer le prénom de Jeanne plusieurs fois, fit-elle remarquer d'un ton las. Rappelle-moi quand tu auras trouvé un hôtel.

Elle raccrocha sans lui laisser le temps de protester. Telle qu'il la connaissait, elle serait là demain soir, mais il n'arrivait pas à s'en réjouir. Pourquoi ? Un peu plus tôt, il s'était senti très seul dans le hall de l'hôpital, et en ce moment même, sur ce parking désert, il n'éprouvait que de la tristesse.

« Ma fille est à l'hôpital, je divorce, je déménage, je fais une croix sur le Balbuzard, c'est beaucoup à la fois ! »

Et surtout, il avait replongé dans le malaise de la culpabilité. Il rendait Jeanne malheureuse, il faisait pleurer Isabelle, et il allait briser le cœur de Céline, selon l'expression de son beau-père. Mais avait-il encore le choix ? Les dés étaient jetés, il ne pouvait plus rien y changer. Haussant les épaules, il déverrouilla sa portière puis s'installa au volant.

*

* *

Émilie Lequenne croyait aux vertus salvatrices de la bonne chère, aussi avait-elle préparé un rôti de porc aux pruneaux, accompagné d'un gratin de macaronis. Lucien s'était empressé d'ouvrir une bonne bouteille en l'honneur de sa fille, affirmant qu'un peu de vin aidait à se remettre des émotions fortes. Ils avaient d'abord longuement parlé de Céline, et à présent la conversation languissait tandis qu'ils s'attardaient autour d'une tarte aux myrtilles.

— Tu as été odieux avec Richard, papa, fit remarquer Jeanne. Au pire, ignore-le, mais ne l'injurie pas.

— Odieux ? J'aurais pu l'être davantage, crois-moi, bougonna Lucien. Ce type n'a aucune excuse, je ne le connais plus.

Il quitta la table, drapé dans sa dignité, et annonça qu'il allait fumer sa pipe dans le jardin. En réalité, il s'agissait plutôt d'une cour pavée à l'ancienne, qui s'étendait dans le prolongement de la maison jusqu'à la rue. Fermée par une haute grille et décorée par des citronniers et des orangers en pots, cette cour était l'endroit préféré de Céline pour jouer.

— Tu l'as entendu ? Richard est devenu un *type* ! maugréa Jeanne.

— C'est normal. Ton père ne lui pardonnera jamais de t'avoir quittée. Tu connais son langage imagé, il dit que son gendre est parti « comme un pet sur une toile cirée ».

Au lieu de se vexer, Jeanne éclata de rire et sa mère la regarda avec de grands yeux stupéfaits. Quelques instants plus tard, Jeanne passa du rire aux larmes, écrasant sa serviette sur ses yeux.

— Ma petite fille, murmura Émilie. Je sais bien que tu traverses un moment très dur… et je sais à quel point tu aimes Richard. Parce que tu l'aimes toujours, n'est-ce pas ?

— Oui, éperdument. Mais je ne peux pas le retenir contre son gré, maman. Depuis un certain temps déjà, je me posais des questions, je le trouvais tiède, un peu distant, démotivé. On s'est laissé bouffer par le boulot, les habitudes. On avait Céline et on avait le Balbuzard, alors on ne s'occupait plus beaucoup l'un de l'autre. Et par malheur, c'est juste à ce moment-là qu'il a revu Isabelle Ferrière ! Oh, de toute façon, ça devait arriver, il l'a toujours eue dans la tête… Si seulement elle avait été mariée de son côté, ou amoureuse d'un autre, il aurait bien fallu que Richard en prenne son parti et se décide à l'oublier enfin ! Mais non, elle l'attendait, et lui n'avait jamais cessé de penser à elle. Qu'est-ce que je pesais à côté de ça, moi ? Rien du tout.

Émilie se leva, rapporta une boîte de mouchoirs en papier, puis demanda avec curiosité :

— Comment est-elle, cette femme ?

— Belle, élégante, distinguée… sûrement intelligente, et très volontaire.

— Tu es bien magnanime !

— Non, lucide. Mais Isabelle pourrait aussi bien être la fée Carabosse, pour Richard ce serait pareil. Un premier amour, peut-être qu'on ne s'en remet pas ?

— Je crois que, hélas ou tant mieux, on se remet de tout.

— Tu peux me le promettre ?

Ses grands yeux bleus rivés sur sa mère, Jeanne avait soudain l'air d'une petite fille abandonnée.

— Il y a plus grave que perdre un homme, j'en suis certaine, affirma Émilie. Toi aussi, tu es une belle femme, intelligente et volontaire ! Tu peux donc exister sans Richard. Un jour, il y aura un autre homme près de toi, même si tu ne le souhaites pas aujourd'hui.

Jeanne hocha la tête, songeuse.

— Il était pourtant merveilleux… Ensemble, nous avons fait du bon travail. Nous partagions un idéal, des convictions, nous étions prêts à soulever des montagnes quand on a construit le Balbuzard. À ce moment-là, on ne parlait pas encore de maisons « positives », celles qui produisent davantage d'énergie qu'elles n'en consomment, mais Richard était à l'affût des moindres nouveautés en matière d'écologie. Tu l'aurais vu harceler l'architecte !

— Tu en parles comme d'un excellent associé, fit remarquer Émilie. Et l'amour ? Vous aviez du temps pour l'amour ?

— On arrangeait notre appartement, on charriait des pierres, on décollait des vieux papiers et des lattes de plancher vermoulues. Les nuits où Céline faisait ses dents, on la veillait à tour de rôle. Peut-être qu'on n'a pas fait suffisamment attention à nous deux, à l'amour.

— Quand le Balbuzard a été achevé, tu aurais dû reprendre un travail à l'extérieur. Vous avez vécu en vase clos toutes ces dernières années.

— Oui, et je retiendrai la leçon, fais-moi confiance. Aujourd'hui, pendant que Richard conduisait pour venir ici, j'ai eu une curieuse impression. Nous étions un peu comme deux étrangers qui se découvrent et qui s'observent. Plus du tout comme un vieux couple. Malheureusement, c'est un peu tard…

Elle étouffa un bâillement et proposa à sa mère de l'aider à débarrasser.

— Non, va vite te coucher, tu es morte de fatigue. Je n'en aurai que pour cinq minutes à ranger et, de toute façon, j'attends ton père pour monter. À propos, il ne faut pas lui en vouloir, je crois qu'il prend très mal les choses parce qu'il aimait beaucoup Richard. Il était persuadé que tu avais trouvé un mari modèle, alors il est tombé de haut.

Jeanne esquissa un sourire compréhensif, mais le cœur n'y était pas. Après avoir embrassé sa mère, elle se dirigea vers l'escalier, s'arrêta au pied des marches.

— Maman ? Ne t'inquiète pas trop pour moi. En ce moment, c'est Céline mon plus gros souci. Dès qu'elle ira mieux, j'irai mieux aussi. Et puis… Au fond, tu as raison sur bien des points. Tu parlais d'un autre homme, de rencontres à venir, alors j'essaierai de ne pas être sourde et aveugle, ni inconsolable, promis !

Émilie la regarda gravir l'escalier, attendrie. Jeanne réagissait avec courage, c'était rassurant pour l'avenir. Néanmoins, elle allait devoir affronter tout le chagrin et tous les désagréments d'un divorce. Qu'en serait-il de la garde de Céline ? Richard était un bon père, très attaché à sa fille, il souffrirait sûrement d'en être privé, même s'il était responsable de leur séparation. À l'hôpital, Émilie avait vu son regard anxieux et ses traits marqués, elle l'avait senti perdu. Pour un homme vivant une folle passion, il semblait plutôt accablé. Uniquement à cause de sa fille ? Non, puisque les jours de Céline n'étaient pas en danger.

Émilie soupira, mécontente d'elle-même. Pourquoi se soucier de son gendre alors qu'il était l'unique responsable de toute cette pagaille ?

« Pas de la méningite de la petite. Une bactérie, ont dit les médecins. Ses vacances avec nous étaient prévues de longue date, elle l'aurait attrapée de toute façon. »

Lucien avait été parfait. Dès qu'Émilie lui avait montré le thermomètre, il avait téléphoné à leur médecin traitant. Mais celui-ci ne pouvait venir que dans la soirée, faisant ses visites après sa consultation. Comme Lucien ne voulait pas attendre, il avait appelé le samu. Entre-temps, Céline s'était mise à vomir.

« C'est une maladie mortelle, nous avons échappé au pire. À côté de ça, le divorce de Jeanne n'est pas grave. »

Pourtant, elle ne pourrait pas s'empêcher de regretter son gendre. Depuis le jour où elle avait fait sa connaissance, Richard lui était sympathique. Se donnant les moyens de ses ambitions, il s'était révélé un bourreau de travail au Balbuzard. Habile gestionnaire, c'était aussi un homme prévenant, sensible, et qui possédait le sens des valeurs. Jusque-là, Émilie et Lucien l'avaient cru solide, loyal, droit. Comment avaient-ils pu se tromper à ce point ? À moins que Richard n'ait eu qu'un coup de folie, comme certains hommes peuvent en connaître à la quarantaine. Qu'il se soit laissé séduire et entortiller par cette femme ? Il ne serait pas le premier à vouloir retrouver sa jeunesse ! Mais peut-être y avait-il autre chose. Une faille, une blessure secrète, un besoin de se racheter que Jeanne avait parfois évoqués. Elle disait que Richard était prisonnier de son passé et, en effet, quand on l'observait de près, on devinait chez lui une sorte de retenue, comme une inaptitude au bonheur.

Émilie accrocha son torchon à la porte du four. La cuisine était rangée, elle pouvait faire chauffer l'eau pour les infusions.

— La nuit est d'une douceur ! s'exclama Lucien en rentrant. Si on buvait la tisane dehors ?

Entre les orangers et les citronniers, il avait installé une petite table et trois chaises pliantes pour les soirées d'été, car la grande joie de Céline était de dîner dans la cour.

— Jeanne est montée ?

— Elle tombait de sommeil.

— Je comprends ça ! Elle a eu si peur, la pauvre... Tu sais qu'ils ont roulé à tombeau ouvert pour venir ?

Il l'avait dit affectueusement, mais il s'aperçut que considérer Jeanne et Richard en tant que couple n'était plus d'actualité.

— Faudra me faire savoir à quelle heure je peux aller à l'hôpital, demain, bougonna-t-il. Je ne veux pas croiser Richard.

— Ne sois pas stupide.

— Émilie, tu me connais. Tout à l'heure, j'ai été à deux doigts de lui mettre mon poing dans la figure. Autant éviter ça.

— Ce qu'on va éviter, c'est que tu t'en mêles. D'accord ?

Lucien haussa les épaules sans rien promettre, puis il se mit à préparer un plateau, posant bruyamment les tasses pour marquer sa désapprobation.

— Imagine qu'ils se remettent un jour ensemble ? insinua Émilie. Tu aurais bonne mine, tu...

— Ensemble ? explosa-t-il. Ma fille reprendrait sous son toit un type capable de s'envoler avec le premier jupon qui passe ? M'étonnerait qu'elle pousse aussi loin l'indulgence !

— Tu ne comprends rien à l'amour.

— Au contraire, j'en ai une haute idée. Moi, vois-tu, je t'aime et je ne t'ai jamais trahie, c'est aussi bête que ça. Tiens, je n'en veux pas, de ton eau chaude !

Il abandonna le plateau et repartit dans la cour, furieux.

7

Céline récupérait lentement, souffrant toujours de maux de tête persistants. Dans sa chambre, à l'hôpital, l'éclairage était tamisé, et les médecins surveillaient attentivement un problème d'ouïe consécutif à la méningite, qui entraînait chez la fillette des étourdissements. Son état n'était pas alarmant, néanmoins elle restait en observation. Jeanne et Richard se relayaient à son chevet, attentifs à ne pas la fatiguer, et lorsqu'elle s'endormait, ils se retrouvaient parfois devant le distributeur de boissons.

Le samedi, en fin de matinée, tout en sirotant un café amer et trop léger, Richard proposa de ne revenir qu'en fin d'après-midi afin de laisser le champ libre à Lucien.

— Ton père ne veut pas me croiser, si j'ai bien compris ? Il passe des heures à vous attendre, ta mère ou toi, dans sa voiture, c'est ridicule. Quand je me suis garé sur le parking, tout à l'heure, j'ai failli aller lui parler mais il a tourné la tête et je n'ai pas insisté. Dis-lui de monter voir Céline, je sais qu'il l'adore. Je ferai autre chose pendant ce temps-là.

— C'est gentil de ta part.

Jeanne termina son gobelet avec une grimace, puis elle l'expédia habilement dans une poubelle placée un peu plus loin.

— Beau tir ! apprécia Richard. Voyons si je peux en faire autant…

Il manqua son but et Jeanne se mit à rire tandis qu'il allait ramasser son projectile.

— Comment ça se passe au Balbuzard ? s'enquit-il en revenant vers elle.

— J'appelle Éliane tous les matins et Ismaël tous les soirs. Il a tenu parole, il passe chaque jour à l'hôtel. Je peux te dire que c'est un vrai patron, il remarque les moindres détails et il sait responsabiliser le personnel. Même Martin l'écoute, c'est dire !

Elle évoquait Ismaël avec une évidente tendresse et une pointe d'admiration qui n'échappèrent pas à Richard.

— J'ai l'impression que tu l'aimes bien.

— C'est quelqu'un de merveilleux. Je regrette que vous ne vous soyez pas retrouvés plus tôt.

— Son retour en Touraine est récent, avant il était à Paris. Mais tu vois, on finit tous par revenir, cette région est un véritable aimant…

En l'énonçant, il se souvint qu'Isabelle, ou plutôt le souvenir d'Isabelle, avait été la principale raison de son propre retour. Lors de son dernier stage dans un grand hôtel parisien, il avait reçu plusieurs propositions, dont une en Alsace et une sur la Côte d'Azur, mais il avait choisi Blois.

— J'ai pas mal discuté avec lui de mon projet de restaurant, reprit Jeanne. Une idée qui me tient à cœur, tu le sais, et maintenant que tu n'es plus là, je vais peut-être la concrétiser. Sans mise de fonds, rassure-toi ! En fait, Ismaël a envie d'investir. Il pense qu'une succursale de son restaurant, intégrée dans un établissement comme le Balbuzard…

Elle prit l'air rêveur, affichant un petit sourire réjoui.

— Réussite assurée ! conclut-elle.

— Tu veux lui louer un local ou quelque chose de ce genre ? Mais où ? Tu comptes pousser les murs, sacrifier la salle de billard ? Ne massacre pas le décor rien que pour essayer de me prouver que j'avais tort.

Elle le dévisagea puis leva les yeux au ciel.

— Le décor, je te rappelle que c'est ma partie. Et puis je ne vais pas me contenter de pleurer sur mon sort du matin au soir parce que tu m'as quittée. Je dois me trouver un centre d'intérêt et aller de l'avant. Tu comprends ?

— Ton centre d'intérêt ne serait pas un intérêt tout court pour Ismaël ?

— Ne sois pas injuste, Richard. Il y a longtemps que je pensais à un restaurant. Quant à ma relation avec Ismaël, ça ne te regarde pas, tu n'es plus concerné.

Rajustant la bandoulière de son sac sur son épaule, elle ajouta, plus bas :

— Je ne le dis pas pour te punir, ni pour me venger. C'est seulement la réalité.

Décontenancé, il la suivit des yeux tandis qu'elle s'éloignait vers les ascenseurs. Elle remontait tenir compagnie à Céline pour le déjeuner. Devait-il la suivre ? Non, il avait proposé de ne revenir qu'en fin d'après-midi afin de laisser la place à ses beaux-parents, mieux valait s'en tenir à ce programme. D'ailleurs, la fillette avait surtout besoin de sa mère, elle s'endormait plus facilement si c'était Jeanne qui la berçait et la câlinait.

« Qu'en sera-t-il lorsque je ne verrai plus Céline qu'un week-end sur deux ? Va-t-elle se détacher de moi ? »

La vision fugitive d'Ismaël prenant sa place le glaça. Une jalousie pourtant bien malvenue, comme l'avait constaté Jeanne. À présent, Richard se sentait désœuvré, avec des heures d'inaction devant lui. Peut-être le temps de méditer sur tout ce qui était en train de se produire dans sa vie et qui lui procurait un affreux goût de désastre.

— Richard !

Près des grandes portes, à l'entrée du hall d'accueil, Isabelle le hélait en agitant les bras. D'abord stupéfait, Richard se précipita vers elle. Pourquoi arrivait-elle si tôt alors qu'il ne l'attendait que dans la soirée, et par quelle aberration venait-elle le chercher *à l'intérieur* de l'hôpital ?

— Surprise ! lui lança-t-elle joyeusement.

Néanmoins, elle s'abstint de se jeter à son cou.

— Je suis partie tôt de Tours, et je pensais bien te trouver ici. Tu n'es pas avec ta fille ?

— Jeanne lui tient compagnie pour l'instant. Viens…

Pressé de l'entraîner dehors, il la prit par la main.

— Tu n'as pas l'air follement heureux de me voir, marmonna-t-elle en le suivant.

— Si, bien sûr que si, mais pourquoi ne m'as-tu pas appelé ? J'aurais pu te rejoindre ailleurs.

— Ton téléphone est éteint. Qu'est-ce qui se passe, Richard ? Tu as peur que je tombe sur ton ex-belle-famille ? Je suppose qu'ils sont au courant de mon existence, non ? Maintenant, si tu tiens à me cacher…

— Isabelle, bon sang ! Tu crois que c'est l'endroit ? Le moment ? Mon beau-père menace de me casser la figure, ma…

— Ce n'est plus ton beau-père, tu peux l'oublier.

Richard préféra ne rien répondre pour ne pas envenimer les choses mais, par association d'idées, il s'aperçut que la perspective d'avoir un jour Solène pour belle-mère à la place d'Émilie ne le réjouissait pas du tout.

Sur le parking, il découvrit aussi que, comble de malchance, Isabelle s'était garée presque en face de la voiture où Lucien attendait.

— On prend la mienne, annonça-t-il précipitamment. Je t'emmène dans un bistrot sympa que j'ai découvert avant-hier.

— D'accord, mais je récupère mon sac de voyage d'abord.

Résigné, il put constater que Lucien observait avec beaucoup d'intérêt leur petit manège, et baissait même entièrement sa vitre afin de mieux détailler Isabelle. Tout ceci serait rapporté à Jeanne qui risquait de mal le prendre. En fait, Isabelle n'avait rien à faire ici.

— Je meurs de faim, déclara-t-elle après avoir jeté son sac sur la banquette arrière.

Elle s'installa à côté de Richard et jugea qu'elle était suffisamment à l'abri des regards indiscrets pour l'embrasser.

— Tu m'as beaucoup manqué, mon amour. Je trouve insupportable d'être à nouveau séparée de toi, même pour quelques jours. Est-ce que ta fille va bientôt pouvoir rentrer chez elle ?

— Les médecins n'ont pas encore donné de date précise.

— Mais enfin, elle est guérie ou pas ?

— Elle n'est plus en danger. Je t'ai expliqué tout ça…

Isabelle n'avait pas d'enfant, elle ne pouvait pas comprendre à quelle anxiété Richard et Jeanne avaient été soumis. Quels que soient les inconvénients pour eux, ils n'étaient pas pressés de voir leur fille quitter l'environnement rassurant de l'hôpital tant qu'elle ne serait pas tout à fait rétablie.

— Si on allait d'abord à ton hôtel ? suggéra Isabelle. Ma faim dévorante peut attendre, je me sens de l'appétit pour autre chose…

Elle le prit par le cou, l'embrassa de nouveau avec avidité, comme si elle n'arrivait pas à se rassasier de lui. Malgré le désir qu'elle était en train de provoquer, Richard songea que Lucien n'en perdait sans doute pas une miette, fulminant derrière son volant. Devait-il s'en soucier ? Il finirait par blesser Isabelle avec ses réticences et ses craintes.

— Je t'aime, lui glissa-t-il à l'oreille tout en caressant ses cheveux.

Il adorait le désordre savant de ses boucles, la douceur de ses lèvres, l'effluve très sensuel de son parfum. Qu'elle soit déterminée, exigeante et passionnée faisait partie de son caractère, il l'avait toujours connue ainsi. Néanmoins, il se dégagea gentiment de son étreinte et démarra.

*

* *

Pour lire une histoire, Jeanne s'était approchée de la fenêtre dont le store restait baissé aux trois quarts. Comme Céline s'était mise à somnoler, elle lisait de plus en plus lentement et de plus en plus bas. Au bout d'un moment, elle s'arrêta. Le livre à la main, elle s'approcha de sa fille à pas de loup et constata qu'elle dormait. Tant mieux, elle avait grand besoin de récupérer. Tendrement, Jeanne arrangea le drap, remit le lapin tricoté sur la table de chevet. Hormis quelques inévitables maladies infantiles sans gravité, Céline n'avait jamais eu de problème et c'était bien la première fois qu'elle se retrouvait hospitalisée. Elle prenait les choses avec patience, acceptait les soins, ne faisait pas de caprice. Une enfant adorable et bien dans sa peau. Jeanne essayait de ne pas trop la gâter, de ne pas encombrer la chambre des nombreux jouets qu'achetait Richard. En rentrant au Balbuzard, elle devrait aussi veiller à ne pas la surprotéger, même si l'angoisse provoquée par la méningite exacerbait son amour maternel. Jamais elle ne s'était sentie aussi proche de sa fille, aussi viscéralement attachée à elle. Comment diable allait-elle s'y prendre pour lui annoncer le départ de son père ? Au début, elle avait décidé que Richard se débrouillerait tout seul face à Céline, mais elle avait changé d'avis. Possédait-il le tact nécessaire ? Elle aurait juré que oui, maintenant, elle en doutait. La manière dont il avait quitté sa femme, sa fille et son hôtel du jour au lendemain, quasiment sans explication, la laissait meurtrie et la faisait réfléchir. S'y ajoutait aujourd'hui un incroyable manque de délicatesse, pour avoir fait venir Isabelle Ferrière jusque dans l'hôpital. Son père était monté lui raconter la scène du parking, ajoutant quelques commentaires bien sentis. « Ils s'embrassaient à bouche que veux-tu, je n'en croyais pas mes yeux ! »

Jeanne posa le livre sur l'appui de la fenêtre et laissa échapper un long soupir. Qu'était-il arrivé à Richard ? En se précipitant à Libourne, l'angoisse commune les avait indiscutablement rapprochés, tout juste si elle ne s'était pas réfugiée dans ses bras. Ensuite, il avait semblé si seul et si perdu, presque attendrissant malgré tout. Jeanne avait ses parents à qui parler, un foyer où se réfugier entre deux longues journées passées à l'hôpital, elle était soutenue, entourée, alors que Richard, en butte à l'hostilité menaçante de Lucien, errait entre un hôtel anonyme et des fast-foods.

— Dire que j'ai failli le plaindre !

Elle s'en voulait de sa faiblesse, s'estimait stupide. Elle revint vers le lit, vit que la pendulette de Céline, décorée de grenouilles, indiquait presque six heures. D'ici peu, le plateau-repas du dîner allait arriver.

— Jeanne ?

Passant la tête à la porte et voyant leur fille endormie, Richard avait chuchoté.

— Il va falloir la réveiller pour qu'elle puisse manger quelque chose, déclara Jeanne d'un ton normal. Tu prends la relève ?

— Tu ne restes pas un peu ?

— Je suis ici depuis ce matin.

Il s'avança dans la chambre, l'air embarrassé.

— Ton père a dû se faire un plaisir de te raconter que…

— Absolument !

— Écoute, ce n'était pas mon idée, je n'y suis pour rien.

— Ne t'excuse pas, tu fais ce que tu veux. Si tu penses joindre l'utile à l'agréable et passer un bon week-end d'amoureux, c'est ton affaire !

Ensemble, ils jetèrent un coup d'œil à Céline qui venait de remuer dans son sommeil, puis Richard fit signe à Jeanne de le suivre dans le couloir.

— Tu ne la verras pas, je te le promets, chuchota-t-il.

— Tu ne pouvais pas te passer d'elle quelques jours, hein ? Faire venir ta maîtresse ici, c'est dément !

S'apercevant un peu tard qu'elle était en train de lui faire une scène de ménage, Jeanne se reprit.

— Bon, inutile d'en parler. Occupe-toi de Céline et fais-la dîner, j'ai besoin de prendre un peu l'air. Je remonterai l'embrasser avant de partir. Salut, Richard.

Elle retint le « amuse-toi bien » qu'elle avait sur le bout de la langue et s'éloigna d'un pas vif, le laissant tout dépité.

*

*   *

Devant la fenêtre grande ouverte sur la nuit tiède, Richard fumait une cigarette, tournant le dos à Isabelle. Étendue les bras en croix, la tête calée par deux oreillers, elle l'observait en silence. Une bienheureuse fatigue la fit bâiller une fois de plus, mais elle ne voulait pas dormir. Elle se félicitait d'être venue passer le week-end avec lui car, apparemment, Jeanne et ses parents lui menaient la vie dure. Être traité en paria devait lui rappeler de mauvais souvenirs, pourtant il fallait qu'il apprenne une fois pour toutes à ne plus se sentir coupable. Ni de la mort de Lambert, qui était un accident, ni du pseudo-désespoir de Jeanne, qui s'en remettrait.

— À quoi penses-tu ? demanda-t-elle tout en sachant que ce genre de question obtenait rarement une réponse honnête.

Il lui fit face, sourit, esquissa un geste vague.

— Je m'interrogeais sur l'énergie nécessaire pour remonter un hôtel. Je ne suis pas sûr d'en avoir envie.

Il ne portait que son jean, qu'il avait remis pour aller ouvrir la fenêtre. En quinze ans, il n'avait presque pas changé. Des épaules un peu plus musclées, peut-être, mais toujours une silhouette mince de jeune homme, et ce gentil sourire qui la faisait déjà craquer adolescente.

— C'est comme si je t'avais toujours connu…

— On s'est connus enfants, Isa. Je t'ai vue grandir aussi.

Revenant près d'elle, il s'assit au bord du lit. La chambre n'avait rien d'extraordinaire, étriquée et mal meublée, mais Isabelle s'en moquait, elle ne voyait que Richard. Qu'il ait préféré un endroit tout simple, ne sachant pas pour combien de temps il était là, semblait raisonnable.

— Explique-moi pourquoi tu n'as pas envie de te lancer dans une nouvelle affaire. Moi, si je pouvais, je changerais bien d'étude, j'en ai soupé de la mienne ! Voir un autre horizon, repartir de zéro, c'est plutôt galvanisant, non ? À ton âge, tu ne rêves pas de la retraite, j'imagine…

— Non, mais… Le Balbuzard, c'était comme un rêve. Aussi beau et aussi inaccessible qu'un rêve. J'y ai mis toute mon énergie.

— Qu'est-ce qui te plaisait tellement ? Le cadre ? Le défi du projet écolo ? Juste le nom ? À propos, c'est quoi, un balbuzard ?

— Un rapace. Un genre d'aigle pêcheur. Quelques-uns viennent se servir dans l'étang qui est au bout de mon terrain.

Il avait pris les chevilles d'Isabelle dans ses mains et il les massait doucement.

— Ce n'est plus ton terrain, rappela-t-elle d'un ton patient. Achètes-en un autre.

— Pour l'instant, j'ai beaucoup d'emprunts sur le dos.

— Peu importe ! Je te trouverai des investisseurs. Tu défends l'écologie, tu es pile dans le créneau qui marche.

— Tu n'y crois pas, hein ? Tu n'es même pas concernée.

— Non, ça m'ennuie. Ça devient un diktat odieux, comme toutes les modes. L'ensemble des médias nous en rebattent les oreilles à longueur d'année, et si tu n'es pas un écocitoyen, tu es un irresponsable, voire un méchant. Écopastille, éco-ceci, éco-cela, voilà surtout un bon filon pour les petits malins, et de son côté, le gouvernement en profite pour inventer une kyrielle de nouvelles taxes. Et puis, que veux-tu, je ne suis décidément pas séduite par les toilettes sèches ou la lessive à la pierre ! Ces trucs-là ont un relent baba cool très agaçant.

— Tu caricatures. Tiens, je vais te donner un exemple tout bête. Admettons que tu te moques de l'environnement et de ce que tu rejettes dans l'air, en revanche, ta facture de chauffage te préoccupe sûrement. Bientôt, elle te fera tomber à la renverse ! Ce jour-là, tu seras obligée de t'intéresser à d'autres énergies que le fuel ou l'électricité.

— Et j'implanterai une éolienne de quatre-vingts mètres de haut dans mon petit jardin de curé ?

— Mais non, pas ça. Tu as le choix entre la géothermie, l'énergie solaire, l'aérothermie et l'aquathermie, avec des pompes à chaleur, le bois, la biomasse…

— Qui est ?

— La *houille verte.* À savoir tous les sous-produits du bois, jusqu'aux boues de la pâte à papier, et tous les déchets végétaux, même les ordures.

— Beurk !

Elle éclata d'un rire insouciant mais, le voyant froncer les sourcils, vexé, elle ajouta :

— Tu es trop mignon quand tu te passionnes pour un sujet. Je suis certaine que tu convaincras sans mal de nouveaux partenaires. En réalité, je ne m'inquiète pas du tout pour toi.

Elle se mit à plat ventre, la joue sur ses bras croisés.

— Continue à me masser, j'adore ça. Mais tu peux continuer à parler aussi !

— Non, tu t'en fous.

Pourtant, il ne semblait pas fâché et n'avait pas cessé de la caresser. Il avait toujours eu des mains habiles, sensuelles, et Isabelle tressaillit tandis qu'il remontait le long de ses mollets, puis de ses cuisses.

— Je suis tellement bien avec toi, Richard… Avoue que j'ai eu une bonne idée en venant te surprendre. On a passé une journée fantastique, non ?

Ils avaient surtout fait l'amour, avant et après le déjeuner, puis de nouveau ce soir, dès la porte de la chambre refermée. Leur entente physique était quasi parfaite, leurs corps faits l'un pour l'autre.

— Tu ne réponds pas ? s'inquiéta-t-elle.

Se redressant sur un coude, elle le scruta jusqu'à ce qu'il admette :

— Je suis très heureux que tu sois là, mais…

— Il y a un *mais* ?

— Eh bien en ce moment, avec Céline à l'hôpital, je ne veux pas ajouter un chagrin supplémentaire, ou même une humiliation à Jeanne.

— Revoilà Jeanne, ça faisait longtemps !

— Ma chérie, je ne peux pas faire comme si elle n'existait pas, comme si elle n'avait jamais compté.

Elle remarqua le ton un peu mordant qu'il venait d'utiliser, mais la jalousie la taraudait une fois de plus et elle ne put s'empêcher d'insister :

— Elle sait que tu es avec moi, et, que je sois dans les parages ou loin d'ici, qu'est-ce que ça change pour elle ? Bon sang, Richard, tu me rends folle avec Jeanne ! Il faut la ménager, la plaindre, ne rien faire qui lui déplaise… Je t'avais prévenu, je ne raserai pas les murs, je ne me cacherai pas.

— La question n'est pas là.

— Tu as choisi, oui ou non ? Alors, n'aie pas honte !

— De toi ? Grands dieux, non.

— De toi non plus.

— Tu ne comprends pas, Isa. À Libourne, Jeanne se sent chez elle. Elle y est née, elle y a toute sa famille, c'est un peu son fief.

— Son fief ? Je rêve ! Je suis interdite de séjour ou quoi ? Tu aurais dû me le dire, au lieu de me laisser faire la route. Quand je pense que j'étais contente de venir te rejoindre, que je m'en faisais une fête, tout ça pour m'entendre asséner que je suis une intruse sur le territoire de la chère Jeanne ! Regarde un peu la vérité en face, Richard : tu l'as quittée, tu as tourné la page, aujourd'hui, c'est à moi que tu dois faire attention.

— Je peux faire attention à tout le monde, répliqua-t-il froidement. À ma fille, à sa mère, et à toi, qui es la femme que j'aime, que j'ai toujours aimée. Mais cet amour ne me rendra pas injuste ou indifférent, n'y compte pas.

Elle aurait dû s'arrêter là, elle le savait. Richard était le plus charmant et le plus patient des hommes, mais il avait ses limites et il pouvait se braquer, ce qui était en train de se produire.

— Je vais aller fumer une autre cigarette dehors, décida-t-il en enfilant sa chemise.

Exactement le genre d'attitude qui la mettait hors d'elle.

— Tu veux dire que tu vas t'offrir une petite séance de bouderie ? lança-t-elle d'une voix vibrante de rage. Pour me punir d'aborder un sujet qui t'embarrasse tu comptes me laisser mijoter seule dans cette chambre sordide ? Tu pouvais peut-être infliger ça à la merveilleuse, l'irremplaçable Jeanne, mais pas à moi !

D'un bond, elle fut debout et se précipita sur ses vêtements éparpillés aux quatre coins de la pièce. Immobile, Richard la regarda s'habiller en hâte, ramasser son sac.

— Tu pars, Isa ?

— Je rentre à Tours, répliqua-t-elle d'une voix moins assurée qu'elle ne l'aurait voulu.

Cette scène était ridicule, inouïe. Comment en étaient-ils arrivés là alors qu'ils parlaient gentiment d'écologie et que, cinq minutes plus tôt, les mains de Richard la faisaient vibrer de désir ? Isabelle n'avait pas envie de s'en aller, mais son orgueil lui interdisait de rester. Si elle cédait maintenant, Jeanne resterait entre eux comme un poison. Elle sortit en claquant la porte, ultime geste de révolte contre un homme qu'elle aimait par-dessus tout.

*

* *

Allant et venant dans la cuisine, Émilie écoutait sa fille sans en avoir l'air, stupéfaite par l'autorité dont Jeanne faisait preuve avec ses différents interlocuteurs. Depuis près d'une heure, elle avait passé de nombreux coups de téléphone. À son banquier, son architecte, son avocat, et enfin un certain Ismaël. Son portable collé à l'oreille, elle griffonnait des chiffres de l'autre main.

— Ce serait génial ! s'exclama-t-elle. Si tout se passe bien, on pourrait même envisager l'ouverture au printemps prochain. Peut-être avant ? Oui... À condition d'avoir réglé la montagne de paperasserie d'ici-là ! Mais je m'en occupe, promis. Je t'embrasse, Ismaël, et je te rappelle ce soir avant le coup de feu.

Elle posa enfin le téléphone sur la table et poussa un soupir de satisfaction.

— Coup de feu ? répéta Émilie.

— Il tient un restaurant, expliqua Jeanne. Et bientôt, il en ouvrira un chez moi !

— Vous semblez bien vous entendre, tous les deux… Un flirt ?

— C'est un ami de Richard, maman.

Un petit silence embarrassé plana sur la cuisine. Émilie se serait-elle trompée ? Pourtant, l'intonation affectueuse de Jeanne lui donnait de l'espoir. Sa fille ne resterait probablement pas seule très longtemps. Pleurer sur un mari infidèle n'était pas son genre, et pleurer sur elle-même encore moins.

— En tout cas, tu mènes tes affaires à la baguette, on dirait !

— Il le faut bien. Je suis déterminée à conserver le Balbuzard, et à l'améliorer encore. D'ailleurs, quand je pense à ça, je ne pense pas à Richard.

— Te réfugier dans le travail est la meilleure chose que tu puisses faire en ce moment, concéda Émilie. Mais ménage-toi un peu, tu veux ?

— Non, je ne veux pas.

Soudain grave, Jeanne baissa la tête. Sans doute était-elle plus malheureuse qu'elle n'acceptait de le reconnaître. Combien de temps mettrait-elle à faire son deuil de Richard ? Émilie elle-même regrettait son gendre malgré tout.

— Je m'étais mariée pour la vie, dit Jeanne à voix basse. Si je connaissais un moyen pour… pour le…

— Récupérer ?

— Retrouver. Pour que tout soit comme au début.

— En somme, tu cherches à le rendre jaloux avec cet Ismaël ?

— Il ne pense qu'à son Isabelle, maman. Quant à Ismaël, ça n'a rien à voir, on s'est seulement bien trouvés, lui et moi, pour faire du commerce.

— Taratata.

— Mais si, je t'assure ! D'accord, c'est un type formidable, un gros nounours plein d'enthousiasme et de gentillesse, un…

— Il est gros ?

— Costaud. À mon avis, il mange sa cuisine. Rassure-toi, tu feras sa connaissance, on va s'associer.

— Et comment ça se passera, sur un plan financier, avec Richard ?

— Je t'avoue que c'est le grand point d'interrogation.

— Tu dois te préserver, préserver Céline. Après tout, c'est lui qui est parti.

— Je ne vais pas l'escroquer pour autant. Mais le Balbuzard sera un jour l'héritage de Céline, pas question de le disperser aux quatre vents. Si Richard veut sa part, et il en a le droit, il a travaillé là comme un fou, je devrai faire de la corde raide un moment.

— Nous ne possédons pas beaucoup d'économies, ton père et moi, mais considère qu'elles sont à toi.

— Maman !

— Nous n'avons qu'une seule fille, et qu'une seule petite-fille.

Jeanne quitta la table et vint prendre sa mère par les épaules.

— J'en aurai peut-être besoin, tu as raison.

Elle acceptait simplement, sans faire d'histoires ou de vaines politesses, preuve qu'elle avait déjà bien réfléchi à sa situation et à son avenir. Décidément, le chagrin ne la rendait pas sotte.

— C'est l'heure d'aller voir la puce ! claironna Lucien depuis le vestibule.

Il prétendait refuser de prêter sa voiture, trop heureux de servir de chauffeur à Jeanne. À la retraite depuis quelques mois, il s'ennuyait de l'entreprise viticole où il avait été maître de chai durant plus de quarante ans.

— En route, mauvaise troupe, dit-il en ouvrant la porte sur la cour.

Après avoir embrassé sa mère, Jeanne le rejoignit, sourire aux lèvres. Elle s'entendait bien avec lui, il avait toujours été un bon père malgré ses manières un peu brusques, et elle savait qu'il était très perturbé par son divorce. Une fois installée à côté de lui, elle voulut lui parler de ses projets, certaine qu'il serait de bon conseil, mais il la devança :

— Ta mère te l'a peut-être déjà dit, bavarde comme elle est, mais nous sommes prêts à t'aider financièrement, dans la mesure de nos moyens. Et ne dis surtout pas non, parce que…

— Je ne dis pas non, papa.

Un peu surpris, il lui jeta un coup d'œil réjoui.

— Eh bien, c'est parfait, te voilà raisonnable !

— Je l'ai toujours été.

— Oui… Au fond, oui. Même en épousant cet olibrius, tu ne pouvais pas deviner le sale coup qu'il allait te faire.

— Personne n'est à l'abri. On s'aime, on ne s'aime plus, les choses changent.

— Pas chez tout le monde, Dieu merci ! Vois-tu, je n'aurais jamais pu quitter ta mère, pour moi, le mariage est sacré.

— Parce que tu n'as pas eu de tentations.

— Qu'en sais-tu, hein ?

Elle ouvrit la bouche, la referma, peu désireuse d'avoir ce genre de conversation avec son père.

— Ta mère était une très jolie femme, ajouta-t-il avec tendresse. Et je la vois comme si elle avait toujours vingt ans. Tu as ses yeux magnifiques, d'un bleu incroyable… Richard est un crétin, je le maintiens. Mais je ne suis pas idiot, je sais bien que l'époque est différente, qu'aujourd'hui chacun n'en fait qu'à sa tête avec son petit égoïsme. Plus de sacrifices, plus d'efforts, les psys sont passés par là, il n'y en a plus que pour le du bien-être ! Comment peut-on croire à un truc pareil ? En tout cas, j'espère que Richard ne va pas continuer à s'afficher avec sa gonzesse dans l'hôpital, parce que je ne le supporterai pas.

— En principe, on ne devrait plus la voir. Je pense qu'elle est venue de son propre chef et qu'il était très embarrassé. Je le connais !

— Crois-tu ?

Longtemps, elle en avait eu la certitude, mais désormais elle en doutait. À force de l'aimer et de le regarder vivre, elle s'était imaginé qu'elle pouvait prévoir les réactions de Richard, deviner ses désirs. Et si elle avait toujours su qu'il conservait le souvenir d'Isabelle Ferrière au fond de son cœur, jamais elle ne l'aurait cru capable de partir pour elle. Pire que partir : s'enfuir comme un lâche. Ou comme un chien qui se précipite au premier signe de son maître.

— Tu es un sage, papa, dit-elle en souriant.

— Un vieux sage, hélas ! répliqua-t-il tandis qu'ils pénétraient sur le parking de l'hôpital.

*

* *

Après avoir raconté l'histoire de *Boucle d'or et les trois ours*, puis celle de *Jacques et le haricot magique*, Richard s'aperçut que Céline dormait. Jolie comme un cœur, les cheveux épars sur l'oreiller et son lapin tricoté coincé sous son menton, elle avait meilleure mine que ces derniers jours. Selon les médecins, cette méningite, pourtant sérieuse, ne devrait pas laisser de traces chez la fillette.

Il quitta sa chaise, fit le tour de la chambre pour se dégourdir les jambes. À cette heure-ci, il n'y avait guère d'animation dans le couloir, hormis quelques éclats de voix vite étouffés. L'unique expérience hospitalière de Richard remontait à une opération de l'appendicite bénigne, lorsqu'il avait quinze ans. Solène l'avait gardé à la maison de mauvaise grâce, peu convaincue par son mal au ventre, mais Lambert avait fait venir un médecin le soir même, dès son retour de l'étude.

— Incroyable, hein ? Je te l'avais bien dit, on n'a pas le temps de compter jusqu'à cinq, hop, on plonge dans un trou noir ! Et quand on émerge, tout est fini.

Bien sûr, c'est Lambert qui est là, à son réveil. Il a apporté en cadeau tous les volumes de Fortune de France *en collection de poche.*

— De quoi te distraire, mais tu vas vite revenir à la maison. Ces livres, c'est l'idée de Solène. Une bonne idée, non ?

Il essaie d'avoir l'air convaincant, cependant il sait bien que Richard ne le croit pas. Solène n'a jamais d'idée agréable au sujet de cet adolescent qui lui pèse.

— Elle t'aime beaucoup, ajoute maladroitement Lambert.

Leurs regards se croisent et Lambert détourne le sien. Il cherche quelque chose de plus crédible à ajouter.

— Isa et Lionel passeront en fin de journée, après les cours.

Cette nouvelle-là fait plaisir à Richard, qui sourit. Assis au bord du lit, Lambert lui tapote la main.

— Il faut que je me sauve, j'ai des rendez-vous.

À regret, il se lève, alors qu'à l'évidence il préférerait rester.

— Je t'ai apporté un pyjama propre. Tu n'as besoin de rien d'autre ?

Le pyjama, Richard en est certain, Lambert a dû le chercher lui-même dans son armoire ou le demander à Lionel. Ce n'est pas non plus Solène qui y a pensé. Il regarde Lambert franchir la porte, les épaules bien droites dans son costume croisé. À quinze ans, Richard a déjà compris beaucoup de choses, entre autres les subtilités et les non-dits du monde adulte. L'affection sincère de Lambert le touche de manière aiguë, presque brûlante.

— Richard ?

Surpris dans sa rêverie, il eut du mal à en sortir. Jeanne le regardait avec méfiance, comme s'il était son ennemi, et il s'efforça de lui sourire. Lorsqu'elle tourna la tête vers Céline, l'expression de son visage s'adoucit aussitôt. Penchée au-dessus de leur fille, elle repoussa sa frange du bout des doigts, remit en place le lapin qui avait glissé.

— J'ai croisé le médecin dans le couloir, chuchota-t-elle. En principe, elle devrait sortir après-demain.

— Parfait, répondit-il tout bas. Nous la ramènerons au Balbuzard.

— Nous ?

— Toi et moi. J'en profiterai pour lui parler, sur la route. Enfin, si tu es d'accord.

Elle le lui avait demandé, pourtant elle ne semblait plus très sûre de le vouloir.

— Oui, finit-elle par admettre, il faut bien la mettre au courant. Mais à vrai dire, je pensais la ramener seule à la maison. Je croyais que tu rentrerais avec…

— Isabelle est partie !

Sa réponse avait fusé trop vite, or il ne voulait pas avoir l'air de s'excuser.

— Si tu préfères, je rentre en train, ajouta-t-il.

— Pas la peine. J'arriverai bien à te supporter encore quelques heures.

— Tu plaisantes, j'espère ? Nous en sommes là ?

— Je crains que nous n'en soyons plus nulle part, Richard.

De nouveau, elle s'absorba dans la contemplation de Céline qui dormait toujours. Au bout d'un moment, elle demanda avec une authentique curiosité :

— À quoi pensais-tu quand je suis entrée ?

Il hésita car il ne voulait pas citer Lambert, ni même faire la moindre allusion à la famille Ferrière.

— Je me remémorais mon opération de l'appendicite.

Jeanne eut aussitôt, et sans doute malgré elle, le genre de sourire lumineux qu'elle lui réservait au début de leur mariage.

— Quel âge avais-tu ?

— Quinze ans.

— Oh…

Elle avait dû s'émouvoir en l'imaginant, enfant, à la place de Céline sur un lit d'hôpital, mais un grand adolescent l'attendrissait moins.

— Puisque tu es là, je te cède la place. Ton père vient, aujourd'hui ?

— Il attend que tu sois parti pour monter.

— Céline ne s'étonne pas de nous voir défiler les uns après les autres ?

— Je lui ai dit qu'on ne pouvait pas être trop nombreux dans sa chambre. Ce qui est vrai.

Résigné, Richard sortit ses clefs de voiture de sa poche.

— Bon, je m'en vais.

Mais il n'arrivait pas vraiment à partir. Bien que ce ne soit pas l'endroit pour le faire, il aurait aimé avoir une conversation avec Jeanne. Lui expliquer qu'ils n'étaient pas en guerre, qu'ils ne devaient pas envenimer une situation déjà difficile, et qu'en ce qui le concernait, il éprouvait toujours une immense tendresse pour elle. Peut-être davantage que de la tendresse, d'ailleurs. Il voulut croiser son regard, y renonça en la voyant sortir d'un sac un adorable petit pyjama brodé de nounours. Elle y avait pensé, bien sûr, elle y pensait chaque jour. Celui qui apporte le pyjama est-il celui qui aime le plus, le mieux ?

— À demain, bredouilla-t-il avant de s'en aller.

*
* *

— Jamais, jamais je n'aurais cru ça de toi ! hurla Solène. Tu te comportes comme une girouette, une irresponsable, et en plus tu es un monstre d'égoïsme.

Isabelle croisa les bras, toisant sa mère sans indulgence.

— Tu es bien partie, toi, lui rappela-t-elle.

— Pour te laisser la maison. Je me suis effacée afin que tu aies toute la place si un jour tu te mariais, si tu avais des enfants…

— Eh bien, justement, c'est ce que je compte faire, et tu me dis que tu ne veux pas. Faudrait savoir !

Solène foudroya Isabelle du regard, puis elle fit trois pas en arrière avant d'articuler, levant le menton d'un air farouche :

— Jamais. Jamais ce petit con ne dormira dans le lit de ton père. Tu m'entends ?

— Alors, on vend.

Les lèvres pincées, toute pâle, Solène finit par hocher la tête.

— Très bien. *Je* vais vendre, et tu te débrouilleras.

Isabelle leva les yeux au ciel pour signifier qu'elle connaissait le droit aussi bien que sa mère. En cas de vente de la maison, Lionel et Isabelle toucheraient la part qui leur revenait.

— Tant que tu y seras, maman, convoque aussi un commissaire-priseur pour liquider ce bazar, je n'en veux pas et je ne l'imposerai pas à Richard.

D'un geste large, elle engloba le mobilier du salon.

— Tu renies tout, hein ? cracha Solène. Ma parole, tu retombes en enfance ! Tu rêves d'un petit chez-toi pour y jouer à la dînette dans des assiettes en carton ? Une chaumière et un cœur ? Tu as toujours vécu entourée de beaux objets, dans des meubles de famille, et voilà que pour ce cancrelat de Richard tu es prête à tout brader !

Ulcérée par l'injure, Isabelle saisit le premier objet qui lui tomba sous la main, en l'occurrence un très beau vase chinois, et elle l'expédia à travers la pièce. Il se fracassa sur le parquet de chêne, ramenant momentanément le silence entre les deux femmes. Elles se regardaient toujours, aussi secouées l'une que l'autre, lorsque Sabine fit irruption.

— Qu'est-ce qui se passe ? demanda la jeune fille. J'ai entendu un bruit qui…

Découvrant les éclats de porcelaine, elle se tut. Finalement, Isabelle vint vers elle et lui mit la main sur l'épaule.

— Désolée, Sabine, ce vase m'a échappé. On va balayer les morceaux et les jeter, il n'est pas réparable.

— Je m'en charge, dit la jeune fille en s'enfuyant vers la cuisine.

— Elle est gentille, cette petite, lâcha Solène.

De son temps, c'était une dame d'un certain âge qui s'occupait du ménage, mais elle avait pris sa retraite. Aujourd'hui, Isabelle considérait Sabine comme une aide précieuse, parfois même une confidente, en aucun cas une bonne. À plusieurs reprises, elle avait évoqué devant elle ses espoirs concernant Richard et son désir de bouleverser son existence. Sabine comprenait, approuvait, et suivait les péripéties de l'histoire à la manière d'un feuilleton. Pour Isabelle, qui n'avait presque jamais le temps de voir ses amis, trop accaparée par l'étude, Sabine était quelqu'un avec qui elle pouvait parler d'autre chose que de ses dossiers.

— Oui, elle est très gentille, soupira-t-elle. Je la garderai avec moi si elle le souhaite.

Cette dernière phrase, prononcée d'un ton calme, sembla porter un coup définitif à Solène.

— Tu vas vraiment mettre ton projet à exécution ?

— Tu le sais bien. Et je le ferai sans regret parce que, tu as raison, on ne peut pas s'installer dans votre lit, Richard et moi. Contrairement à ce que tu crois, papa n'y aurait vu aucun inconvénient, il adorait Richard. Mais n'est-ce pas justement ce que tu n'as jamais supporté ?

— Pas du tout ! se défendit Solène. À cause de son ami Gilles, ton père chouchoutait Richard, il se sentait responsable de lui, il avait confiance en lui, et vois comme il a été récompensé ! Moi, je l'avoue, j'aurais préféré avoir ma propre vie de famille sans être obligée d'accueillir ce gamin étranger. Surtout que je n'étais pas en extase devant les Castan, je les ai toujours pris pour des cinglés. Pourtant, j'ai fait contre mauvaise fortune bon cœur, j'ai accueilli Richard chez moi, je l'ai nourri, élevé ! Sans illusion aucune, parce que j'ai tout de suite vu qu'il n'avait pas une bonne nature. C'est un hypocrite, un profiteur, un…

— Ne recommence pas, maman, ça ne sert vraiment à rien.

Armée d'un balai et d'une pelle, Sabine revenait déjà et elles se turent.

— J'ai mis votre dîner dans le four, il n'y aura qu'à le réchauffer, glissa la jeune fille à Isabelle.

— Merci. Attendez, je vais vous aider, je ne veux pas que vous vous coupiez.

Isabelle ramassa le fond du vase, seul gros morceau intact, et alla le porter jusqu'à la cuisine.

— Ma mère me rend hystérique, dit-elle entre ses dents.

Le rire clair de la jeune fille lui parut la seule note de gaieté de la soirée.

— Bon, j'y retourne pour en finir. Sauvez-vous quand vous voulez, Sabine.

Dans le couloir, elle se recomposa une expression posée, presque indifférente. De gré ou de force, Solène allait devoir comprendre qu'Isabelle ne transigerait plus.

« Je peux même quitter Tours si elle me met trop de bâtons dans les roues ! Au moins, ça nous éloignerait de cette satanée Jeanne… »

Elle le pensait pour se rassurer mais savait très bien qu'elle ne pouvait pas abandonner l'étude. Nulle part elle ne retrouverait une situation pareille. De toute manière, Richard n'accepterait pas d'être loin de Céline.

En revenant dans le salon, elle constata que sa mère était partie, sans se donner la peine de lui dire au revoir. À la fois soulagée et agacée, elle se laissa tomber dans une bergère. Rien n'allait comme elle le désirait en ce moment. Vendre la maison prendrait du temps, en trouver une autre aussi. Des mois à faire visiter, trier, emballer. Des problèmes d'intendance, des détails insignifiants qui allaient lui compliquer l'existence alors que tout ce qu'elle voulait était vivre sans entrave sa grande et belle histoire d'amour.

Elle se massa les tempes du bout des doigts pour chasser la migraine qu'elle sentait venir. Puis elle se résigna à sortir son portable de son sac. Cent fois déjà, depuis son retour de Libourne, elle avait consulté l'écran, mais il n'y avait pas de message. Richard n'appelait pas. Était-il réellement fâché ? Déçu ? Elle n'aurait pas dû le planter là, dans cette chambre d'hôtel tristounette, pour une petite querelle de rien du tout. Jeanne ne disparaîtrait pas d'un coup de baguette magique, d'accord, Isabelle en entendrait encore parler pendant un moment, à elle d'en prendre sagement son parti.

« Si j'avais su régler mes affaires quand j'étais plus jeune, tout ceci n'aurait pas eu lieu. »

Depuis trop longtemps, sa mère se dressait sur sa route. Aujourd'hui encore, elle s'était mise à vitupérer contre Richard avec les mots les plus blessants. « Cancrelat » n'était pas admissible, et Isabelle ne regrettait pas le vase brisé.

« Et puis, tout ça n'est pas grave ! »

Sauf qu'elle ne se serait jamais crue capable d'expédier un objet à la tête de sa mère. Même sans la viser directement, le geste avait quelque chose d'effrayant.

Faisant taire son orgueil, elle se décida à appeler Richard mais ne parvint pas à le joindre. À cette heure-ci, pourtant, il ne devait plus être à l'hôpital. Avait-il délibérément *oublié* de remettre son téléphone en service ? Il n'était pourtant pas du genre rancunier ou revanchard.

« Je le connais si bien, trop bien… »

Assez pour savoir qu'il était mal dans sa peau. Elle l'avait constaté à Libourne, bien sûr, mais auparavant aussi, par exemple lorsqu'il lui avait fait visiter son appartement. Autant Isabelle se sentait heureuse, presque exaltée, dès qu'elle se retrouvait avec lui, autant Richard semblait… traîner les pieds. N'y avait-il que lorsqu'ils étaient dans les bras l'un de l'autre, nus et corps contre corps, qu'il ne se défendait plus de l'aimer ?

Elle reprit son portable, retomba sur la boîte vocale et laissa un message très tendre. Maintenant, elle n'avait plus qu'à attendre, ce qu'elle détestait par-dessus tout.

*

* *

Céline avait beaucoup pleuré, recroquevillée sur la banquette arrière, et finalement, Richard ne parvint pas à lui dire toute la vérité. Avec l'accord tacite de Jeanne, qui se retenait pour ne pas pleurer elle aussi, il décida de minimiser les choses afin de préserver leur fille et de ne pas s'empêtrer lui-même dans un discours qu'il n'avait pas envie de tenir.

— Ne sois pas triste, mon bout de chou, on veut juste ne pas se disputer, ta maman et moi. Alors on va prendre le temps de réfléchir, chacun de son côté. Mais nous restons amis tous les deux. Et tu me verras aussi souvent que tu veux, je te le promets. Je ne m'en vais pas loin, je serai à Tours…

— Mais tu reviendras quand à la maison ? s'enquit la fillette d'une voix butée.

Elle ne voulait pas comprendre, encore moins admettre que ses parents puissent se séparer.

— Sincèrement, la puce, je ne sais pas.

De nouveaux reniflements se firent entendre, et Jeanne tendit un kleenex à Céline en se tournant à moitié sur son siège.

— Ne pleure pas, sinon tu risques d'avoir mal à la tête. Nous ne sommes pas fâchés, papa et moi, tu le vois bien… Mais il y a des moments, dans la vie des adultes, où tout ne se passe pas exactement comme on voudrait.

Après un long silence, Céline risqua :

— Vous ne vous aimez plus, c'est ça ? C'est ça ?

Richard jeta un coup d'œil à Jeanne, qui semblait chercher une réponse acceptable.

— Non, dit-il tout doucement, ce n'est pas ça. Nous traversons une période difficile, voilà. Je suis persuadé que parmi tes amies, à l'école, il y en a dont les parents se sont séparés, et…

— Vous allez divorcer ?

— Trop tôt pour le dire, chérie.

Il sentit sur lui le regard inquisiteur de Jeanne mais il resta obstinément absorbé dans la contemplation de la route. Ce qu'il venait d'énoncer était la vérité, pas une lâcheté supplémentaire. La perspective du divorce lui déplaisait de plus en plus, sans qu'il puisse s'expliquer sa répugnance à entamer une procédure. Peut-être parce que dans cette voiture, avec Jeanne à côté de lui et Céline à l'arrière, il était à sa place, au milieu de sa famille. Et il devait être devenu fou pour vouloir tout détruire. Isabelle le rendait fou, oui, tandis que le poids d'un passé jamais liquidé le poussait à commettre erreur sur erreur. Il ne savait plus ce qu'il voulait, ni où il en était, et le prochain faux pas provoquerait encore du malheur autour de lui.

— Nous serons bientôt arrivés, annonça-t-il en quittant l'autoroute.

Il prit la direction d'Amboise, de plus en plus mal à l'aise. La forêt était pourtant splendide en cette fin d'été où les arbres commençaient à se parer d'autres couleurs. Du jaune, déjà un peu de rouge et de mordoré, et sans doute des traînées argentées de brume à l'aube. Chaque automne, Richard s'y offrait de longues promenades solitaires, avec l'espoir d'apercevoir une biche ou un chevreuil. Qu'en serait-il cette année ? Aurait-il encore envie d'arpenter les sentiers forestiers ? D'ici quelques minutes il allait déposer Jeanne et Céline au Balbuzard, où il n'était plus chez lui. Ensuite, il retournerait à Tours, dans son appartement désert qui ne comportait toujours pas de lit. Il avait quitté Libourne à dix heures du matin, après les formalités de sortie de l'hôpital. Il était à peine treize heures. L'après-midi pouvait être consacré à acheter des meubles et à les faire livrer, mais cette idée n'avait rien d'enthousiasmant. Entre-temps, Richard devrait dire au revoir à sa fille et à tout le reste, puis s'en aller, chargé d'une ou deux valises contenant ses vêtements.

À peine fut-il garé sur le parking de l'hôtel que Céline jaillit hors de la voiture, courant vers Martin qui ratissait une allée. Il lâcha son râteau pour ouvrir les bras à la fillette. L'ensemble du personnel s'était inquiété à son sujet, et Éliane, depuis la réception, avait quotidiennement pris des nouvelles au nom de tous les employés.

— Tu n'as pas été très courageux, déclara Jeanne après avoir sorti son sac de voyage du coffre.

— Avec la puce ? Ce n'était pas facile.

— Oui, je te l'accorde, et il nous faut la ménager. Je savais qu'elle prendrait très mal la nouvelle, elle t'adore…

— Moi aussi ! protesta-t-il.

Charitable, Jeanne n'ajouta rien, alors qu'elle aurait pu ironiser que, pour un père adorant sa fille, il lui faisait beaucoup de peine. Ils rejoignirent Martin, bavardèrent cinq minutes avec lui puis se dirigèrent vers le petit château.

— C'est sacrément beau, ici ! s'exclama Jeanne.

Comme elle ne s'absentait presque jamais, elle n'avait pas l'occasion de redécouvrir le Balbuzard d'un œil neuf. Arrêtée devant la façade, elle parut vraiment prendre du plaisir à contempler son hôtel. Songeait-elle au restaurant qu'elle allait monter avec Ismaël ? À ses projets de décoration ? Richard, qui l'observait, la vit sourire sans se forcer, sincèrement heureuse d'être rentrée.

— Je file saluer tout le monde et voir si tout va bien, annonça-t-elle. Tu montes emballer tes affaires ? Céline devrait se reposer un peu, le voyage l'a sûrement fatiguée, mais demande-lui d'abord si elle a faim !

Elle grimpa les marches du perron deux par deux et disparut dans le hall.

— On est bien contents que vous soyez revenus, dit Martin qui s'était rapproché. Surtout la petite, parce qu'on s'est fait du souci ! En ce qui vous concerne, c'est un retour définitif ou vous êtes de passage ?

L'ironie manifeste de la question surprit Richard, mais il n'eut pas le temps de répliquer que Martin enchaînait déjà :

— Le monsieur restaurateur est consciencieux, et on peut parler avec lui. D'autant plus qu'on l'a vu tous les jours ! Seulement, ce n'est pas lui le patron, n'est-ce pas ?

Déguisant mal sa curiosité, Martin cherchait à en savoir un peu plus sur la situation des Castan et sur ce qui l'attendait.

— Non, soupira Richard, Ismaël n'a rien à voir dans l'administration de l'hôtel. C'est à ma femme qu'il faut s'adresser désormais, je vous l'avais déjà dit.

— Et vous ? riposta le jardinier du tac au tac.

— Eh bien… Je serai plutôt absent ces temps-ci.

Il l'avouait la mort dans l'âme, affreusement conscient de tout ce qui allait lui manquer. Pourquoi ne pensait-il pas à Isabelle et à elle seule ? Elle aurait dû occuper toute sa tête, tout son cœur, mais ce n'était pas le cas. Elle était même presque moins présente que durant toutes ces années où il l'avait regrettée, maudite, idéalisée.

— Vous en faites pas, lâcha Martin avec une certaine brusquerie.

En même temps, il lui tapota l'épaule une seconde, et ce geste maladroit acheva de déstabiliser Richard. Méritait-il de la compassion ? Pas lui, non ! Serrant les dents, il gagna la réception à son tour, agita la main en direction d'Éliane et s'engagea dans l'escalier de pierre.

8

— Si tu avais choisi un appartement avec des placards, tu n'en serais pas là.

Moqueur, Ismaël regardait tout l'alignement des armoires et penderies proposées aux clients.

— Elles sont franchement moches, répéta Richard.

— Pour du mobilier d'époque, nous ne sommes pas à la bonne adresse, rétorqua Ismaël.

Ils se trouvaient dans un magasin discount qui pratiquait des prix vraiment bas, à la périphérie de Tours, afin d'y commander la longue liste des choses dont Richard avait besoin.

— Il te reste encore à choisir une table de cuisine, des tabourets, une planche à repasser et un fer, un lit pour Céline, une commode…

— Arrête, je suis découragé !

— C'est bien pour ça que tu m'as demandé de t'accompagner, non ?

— On ne peut pas meubler un appartement en cinq minutes.

— C'est pourtant ce que tu es en train de faire.

— Ça va être affreux.

— Pas forcément. Disons, un peu dépouillé et dépareillé, façon étudiant à petit budget.

— D'accord. Allons-nous-en.

— Non, tes vêtements ne peuvent pas rester par terre.

— Sortons au moins fumer une cigarette, plaida Richard, je n'en peux plus.

Ils quittèrent le hall d'exposition et firent quelques pas sous le tiède soleil d'octobre. Autour d'eux, la zone commerciale était laide avec ses énormes panneaux publicitaires, ses néons allumés en plein jour, ses parkings à l'infini.

Richard offrit une cigarette à Ismaël qui, en retour, lui donna du feu.

— Tu galères, hein ? Tu vas dépenser plein de fric pour des horreurs fonctionnelles, et je vois bien que ça ne t'amuse pas du tout. Tu croyais vraiment que ce serait facile ?

— Eh bien…

— Remarque, tu ne t'es peut-être pas posé la question…

— Non. Je dois reconnaître que non.

Avec une grimace piteuse, Richard écarta les bras, les laissa retomber.

— Écoute, c'est simple, tu achètes l'indispensable d'un cœur léger, et tu revendras tout sur Internet quand tu n'en auras plus besoin. Tu comptes toujours t'installer avec Isabelle ?

— Pas dans mon appartement en tout cas. Elle n'habitera pas là.

— Standing insuffisant pour maître Ferrière ?

Richard ne répondit rien. Il s'adossa à la vitrine du magasin et aspira une longue bouffée.

— La vie est compliquée, dit-il au bout d'un moment.

— Bel aphorisme ! Tu le sortirais au Café du Commerce, tu aurais un franc succès.

Son ironie n'améliorait pas l'humeur de Richard qui lui lança :

— Pourquoi es-tu là, Ismaël ?

— Pour te rendre service. Et je te rappelle que je prends sur mon temps. Mais tu as l'air tellement paumé, en ce moment, que je me sens obligé d'agir en ami.

— Sois plus précis.

— Je veux t'aider à avancer. Tu ne peux pas rester le cul entre deux chaises, vieux.

— Je suppose que ça t'arrangerait bien si…

— Si quoi ?

— Tu as des vues sur Jeanne, non ?

— Tu m'as déjà posé la question.

— Mais tu n'as pas répondu.

— En tant qu'homme d'affaires, j'ai des vues sur le Balbuzard, où je vais monter mon deuxième restaurant. Les croquis de Jeanne pour l'aménagement de la salle sont fabuleux. Le projet tient vraiment la route, ça devrait marcher d'enfer. Elle et moi avons plein d'idées, et nous sommes d'accord sur tout. À part ça, c'est une femme formidable, qui traverse une passe sentimentale difficile.

Il n'était pas décidé à en dire plus, Richard n'aurait qu'à déduire le reste. Jeanne lui plaisait, certes, mais jamais il ne s'aventurerait sur un terrain pareil pour l'instant. D'abord, il n'était pas sûr de lui. Depuis le départ de sa femme il avait des complexes, surtout lorsqu'il se voyait dans une glace avec ses vingt kilos de trop. Peut-être pas vingt, au fond, car il ne tenait pas à redevenir l'échalas qu'il avait été dans sa jeunesse, mais enfin, un régime s'imposait. Tout ce qu'il avait trouvé à faire pour essayer de maigrir était de se rendre dans une salle de sport deux fois par semaine, où il se musclait sans perdre un gramme. Par ailleurs, outre son manque de confiance en lui, il devinait Jeanne encore très attachée à Richard. Elle n'avait pas perdu l'espoir de sauver son couple, même si cet espoir était contraire à la raison. En conséquence, il estimait sage d'attendre. Si un jour Richard était heureux de son côté et Jeanne enfin apaisée, peut-être se lancerait-il dans une tentative de séduction, mais l'heure n'était pas venue. En revanche, il croyait dur comme fer au projet du restaurant, et il savait que travailler là-dessus avec Jeanne les rapprochait. Ils faisaient des démarches ensemble, passaient des heures à imaginer la salle, les menus, la vaisselle, les cuisines. Le Balbuzard serait l'écrin idéal d'un relais gastronomique, qu'Ismaël souhaitait inaugurer dès la réouverture de l'hôtel. Il avait décidé de pratiquer des prix serrés, raisonnables, et de composer des menus qui respecteraient l'engagement écologique du Balbuzard. Les travaux allaient débuter à la mi-novembre, et Ismaël comptait surveiller le chantier quotidiennement. Si sa relation avec Jeanne devait évoluer, ce serait peut-être durant cette période.

— On y retourne ? proposa-t-il à Richard en écrasant son mégot.

— D'accord, on s'en débarrasse.

— Ne fais pas les choses en dégoûté, ça ne sert à rien. Je croyais que tu filais le parfait amour, que tu avais retrouvé tes vingt ans ! Alors quelle importance, le mobilier ?

— Aucune, tu as raison.

Braqué, Richard se détourna. Apparemment, il n'avait pas envie de se bâtir un nid douillet, il était comme l'oiseau sur la branche, en attente d'un départ pour l'inconnu qui le stressait. Et d'après ce qu'il racontait, Isabelle lui menait la vie dure, l'acculant chaque jour davantage.

— Attends une seconde, Richard, j'ai un truc à te demander.

— De quel genre ? Tu me charries depuis une heure !

— Aurais-tu perdu ton sens de l'humour ? Je voudrais juste que tu me dises si tu sais ce que tu fais. Parce que, de toi à moi, je t'ai connu mieux inspiré, et plus battant.

— Merci du compliment. Mais tu oublies qu'on s'est perdus de vue pendant longtemps. À l'époque de l'école hôtelière, je me démenais pour garder la tête hors de l'eau, je ne me posais pas de questions. Après cet accident de voiture, je n'avais plus rien à perdre ! Aujourd'hui, c'est différent.

— D'accord. Sauf que tu ne peux pas ménager en permanence la chèvre et le chou.

— Mais si ! J'essaye de ménager tout le monde. J'en ai marre d'être le méchant, celui qui sème le malheur partout où il passe. Tu imagines ce que je ressens en voyant l'écriteau « À vendre » sur la maison de Lambert ? Je n'aime pas Solène, mais c'est encore à cause de moi qu'elle est obligée de vendre sa maison de famille. Ah, elle doit me bénir ! Je n'ai pas vraiment porté bonheur aux Ferrière, hein ?

Son amertume était justifiée. En retombant dans les bras d'Isabelle, il avait de nouveau semé la pagaille autour de lui. Dans ces conditions, jamais il ne se débarrasserait du sentiment de culpabilité qui le poursuivait.

— J'ai essayé de te faire comprendre que tu étais cinglé de revoir cette femme, mais tu ne m'as pas écouté. Tu as dit que tu l'avais dans la peau, tu t'en souviens ? Or, si c'est uniquement une espèce de... dépendance physique, où veux-tu que ça te mène sinon droit dans un mur ?

— Non, pas que ça, souffla Richard, je l'aime d'amour.

Il ne semblait pas y croire lui-même. Ismaël avait autant envie de le secouer que de le plaindre, et finalement il choisit d'en rire.

— Allez, passe devant qu'on aille faire cette razzia ! On n'est pas là pour le courrier du cœur, et l'heure tourne. J'ai des fourneaux à allumer, mon vieux, et toi des costumes à suspendre.

L'amitié était pour Ismaël quelque chose d'important, de fort. Sa rencontre avec Richard dans les rues de Tours, trois mois plus tôt, l'avait beaucoup réjoui, il y avait vu l'occasion inespérée de renouer avec un ancien copain qu'il appréciait vraiment et, accessoirement, de retrouver ses marques dans la ville de sa jeunesse. Mais au bout du compte, ces retrouvailles modifiaient peu à peu le cours de son existence. Un deuxième restaurant à monter, une jolie femme abandonnée à consoler… et Richard, au beau milieu, qui était son *ami*. Un ami paumé, aussi amusant à traîner qu'un boulet, mais enfin, un type bien, qu'Ismaël ne trahirait pas.

Ils poussèrent une deuxième fois la porte du magasin et se dirigèrent droit sur un vendeur.

*

* *

Isabelle en avait assez des regards appuyés et des sourires charmeurs de son client. Elle referma le dossier d'un geste sec, se levant pour signifier que le rendez-vous était terminé.

— L'un de nos clercs vous enverra par courriel le compte-rendu de notre entretien, récapitulant les points abordés, et vous aurez tout le loisir d'y réfléchir…

Entre les bilans patrimoniaux, les conseils en matière d'investissement, les successions compliquées et les ventes de biens immobiliers, la journée avait été interminable. Isabelle se demanda si elle avait encore foi en son métier ou si ce n'était plus qu'un moyen de gagner de l'argent. Elle essaya de penser à son père, qui glorifiait sa charge de notaire comme une vocation inébranlable et exaltante, presque un sacerdoce.

Au-delà de la porte capitonnée de son bureau, l'étude devait tourner à plein régime. Une seconde, Isabelle hésita, la main au-dessus de l'interphone. Elle voulait savoir si la mise sur le marché de sa maison avait intéressé quelqu'un, mais il était évident qu'on la tiendrait informée. En apprenant la nouvelle de la vente, Lionel avait très bien réagi, ravi par la perspective de toucher encore un peu d'argent. « Tu te décides enfin ? Bravo ! Et ne garde pas un seul crochet X de tout ce foutoir, crois-moi. » Deux jours plus tard, il rappelait pour signaler que, malgré tout, il récupérerait bien un ou deux souvenirs. Isabelle avait ri, persuadée que si son frère réclamait un secrétaire Empire ou un fauteuil Louis XV, ce serait pour s'en débarrasser illico auprès d'un antiquaire et acheter un truc high-tech à la place.

— Chacun ses goûts ! chantonna-t-elle en rangeant ses dossiers.

Son dernier client l'avait agacée, d'accord, néanmoins elle avait l'habitude de plaire aux hommes, d'attirer leurs regards, et, dans son rôle de notaire, elle en subjuguait plus d'un. Le jour où elle serait trop vieille pour séduire risquait d'être bien plus agaçant !

Elle sortit son poudrier de son sac, jeta un coup d'œil au miroir. Sa coiffure de petites boucles courtes lui allait vraiment bien, et elle n'avait besoin d'aucune retouche de maquillage. Rassurée, elle ramassa ses affaires, ferma son agenda. À dix-neuf heures trente, il était largement temps de rejoindre Richard.

En sortant de l'étude, elle fut désagréablement surprise par une pluie fine et froide qui rendait les trottoirs glissants. L'automne s'installait, il ne restait plus rien de l'été.

« Mais je me souviendrai de celui-ci toute ma vie, j'en suis certaine. »

Tant de choses extraordinaires étaient arrivées depuis ce jour de mai où Richard était venu signer l'achat de son petit terrain ! Sous son parapluie, Isabelle eut un sourire attendri. Elle avait bien fait de provoquer la rencontre, et puis de s'entêter, de ne pas écouter sa mère, de forcer les défenses de Richard. Comme toujours, il suffisait d'avoir assez de volonté, et par chance, elle n'en manquait pas.

Au lieu de tourner à droite, ainsi qu'elle le faisait chaque soir pour rentrer chez elle, elle prit à gauche, en direction de l'appartement de Richard. Il avait prévu une « dînette » chez lui, fatigué de faire le tour des restaurants. Hormis La Renaissance, où il refusait de l'emmener, ils avaient écumé toutes les bonnes adresses de la ville et des environs.

« Mais cet Ismaël aussi, je finirai par m'en faire un ami ! Et en attendant, tous les miens deviendront ceux de Richard. Il faut que j'organise des rencontres, que je le présente… »

Le seul problème était de savoir où. Puisqu'elle ne pouvait pas recevoir à la maison, et que l'appartement n'était pas suffisamment équipé pour y donner des dîners, le plus simple serait de se faire inviter par les copains et d'emmener Richard. Dorénavant ils seraient un couple, semblable à ceux qu'elle enviait depuis quelques années.

Au pied de l'immeuble, elle fouilla dans son sac pour y trouver la clef qu'il lui avait remise. Plus elle venait ici, moins elle appréciait l'endroit. Le choix de cette location était aberrant, Richard aurait vraiment dû la consulter au lieu de se jeter sur le premier trois-pièces venu. Heureusement, ce ne serait que provisoire, elle y veillerait.

Après avoir grimpé les deux étages, elle eut du mal à ouvrir la porte, bloquée par des cartons d'emballage à moitié repliés.

— Qu'est-ce que tu trafiques, chéri ? Mon Dieu, c'est quoi, tout ça ?

D'un regard éberlué, elle découvrit une penderie en toile, sur roulettes, que Richard achevait de monter.

— On dirait une cabine de bain, je sais, soupira-t-il en lâchant son marteau.

— Amusant…

Il vint vers elle, la prit dans ses bras et lui caressa les cheveux.

— Je ne te demande pas de t'extasier. Au moins, je vais sortir mes vêtements des valises. Tu veux voir la chambre de Céline ? Elle pourra dormir ici, j'ai fait au mieux, je lui ai même dégotté une couette rose ! Et il y a aussi une table dans la cuisine, avec notre dîner posé dessus. Tu visites ?

Mais il l'empêchait de bouger, la gardant contre lui. Redoutait-il sa réaction ? Comme il venait de l'annoncer, sans doute avait-il « fait au mieux ». Dans l'urgence et à peu de frais. D'ailleurs, où en était-il financièrement ? Isabelle jugeait la question sans importance. De l'argent, elle en gagnait, entre elle et Richard ça ne comptait pas. Il n'était pas un étranger rencontré récemment, quelqu'un dont elle n'aurait pas su grand-chose et dont elle se serait méfiée. Élevée avec lui, elle ne le considérait pas seulement comme son grand amour mais aussi comme quelqu'un de sa famille, presque une partie d'elle-même.

Elle s'aventura à travers l'appartement, jeta un coup d'œil dans la chambre de la fillette qui semblait, de loin, l'endroit le plus chaleureux, remarqua au passage deux fauteuils perdus dans le séjour, puis termina par la cuisine où trois tabourets de plastique entouraient un guéridon bistrot. Une ampoule nue pendait du plafond, éclairant de manière assez sinistre une salade niçoise et du pain en tranches.

— Richard ?

Elle faillit lui demander s'il tenait vraiment à dîner là. Pourtant, il allait falloir s'y habituer, au moins un certain temps. Une fois de plus, elle eut une pensée rageuse pour sa mère qui les contraignait à ce campement improvisé. Ouvrant le réfrigérateur, elle découvrit une bouteille de vouvray pétillant qu'elle déboucha sans attendre. Elle servit deux verres, se débarrassa de ses escarpins et rejoignit Richard dans l'entrée.

— Laisse tomber ton bricolage, trinque avec moi.

— À quoi ?

— À notre avenir, mon amour. Au bonheur d'être ensemble.

Les yeux dans les yeux, ils burent une gorgée et échangèrent un sourire.

— Puisque c'est un dîner froid, que dirais-tu d'un câlin d'abord ? proposa-t-elle en ouvrant négligemment la veste de son tailleur.

Il s'approcha d'elle, défit un à un les boutons du chemisier, dégrafa le soutien-gorge. Puis il se pencha pour embrasser ses seins l'un après l'autre.

— J'ai envie de toi, chuchota-t-elle tandis qu'il la soulevait dans ses bras.

Il la porta jusqu'à la chambre, la déposa sur le lit.

— Tu feras pareil quand nous aurons notre maison ! Et aussi le soir de notre mariage… Il faudra que je franchisse le seuil accrochée à ton cou.

— Une superstition ? s'enquit-il en riant.

— Oui, pour être heureux et avoir beaucoup d'enfants, comme dans les contes. À propos, j'ai arrêté la pilule.

Elle le vit changer d'expression. Figé au pied du lit, il parut chercher ses mots.

— Tu ne crois pas que c'est un peu… prématuré ?

— Je te rappelle qu'il y a neuf mois de fabrication, et que la mise en route n'est pas automatique. Comme tu le sais sûrement, ça ne marche pas toujours du premier coup.

Pour l'empêcher de protester, elle fit glisser sa jupe le long de ses jambes. Un enfant de Richard serait la chose la plus merveilleuse qui puisse lui arriver. Or elle avait déjà trente-cinq ans, elle refusait d'attendre.

— Isa, je ne suis pas d'accord.

Bon, il l'avait dit avec douceur, avec tendresse, mais aussi avec une angoisse qu'il ne cherchait même pas à dissimuler.

— Tu ne veux pas d'enfants ? demanda-t-elle d'une voix étranglée.

— Je ne sais pas… Si, peut-être… Mais pas maintenant.

— Pourquoi ?

Comme il se taisait, elle s'agenouilla sur le lit, prit son visage entre ses mains et l'obligea à la regarder en face.

— Pourquoi pas tout de suite, Richard ?

À cet instant précis, elle sut que s'il osait prononcer le nom de Jeanne, s'il réclamait un délai ou s'il invoquait sa propre fille, elle ne parviendrait pas à garder son calme.

— Écoute-moi bien, chuchota-t-elle. Je t'aime. Tu comptes plus que tout. Pour toi, tu l'as vu, je peux renverser des montagnes. Mais s'il n'en va pas de même en ce qui te concerne, je veux le savoir.

— Je t'aime, Isabelle.

— Ce n'est pas assez ! Et ce n'est pas ce que je te demande, là. Avec moi, ce sera tout ou rien. Nous avons perdu quinze ans, je ne laisserai pas passer un jour de plus. Tu comprends ?

Confusément, elle devina qu'il allait se dérober. Elle lui en demandait trop, et trop vite. Lionel l'avait pourtant mise en garde, la loyauté de Richard le plaçait en porte-à-faux, et lui poser un ultimatum n'arrangerait rien. Isabelle avait l'habitude de gérer des situations compliquées dans le secret de son étude, d'apaiser des conflits familiaux, de trouver des terrains d'entente pour satisfaire les parties. Pourquoi n'usait-elle pas de son habileté avec Richard au lieu de le prendre de front ? À cause de l'insupportable jalousie que lui inspirait Jeanne ?

— Viens, murmura-t-elle en se pressant contre lui.

Sur ce terrain, elle était plus sûre d'elle, Richard la désirait passionnément. Glissant une main sous sa chemise, elle lui effleura du bout des ongles le creux des reins. Elle entendit son souffle s'accélérer, sentit que les muscles de son dos se contractaient sous la caresse. Elle insista jusqu'à ce qu'il la prenne par les épaules et se mette à l'embrasser. Esquiver leur désaccord était facile, mais ça ne le réglait pas. Néanmoins, elle avait été franche, elle ne prenait plus la pilule depuis un mois.

*

* *

— Il faut conserver la salle de billard, affirma Ismaël. Pour le Balbuzard, c'est un attrait supplémentaire. Un endroit tranquille, élégant, où n'importe qui peut venir se détendre, même sans savoir jouer. Et les habitués de l'hôtel y comptent sûrement. Non, crois-moi, revenons à notre première idée.

Il fouilla parmi les nombreux croquis empilés sur la table du séjour.

— Ça, vois-tu, c'est génial ! s'exclama-t-il en poussant plusieurs feuilles vers Jeanne.

— Mais on sacrifie une partie du bar.

— Et alors ? Il est beaucoup trop grand, ton bar. Démesuré ! Tu ne tiens pas un Hilton avec deux cent cinquante chambres, tu n'as pas en permanence quarante hommes d'affaires et autant de call-girls sirotant du whisky.

Jeanne se mit à rire puis se pencha sur les esquisses réalisées à Libourne durant les nuits où elle n'arrivait pas à dormir. Au fur et à mesure, elle les avait expédiées à Ismaël pour qu'il y réfléchisse. Il n'existait que deux possibilités, faire le restaurant dans la salle de billard ou bien dans le bar, et Ismaël préférait nettement la seconde.

— Bon, on traverse le bar pour gagner le restaurant, c'est normal. C'est même convivial. Et si nous avons la chance de connaître un peu d'affluence, le client pourra attendre sa table en prenant un verre. Sur ta maquette, la manière dont tu sépares les deux lieux est remarquablement habile. Les buveurs et les mangeurs ne se voient pas, ne se gênent pas. Ton grand comptoir de drapier me fait une belle desserte dans ma salle de restaurant, je le garde. Quant au bar que tu as dessiné, là… je le trouve inouï ! Tu connais un artisan qui pourrait réaliser un meuble pareil ?

— Oui, un petit ébéniste à Cheverny, qui travaille à l'ancienne. Mais je ne veux pas qu'on utilise n'importe quel bois, et surtout pas un de ces bois exotiques qu'on importe aveuglément.

— Je sais, dit-il gentiment.

Il posa sa main sur le poignet de Jeanne, comme pour lui signifier qu'il comprenait ses préoccupations.

— L'écologie n'est pas un passe-temps ou une mode pour moi, précisa-t-elle néanmoins.

Ismaël lui sourit avant de retirer sa main.

— Tu as un vrai talent, Jeanne. Quand tout sera terminé ici et que ça marchera comme sur des roulettes, tu devrais chercher du travail à l'extérieur. Un contrat de temps en temps te ferait du bien, et comme tu peux dessiner tes projets chez toi, ça ne t'éloignerait pas beaucoup de Céline et du Balbuzard.

— Tu parles comme Richard. Il me conseillait aussi de m'y remettre, mais je croyais qu'il avait envie de se débarrasser un peu de moi. En réalité, ce n'était pas « un peu »…

Il continuait de sourire en la regardant, et elle se reprocha d'avoir évoqué Richard une fois de plus.

— Tu veux un café ou un thé ? proposa-t-elle. J'en ai justement reçu un qui…

Une cavalcade ponctuée d'éclats de rire l'interrompit. Céline déboucha dans le séjour, suivie de près par Nicolas, le fils d'Ismaël.

— On peut goûter, maman ?

— Bien sûr, allez-y.

Les deux enfants s'engouffrèrent dans la cuisine et firent aussitôt coulisser la porte pour s'isoler.

— Tu n'auras rien à boire, conclut Jeanne, ils veulent rester entre eux.

— Je suis ravi qu'ils s'entendent aussi bien. S'ils sont toujours copains l'été prochain, pourquoi n'enverrais-tu pas Céline en Australie avec lui ? Il paraît que c'est magnifique, et mon ex-femme arrive à s'occuper très correctement d'enfants, du moment que ça n'excède pas quelques semaines.

— En Australie ? répéta-t-elle, les yeux ronds.

— Ben oui, quoi ? La Touraine ne peut pas être l'unique horizon de ta fille ! Voyager a fait un bien fou à Nicolas, ça l'a rendu plus curieux, plus autonome et plus réfléchi. Seul avec moi à longueur d'année, il s'ennuierait, mais entre l'été chez sa mère et un ou deux séjours linguistiques, il est content.

Jeanne médita quelques instants les propos d'Ismaël. Céline était-elle trop couvée ? Jusqu'ici, Richard et elle n'avaient pas fait grand-chose pour la rendre indépendante, il était peut-être temps d'y songer. Jeanne allait être très accaparée par les aménagements du Balbuzard, et si Richard remontait une affaire de son côté, il ne serait pas disponible non plus.

— Tu as raison, admit-elle. Je vais y penser. Habiter un joli coin de campagne ne facilite pas les choses. Quand Céline veut goûter ou dormir chez une copine, il faut que je la conduise en voiture, pareil pour le tennis ou le dentiste, au moindre déplacement elle est tributaire d'un adulte. L'année prochaine, elle entrera au collège, et si elle est un peu plus délurée à ce moment-là, ça vaudra sans doute mieux.

Pourquoi n'avaient-ils jamais abordé cette question, Richard et elle ? Elle se retrouvait à en parler avec un ami, à approuver ses suggestions. Mais Ismaël avait fait avant elle l'expérience de parent isolé, seul à s'interroger puis à décider face à son enfant, et désormais ce serait le sort de Jeanne.

« Non, je peux toujours appeler Richard, le voir, en discuter avec lui ! Il est parti, mais pas au bout du monde… »

— Revenons à nos moutons, suggéra Ismaël. Nous sommes d'accord pour ce projet-ci ?

Il avait réuni les croquis du restaurant dans le bar, écartant les autres. Son entêtement était plutôt rassurant. En affaires il savait exactement ce qu'il voulait.

— Oui, on marche comme ça.

— Très bien. Reste à établir des devis, on a du pain sur la planche !

— Et tu crois qu'on pourra boucler les travaux pendant la fermeture annuelle ?

— Il le faudra. On donnera une date butoir aux entreprises, avec indemnités journalières en cas de retard. Ça promet de belles engueulades ! Quand j'ai repris La Renaissance, je devais ouvrir un vendredi, et le lundi d'avant, tu aurais vu le chantier… Mais on y est arrivés, comme quoi tout est possible quand on le veut vraiment.

— Si seulement…, murmura Jeanne.

— Toi, tu penses à Richard, non ?

Elle hocha la tête, embarrassée de s'être laissé surprendre.

— C'est ton droit, dit-il gentiment. Et si je te conseille de penser à autre chose, tu croiras que je prêche pour ma paroisse.

— *Ta* paroisse ? Enfin, Ismaël, tu ne…

— Nos affaires ! s'empressa-t-il de préciser.

Il venait brusquement de rougir et, pour se donner une contenance, il rassembla les dessins, les rangea dans sa mallette.

— Les enfants n'ont pas fini de goûter, fit remarquer Jeanne avec un geste vers la porte vitrée. Je crois même qu'ils se sont lancés dans la préparation d'un gâteau.

— Nicolas adore la pâtisserie, qu'il ne réussit pas trop mal. Mais tu n'auras bientôt plus un seul œuf dans ton frigo, et plus une seule casserole propre.

— Peu importe, laissons-les faire, ils s'amusent. Profitons-en pour descendre, je voudrais que tu me précises deux ou trois détails au sujet des cuisines. Je dois être sûre d'avoir bien intégré tous tes impératifs sanitaires, ainsi que tes désirs de chef !

Elle se leva, lui tendit la main.

— Comme tu vois, ajouta-t-elle, je ne songe qu'à nos affaires…

Peut-être s'était-elle trompée. Ismaël la regardait-il avec trop de tendresse ? Y avait-il des sous-entendus dans ses paroles ? Avait-il réellement rougi ? Aucun malaise ne devait s'installer entre eux, aucune ambiguïté, sinon ce serait vite intenable.

En haut de l'escalier de pierre, elle lui fit signe de passer le premier et en profita pour lâcher sa main.

*

* *

Assise dans le salon, Solène avait laissé tomber le petit carnet à spirale et le crayon sur ses genoux. À quoi bon prendre des notes puisque rien ne pouvait être sauvé ! La commode ventrue, qui lui venait de sa grand-mère, ne trouverait pas de place dans son appartement. La grande armoire Régence encore moins. Et le tapis persan pas davantage. Décidément, il faudrait tout vendre. Ou alors, garder la maison pour elle, revenir l'habiter, mais ça, elle n'en avait ni le courage ni l'envie. Sans se l'être avoué jusqu'ici, elle était satisfaite d'être partie, d'avoir quitté le décor guindé et figé où s'était déroulée presque toute son existence. Comprenant soudain Isabelle, elle jugeait ce fatras de meubles et de souvenirs totalement asphyxiant. Précurseur, Lionel s'en était moqué le premier et, à l'époque, Solène l'avait taxé de rebelle. Or n'était-ce pas pour se débarrasser de son cadre de vie qu'elle avait pompeusement transmis à ses enfants un héritage dont ils n'avaient que faire ? Isabelle, seule entre ces murs, avait pris la place de ses parents, tout comme elle avait assuré leur succession à l'étude. Maître Ferrière, c'était elle aujourd'hui, une réplique exacte de la génération précédente afin que rien ne change.

— Foutaises !

Elle s'étonna d'avoir utilisé ce mot, et surtout de l'avoir proféré à voix haute. Était-ce sa manière de dire adieu à la maison de Lambert ? À qui en voulait-elle donc, sinon à elle-même ?

« En vivant ici, Isa ne faisait sûrement que songer au passé. Son adolescence avec Lionel et Richard. Partout Richard, au détour de chaque pièce… À force d'y penser, elle a eu envie de le revoir, de renouer le lien, c'était fatal. »

Aurait-elle dû encourager sa fille à s'émanciper, au lieu de la laisser cohabiter avec les vieux fantômes ?

Elle se leva, grimaçant sous la douleur de ses rhumatismes.

« L'ancienne génération a toujours tort contre la nouvelle. J'ai été maladroite. »

D'un coup d'œil circulaire, elle s'assura qu'elle ne désirait vraiment rien. La pendulette ? Non, si elle commençait, elle finirait avec un camion plein. Le tri, elle l'avait effectué au moment de son déménagement, lorsqu'elle s'était décidée à acheter ce délicieux petit appartement où elle se sentait si bien. Au fond, la seule chose importante était une photo de Lambert, joliment encadrée, qui trônait sur sa table de nuit et qu'elle voyait chaque matin. Tout le reste pouvait disparaître sous le marteau d'un commissaire-priseur.

« On ne retrouve pas sa jeunesse en collectionnant des antiquités ! »

Au lieu de l'attrister, comme elle l'avait redouté, ces deux heures passées dans la maison la rendaient paradoxalement sereine. Désormais, elle n'exigerait plus rien d'Isabelle, elle devait la laisser vivre à sa guise si elle voulait préserver leurs rapports. Son seul impératif serait de ne jamais voir Richard Castan, même s'il devenait un jour son gendre.

Après avoir refermé la grille, elle recula de trois pas sur le trottoir et leva la tête pour regarder la maison une dernière fois. Le panneau « À vendre » était accroché au balcon de la chambre de Lionel, le plus visible de la rue. Elle recula encore et heurta un passant.

— Oh, je suis désolée, je…

Tétanisée, elle reconnut Richard et s'écarta précipitamment. À un mètre l'un de l'autre, ils se dévisagèrent.

— Qu'est-ce que tu fais là ? lâcha-t-elle d'une voix blanche.

Il pouvait répondre qu'il avait le droit de se promener dans Tours, qu'il passait par hasard, mais il semblait incapable d'ouvrir la bouche.

— Tu regardes le panneau ? Tu es content, hein, tu triomphes ?

— Solène…

— Si, si, tu prends ta revanche parce que tu ne t'en remets pas d'être devenu un simple gargotier ! Je te connais, va, je sais toutes les ambitions que tu nourrissais sur notre dos.

— C'est faux.

— Tu as été un désastre pour ma famille, et aujourd'hui encore tu continues de nous nuire ! Ôte-toi de mon chemin.

Elle avait toute la place voulue pour s'en aller, pourtant elle ne bougeait pas. Richard avait changé, il paraissait plus grand et plus solide que dans son souvenir. Évidemment, ce n'était plus le jeune homme qu'elle avait connu, mais il lui restait violemment antipathique.

— J'ai été heureux dans cette maison, murmura-t-il. Je ne souhaitais pas qu'Isabelle la vende.

— C'est *ma* maison ! s'emporta-t-elle. Et *je* la vends pour que tu n'y remettes jamais les pieds. Lambert se retournerait dans sa tombe si je permettais une chose pareille.

Il la dévisagea quelques instants avec une sorte de curiosité.

— Tu veux qu'on en parle, Solène ? Après l'accident, tu m'as empêché de m'expliquer, de te dire à quel point je regrettais, de…

— Tu croyais que j'allais te garder chez moi ? T'absoudre ? Ah, tu ne doutes de rien ! Lambert est mort par ta faute, parce que tu avais bu et que tu savais à peine conduire. Je suis sûre que tu lui as réclamé le volant, pour jouer au petit mec, pour…

— Non !

Richard avait élevé la voix, et un couple changea de trottoir pour les éviter.

— Arrête de te donner en spectacle, gronda Solène.

— Ce soir-là, j'aurais préféré être le passager, dit-il très vite. J'avais des choses à avouer, je voulais que Lambert sache qu'Isabelle et moi...

— Mais il savait, pauvre imbécile !

Devant son expression incrédule, elle enchaîna, méprisante :

— Nous n'étions pas aveugles, figure-toi ! Quand tu dévorais sa fille des yeux, ça le faisait rire, mais pas moi. Et je l'avais bien prévenu : Isabelle n'était pas pour toi. Je ne l'aurais jamais accepté, et je ne l'accepte toujours pas. Lambert voulait attendre, voir comment ça tournerait entre vous. Il avait toutes les indulgences dès qu'il était question de toi, alors j'ai exigé que tu t'en ailles, que tu te cherches un logement ailleurs que chez nous. Isa t'aurait oublié en un rien de temps, elle...

— Lambert savait ? l'interrompit-il.

À présent, son visage était décomposé, il semblait sous le choc. Solène le toisa une dernière fois, puis elle fit volte-face et s'éloigna à pas pressés. Richard ne tenta pas de la retenir, il se contenta de la suivre du regard jusqu'à ce qu'elle disparaisse à l'angle de la rue. Elle le haïssait toujours avec autant de force, de colère, d'injustice. Mais, malgré elle et sans s'en douter, elle venait de lui faire un immense cadeau.

Il reporta son attention sur la maison qu'il détailla de la porte d'entrée jusqu'au faîte du toit.

Lambert referme son parapluie ruisselant. L'averse crépite violemment sur la marquise du perron tandis qu'il ouvre la porte.

— Quelle journée ! s'exclame-t-il en poussant Richard à l'intérieur.

Ils enlèvent ensemble leurs manteaux mouillés, les suspendent.

— Tu verras quand tu seras notaire, ce n'est pas toujours une sinécure…

Dans son esprit, il ne fait aucun doute que Richard et Isabelle lui succéderont. Pour Lionel, il commence à en prendre son parti, son fils n'aime pas le droit et, surtout, il n'aime pas l'effort.

— À l'étude, cet après-midi, j'ai vu une famille que je connais très bien, une famille unie et respectable, se déchirer littéralement pour une succession. La séance a duré des heures, personne ne voulait céder, ils s'injuriaient, ils en seraient venus aux mains pour s'approprier une cuillère à café. Des loups, des hyènes ! Comme quoi, il faut planifier sa mort aussi.

Il esquisse un sourire, puis paraît soudain frappé d'une idée.

— Tu le croirais ? Je n'ai pas encore fait mon testament. Ce sont toujours les cordonniers les plus mal chaussés, hein ? Non, sans rire, il va falloir que j'y pense.

— Tu as bien le temps ! s'esclaffe Richard.

— Qui sait ? Allez, viens, on va se faire un grog, je suis glacé.

Ils se dirigent vers la cuisine l'un derrière l'autre, mais Lambert s'arrête brusquement au milieu du couloir, se retourne.

— Richard, en parler ne fait pas mourir et je voudrais que tu me promettes quelque chose.

— D'accord.

Ce que désire Lambert est forcément raisonnable et sensé, Richard y souscrit d'avance.

— Si mon heure devait sonner trop tôt, tu veillerais sur Isabelle et sur Lionel ?

— Bien sûr ! De toute façon, je crois qu'on veillerait les uns sur les autres.

— Non, toi. Tu as les pieds sur terre. Tu promets ?

— Promis, répond gravement Richard.

Il sent qu'à travers cette demande pressante, Lambert cherche à se rassurer quant à l'avenir de sa famille. Sans doute n'a-t-il qu'une confiance limitée en Lionel, et même en Solène, pour garantir l'unité après lui. Mais pourquoi vouloir encore régir l'ordre des choses une fois qu'on ne sera plus là ?

Richard détacha son regard de la maison des Ferrière. Il n'avait plus rien à attendre ici. Le serment fait à Lambert avait été rendu caduc par les circonstances de sa mort. Comment veiller sur des gens qui ne voulaient plus entendre parler de lui ? Chacun avait suivi sa route, l'histoire s'était écrite autrement.

« Lambert savait que nous nous aimions, Isa et moi. Il n'était pas en colère, il m'avait conservé son affection intacte. »

Ce constat le soulageait au-delà de toute mesure, effaçant une partie de la culpabilité qui pesait sur lui depuis trop longtemps. Au lieu de le clouer au pilori, Solène venait de le libérer.

9

Dès que Jeanne avait le dos tourné, les commentaires allaient bon train. Éliane, Colette et les autres employés du Balbuzard se livraient à des pronostics concernant les chances d'Ismaël de séduire la patronne, ou bien un éventuel retour de Richard. Pour l'avenir de l'hôtel, tout le monde était rassuré par les agrandissements prévus. Une maison supplémentaire, qui pourrait recevoir une famille de quatre ou cinq personnes, augmenterait la capacité d'accueil, et le restaurant créerait un pôle d'attraction ainsi que de nouveaux emplois.

La fermeture annuelle devait avoir lieu à la fin du week-end, comme chaque année à la mi-novembre, et le chantier démarrerait aussitôt. Mélancolique, Martin avait effectué ses plantations d'automne sans entrain. L'idée que des engins à chenilles défoncent une partie du terrain l'exaspérait, et l'absence de Richard le rendait triste. Il avait bien essayé de parler avec Jeanne, sans arriver à obtenir toute son attention. Mobilisée par son chantier, elle vivait le nez dans les devis ou le téléphone collé à l'oreille. Dans ces conditions, Martin estimait qu'elle ne récupérerait jamais son mari. Ce combat-là aurait dû l'obnubiler, au lieu de ça, elle consacrait tout son temps à courir après les entrepreneurs et les artisans, avec ce gros ours d'Ismaël accroché à ses basques. D'ailleurs ce dernier, croyant sans doute être aimable, avait précisé à Martin qu'il faudrait cultiver des fleurs destinées à remplir les vases du restaurant. Les fleurs coupées ne faisaient pas le bonheur d'un jardinier digne de ce nom.

Ce dimanche matin-là, il était occupé à remiser tous ses outils. L'abri de bois et d'ardoises que lui avait fait construire Richard quelques années plus tôt était toujours parfaitement en ordre. Prolongé par une petite serre, il était entouré d'arbustes à feuillage persistant et se fondait dans le paysage. Martin donna un dernier coup de balai, nota dans un classeur les séries de bulbes qu'il venait de planter, puis il rangea deux râteaux et une fourche près de la porte. En rentrant de vacances, sa première tâche consisterait à mettre en tas les feuilles mortes, en brûler une partie, en mélanger une autre à son compost. Avec un soupir résigné, il donna un tour de clé à l'abri. Les vacances ne l'intéressaient guère, peut-être serait-il de retour un peu avant la date prévue, histoire de constater les dégâts du chantier et prendre les mesures pour redonner toute son âme au parc.

Les mains dans les poches de sa salopette, il suivit le sentier qui conduisait jusqu'à l'étang, au bout de la propriété. De loin, il aperçut la nappe de brume stagnant encore au-dessus de l'eau. À plusieurs reprises cet été, il avait pu observer le couple de balbuzards qui nichait non loin de là, sur un grand arbre dominant. Un jour de chance, il les avait vus se livrer à une partie de pêche et il était resté immobile durant une bonne heure, fasciné. Leur vol lent, tandis qu'ils repéraient les poissons sous la surface, leur manière de planer puis de plonger brusquement, pattes en avant, en faisaient de redoutables prédateurs. Richard empoissonnait régulièrement l'étang afin de retenir les balbuzards dans les parages, et il prétendait qu'un nouveau couple pourrait venir s'installer non loin du premier, ces rapaces ayant tendance à se grouper. Il s'était beaucoup documenté à leur sujet, et Martin l'écoutait en parler avec grand plaisir. Mais à présent, qui s'en soucierait ? Jeanne ne venait presque jamais du côté de l'étang parce qu'elle ne voulait pas que Céline s'en approche, et Ismaël le restaurateur ne devait pas faire la différence entre un aigle et une buse.

— Ils s'en iront bientôt passer l'hiver en Afrique, chuchota Richard.

Martin sursauta, ne l'ayant pas entendu arriver, et fit remarquer :

— Vous marchez comme un Sioux !

D'un geste mesuré, Richard désigna le ciel, à l'ouest. Un balbuzard décrivait des cercles de plus en plus bas et les deux hommes distinguaient nettement le bout de ses ailes et son ventre blancs. Ils restèrent un moment à l'observer, la main en visière, puis Richard suggéra de laisser tranquille leur « pilleur d'étang ».

— Une petite visite à la puce ? questionna Martin tandis qu'ils rebroussaient chemin.

— Oui, et quelques affaires à régler avec ma... avec Jeanne.

Il paraissait fatigué, désabusé.

— Je suis toujours attristé par la fermeture de l'hôtel, dit-il, comme s'il voulait justifier sa morosité.

— Moi aussi, mais il faut bien que tout le monde se repose. Même la terre, au fond, a besoin que j'arrête un peu de la titiller !

Richard lui adressa un franc sourire avant de demander :

— Vous vous occuperez de remettre des poissons ?

— Sans problème. Et je soigne particulièrement les grands arbres, au cas où d'autres balbuzards voudraient s'installer.

— Merci.

— Non, j'aime cet endroit autant que vous.

Face à eux, sur le chemin, ils aperçurent Éliane et Colette qui se promenaient en fumant une cigarette. Martin les désigna d'un index accusateur.

— Ah, ça y va, les bavardages ! Deux fois par jour, à l'heure de la pause, c'est la même chanson : reviendra, reviendra pas ?

— Qui ?

— Vous, tiens !

Ils rejoignirent les deux jeunes femmes qui, ostensiblement, rangèrent leurs mégots éteints dans une petite boîte en fer.

— Où partez-vous en vacances cette année ? s'enquit aimablement Richard.

— En Vendée, chez mes parents, répondit Colette.

— Au Maroc, surenchérit Éliane.

— Alors, profitez-en bien, et surtout reposez-vous. Je pense qu'il y aura beaucoup de travail à la réouverture.

Elles le dévisagèrent avec la même expression de curiosité, espérant qu'il allait ajouter quelque chose de plus précis, mais il se contenta de leur serrer la main avant de s'éloigner. Martin en profita pour grommeler :

— Les paris restent ouverts, hein, les filles ?

*
* *

La comptabilité n'était pas la tâche préférée de Jeanne, néanmoins elle avait passé deux heures à vérifier des colonnes de chiffres. À présent, elle établissait la liste de toutes les corvées qui l'attendaient, comme chaque année lors de la fermeture. Inventorier le linge, vérifier la literie et les sanitaires, repérer toutes les petites réparations à effectuer durant l'hiver, planifier le nettoyage des innombrables surfaces vitrées avant la réouverture. Des tas de corvées auxquelles elle devait s'astreindre chaque année. Et, pour la première fois, elle serait seule à s'occuper de tout.

Elle se leva, s'étira, remonta machinalement son jean de velours côtelé qui lui tombait sur les hanches. En l'espace de trois mois, elle avait perdu cinq kilos, sa garde-robe était bonne à renouveler.

Un bruit de pas dans l'escalier lui fit tourner la tête. Cette manière de monter les marches n'appartenait qu'à Richard. Un bruit familier et rassurant qui avait fait partie de sa vie pendant des années mais qu'elle attendrait en vain désormais.

— Je te dérange ? demanda-t-il en pénétrant dans le séjour. Tu travaillais ?

— La compta, et puis gérer la fermeture… J'ai encore les fiches de paie à remplir avant ce soir. Tu sais ce que c'est ! Mais avec le chantier qui arrive, je me sens débordée.

Debout devant elle, il parut hésiter sur l'attitude à adopter.

— Bonjour, d'abord, dit-elle pour atténuer la gêne qui menaçait de s'installer entre eux.

Elle le prit par le cou, l'embrassa sur la joue, et à sa grande surprise, ce fut lui qui la retint quelques instants dans ses bras avant de la lâcher.

— Je suis passé hier à la banque pour signer les papiers.

— Tous ? s'étonna-t-elle. Tu t'es engagé solidairement sur la totalité ?

— Oui. La petite maison supplémentaire, c'est moi qui la voulais. Et puis au fond, l'avenir du Balbuzard m'intéressera toujours.

— Pour le restaurant, se dépêcha-t-elle de préciser, nous ne faisons aucune mise de fonds, Ismaël finance ses propres travaux.

— J'ai vu ça… En quelque sorte, il devient ton associé ?

— Pas du tout. Il est mon locataire.

— Ah… Très bien.

Il finit par aller s'asseoir au bord d'une chaise puis, comme le silence s'éternisait, il demanda :

— Céline n'est pas là ?

— Elle passe la journée avec Nicolas à La Renaissance. C'est fermé le dimanche et Ismaël leur a promis de les laisser s'amuser avec les fourneaux. Mais bien sûr, il les surveille.

— Tu crois que je pourrais la prendre avec moi le week-end prochain ?

— Sans problème. Elle sera très contente. Est-ce que tu vas lui…

Elle s'interrompit, hésitant à formuler la question qui lui brûlait les lèvres.

— Présenter Isabelle ? acheva-t-il. Non, pas maintenant, je préfère attendre.

— Pourquoi ?

— Je crois que Céline n'est pas prête… et moi non plus.

Intriguée, Jeanne le dévisagea. Elle n'avait aucune envie d'imaginer la rencontre de sa fille et d'Isabelle, mais elle ne comprenait pas pourquoi Richard différait.

— Tu as mauvaise mine, dit-elle pour changer de sujet.

— Toi, au contraire, tu es superbe.

— C'est gentil parce que, en réalité, je suis affreuse. Ce pantalon me va comme un sac, et je ne suis pas allée chez le coiffeur depuis des semaines !

Elle eut un petit rire, pas vraiment gai, puis elle repoussa une mèche de cheveux qui lui tombait devant les yeux. Son meilleur atout avait toujours été son regard, mais Richard s'en souciait-il encore ? Il vivait aujourd'hui avec une femme sophistiquée jusqu'au bout des ongles, et Jeanne devait lui paraître bien terne à côté d'Isabelle.

— La maison me manque, lâcha-t-il brusquement, Céline me manque, tu me manques aussi.

Saisie, elle retint son souffle tout en baissant la tête, le cœur battant à tout rompre.

— Désolé, enchaîna-t-il. Je suis très maladroit, je ne voulais pas du tout dire…

— Ne t'inquiète pas, je n'ai pas pris ça pour une tentative de reconquête ! Je me suis fait une raison, depuis le temps.

Elle s'en voulait d'avoir failli mal interpréter ses paroles. Un peu plus, elle se ridiculisait.

— Jeanne ? Je sais que tu es en colère contre moi.

— La colère ne me sert à rien. J'ai beaucoup de mal à me passer de toi, c'est tout.

Il parut aussitôt accablé.

— Tu donnes bien le change, murmura-t-il. Chaque fois que je te vois, tu me parles de tes projets avec enthousiasme, tu vas de l'avant, tu as l'air de…

— Tu préférerais que je pleure en m'arrachant des touffes de cheveux ?

— Non, je ne veux surtout pas que tu pleures, j'aime trop ton sourire.

Elle fit trois pas vers la cuisine, revint, appuya ses paumes sur la table et se pencha en avant pour planter son regard dans celui de Richard.

— Est-ce que tu as quelque chose de particulier à me demander ?

— Absolument pas.

— Alors, quoi ? Tu te sens coupable une fois de plus ?

— Ça te semblera étrange, mais je commence à me débarrasser de mes encombrantes culpabilités.

Intéressante nouvelle. Était-ce grâce à Isabelle ? L'aidait-elle à liquider le passé ? Pourtant, à cause d'elle, il avait commis une nouvelle faute. Abandonner femme et enfant, de la part d'un homme aussi loyal que lui, ne pouvait pas être vécu de façon sereine.

— Toutes les questions sans réponse qui me hantaient au sujet de Lambert Ferrière se révèlent sans objet au bout du compte. Un accident reste un accident, il n'y a rien d'autre.

— Qui t'a donné la clef ?

— Cette vipère de Solène, sans le faire exprès.

— « Vipère » ? La femme qui t'a en partie élevé ?

Elle ironisait pour le pousser dans ses retranchements, déstabilisée par ce qu'il racontait.

— Elle l'est, répondit-il tranquillement. De ça, au moins, je n'ai jamais douté. Mais je suppose que tu n'as pas envie d'entendre parler d'eux.

— Oh, non !

— Bien. Puis-je t'aider à quelque chose ?

— Pas vraiment. J'arrive à me débrouiller.

— Et t'inviter à déjeuner, je peux ?

— Mon Dieu… Pourquoi ?

— Juste pour manger. Il y a une petite auberge sympa, très cabane de chasseurs, avec feu de cheminée, qui vient d'ouvrir à dix minutes d'ici, en direction de Montrichard.

— Montrichard ? Une destination irrésistible !

Il rit de son jeu de mots, soudain plus gai.

— On y mange du poisson grillé et des frites, je ne crois pas qu'ils feront concurrence à Ismaël. Tu viens ?

Déjà debout, il lui tendait la main.

— Je trouve ton invitation assez… louche, déclara-t-elle sans bouger. Tu t'ennuies déjà avec ta dulcinée ?

— Je ne m'ennuie jamais.

Toujours souriant, il contourna la table, vint la prendre par le bras.

— Allez, c'est une façon de faire la paix. Je sais que tu as envie de refuser, que tu te dis : « Ça lui apprendra, je ne suis pas à sa disposition, qu'est-ce qu'il croit ? » Tu m'en veux, je t'agace, mais tu as faim ! Et puis nous sommes des gens civilisés, on peut divorcer et continuer à partager des frites. Croustillantes dehors, moelleuses dedans, bien salées…

Elle se laissa entraîner, amusée malgré tout. Richard la connaissait bien, beaucoup trop bien. Elle aussi avait cru le connaître et s'était lourdement trompée. Quel homme était-il aujourd'hui ? Il semblait le même, et pourtant il était différent. Capable de passer de l'abattement à la gaieté sans transition, capable de dire des choses gentilles l'air de rien, et capable de continuer à s'endetter pour une femme qu'il avait quittée. Que cherchait-il à obtenir ? Dissimulait-il la vraie raison de sa présence ici ce matin ? Quoi qu'il en soit, la parenthèse qu'il proposait ne les engageait à rien. Un simple déjeuner. Une conversation entre *gens civilisés*. Peut-être Jeanne pourrait-elle en profiter ? Certes, elle était mal habillée et mal coiffée, mais c'était dans cette tenue qu'il venait de l'inviter. Et elle ne comptait plus sur les vêtements pour séduire, depuis la lingerie de satin rouge dont le souvenir la rendait encore malade d'humiliation.

Dans le hall de la réception, Éliane tourna la tête vers eux puis fit semblant de se replonger dans l'étude du registre ouvert devant elle. Dès qu'ils auraient franchi la porte, tout le personnel allait apprendre que les Castan étaient partis main dans la main. Jeanne décida de s'en moquer puisque, dès le lendemain, elle serait seule au Balbuzard.

— J'imagine qu'Ismaël va débouler ici tous les jours pendant les travaux ? demanda Richard en ouvrant galamment la portière passager.

— Sûrement. Entre ses deux services, il sera sur le dos des ouvriers. Il va passer sa vie sur la route ! Mais c'est un perfectionniste, un amoureux du détail.

Voyant Richard lever les yeux au ciel, Jeanne réprima un sourire.

— Ça t'ennuie ?

— En fait… oui.

— Pourquoi ?

— Je me sens dépossédé. Voilà. Une attitude irresponsable et égoïste, j'en suis tout à fait conscient.

— Dépossédé…, répéta-t-elle. Du Balbuzard ?

— Bien sûr. Et de ma fille, qui est chez lui en ce moment, et même de toi, sur qui il louche.

— Et alors ?

Avec une petite moue navrée, Richard démarra et manœuvra un peu brutalement sur le parking. Il rejoignit la départementale qui traversait la forêt d'Amboise, dont les couleurs automnales commençaient à s'éteindre.

— Les arbres auront bientôt perdu toutes leurs feuilles, dit-il au bout d'un moment.

La nuque calée sur l'appui-tête, Jeanne regardait le paysage pour se donner une contenance. Était-il possible que Richard éprouve une quelconque jalousie à son égard ? Une jalousie d'homme ? Ou bien n'avait-il cité Jeanne, après le Balbuzard et Céline, que par une sorte de courtoisie mal placée, pour ne pas l'exclure de ses regrets ?

— Es-tu enfin heureux ? demanda-t-elle en se tournant vers lui.

Une fois de plus, il se dispensa de répondre, les yeux rivés sur la route.

— Ma question ne comporte aucun piège, Richard. Je veux juste savoir si c'est mieux pour toi maintenant. Après tout, tu as obtenu ce que tu désirais, la liberté de poursuivre ta grande histoire inachevée avec Isabelle. Dis-moi si ça te rend heureux.

— Pourquoi ? Tu serais altruiste au point de souhaiter mon bonheur au détriment du tien ? Ta question n'est pas innocente du tout. En réalité, c'est un coup bas.

— D'accord, soupira-t-elle. Garde tes mystères, tu n'as pas à me faire de confidences, nous ne sommes plus rien l'un pour l'autre.

— Comme tu y vas ! Plus *rien* ? Laisse-moi rire… On est resté mariés dix ans, on a fait une fille magnifique, on a monté une affaire ensemble pierre par pierre, et hop, tu rayes tout ça d'un trait de plume ?

Effarée par ses propos lancés d'un ton rageur, elle se défendit avec un petit rire cynique avant de riposter :

— Enfin, Richard, c'est toi qui en as eu marre, toi qui es parti ! Moi, j'avais une belle vie, j'aurais aimé qu'elle continue, pas que tu me trompes et qu'ensuite tu fasses tes valises. Pour le tableau idyllique, tu repasseras.

— Excuse-moi, maugréa-t-il, je me suis mal exprimé. Je voulais dire que nous ne pourrons pas devenir des étrangers, que nous ne sommes pas indifférents l'un à l'autre. Enfin, pas moi.

— Tu vas me chanter le couplet de l'amitié ? railla-t-elle.

— Sûrement pas. Tu n'es pas ma copine, tu es…

Il ne parvint pas à achever, cherchant sans doute un mot qui n'existait pas. Mais Jeanne s'en fichait, elle venait d'acquérir la conviction que tout n'était pas perdu entre eux. Le petit espoir insensé qu'elle gardait au fond de son cœur était en train de grandir follement, l'empêchant de réfléchir. Elle ne devait pourtant pas commettre d'erreur. Le mieux était de laisser Richard face à ses contradictions sans les relever. Faire celle qui ne comprenait pas les sous-entendus, qui ne saisissait pas les perches tendues. Aujourd'hui elle avait gagné des compliments, une invitation à déjeuner en tête à tête, et un aveu de jalousie. C'était beaucoup plus que tout ce qu'elle avait obtenu de lui ces derniers temps.

Quand il se gara devant le minuscule restaurant, elle se demanda s'il était déjà venu là avec Isabelle. Si oui, il n'en faisait pas un lieu sacré, si non, il en avait réservé la primeur à Jeanne. Dans les deux cas, elle pouvait se réjouir.

*

*   *

Isabelle avait failli proposer un prix tant la maison l'emballait mais, au dernier moment, elle s'était résignée à la montrer d'abord à Richard. Après tout, ils allaient s'y installer ensemble, il avait donc son mot à dire.

Tout émoustillée, elle fonça chez le traiteur pour y acheter un dîner digne de ce nom. La manière dont Richard se nourrissait, avec beaucoup de légumes, de fruits et de fromage provenant de petits producteurs bio, était plutôt lassante. Manger « sain » n'amusait pas Isabelle, elle n'avait même pas l'impression d'être rassasiée ! Elle choisit un gratin de lasagnes, du jambon de Parme, un bocal de tomates confites, du gorgonzola et une bouteille de chianti. De quoi faire la fête pendant qu'elle lui décrirait la maison.

En arrivant à l'appartement, elle eut la déception de ne pas trouver Richard en train de l'attendre, comme chaque soir. Où pouvait-il bien être à cette heure-ci ? Et d'ailleurs, que faisait-il de ses journées ? Elle l'avait vu éplucher des annonces professionnelles tout en mordillant son stylo d'un air pensif, puis tripoter sa calculatrice avec des grimaces. Persuadée qu'il comptait remonter une affaire, elle ne l'interrogeait pas et s'était contentée de lui dire que, le moment venu, elle saurait intéresser des investisseurs.

Dans la cuisine, toujours aussi lugubre avec l'ampoule nue qui pendait du plafond, Isabelle déballa ses provisions et décida qu'ils dîneraient dans le séjour. Manger assis par terre sur des coussins pouvait être romantique, à condition de dénicher quelques bougies et de mettre un fond musical. Elle chercha une station sur la radio qu'elle avait offerte à Richard quelques jours plus tôt. Chez elle, elle aurait pu choisir parmi toute sa collection de CD et installer des chandeliers en argent aux deux bouts de la table de chêne. Ici, elle en était réduite à se contenter des moyens du bord. Par bonheur, c'en serait bientôt fini de ce bivouac, une vie nouvelle allait commencer.

Elle entendit des pas dans la cage d'escalier de l'immeuble. Les murs de l'appartement semblaient en papier, d'un étage à l'autre on percevait les conversations, les bruits de chasse d'eau, la télé et les disputes des voisins. En deux enjambées, Isabelle gagna l'entrée et regarda la porte s'ouvrir sur Richard.

— Enfin toi ! Je commençais à m'embêter et à tourner en rond. Figure-toi que j'ai des tas de choses à te raconter…

Il portait une chemise à col ouvert, un pull et un blazer sur un jean. À la main, il tenait trois petits bouquets de fleurs des champs emballés dans une feuille de journal.

— Je les ai achetés à une gamine au coin de la rue, dit-il en les lui tendant. Elle m'a ému, elle avait l'air d'avoir froid, alors j'ai pris la fin de son stock.

— Tu es bon public ! s'esclaffa Isabelle.

Elle le précéda dans la cuisine où elle fouilla les placards jusqu'à dénicher une cruche qui pourrait faire office de vase.

— Dîner italien, annonça-t-elle.

Elle mit en vrac les fleurs dans l'eau, abandonna la cruche sur la paillasse.

— Mon amour, je crois avoir trouvé la maison de nos rêves ! Située dans le quartier de la cathédrale, avec une façade à colombages... Oh, il faut que tu la voies, tu vas l'adorer ! Et elle n'est pas très chère parce qu'elle nécessite quelques travaux de rénovation, ce qui nous permettra de tout arranger à notre idée.

S'approchant de lui, elle lui mit les bras autour de la taille, appuya sa joue contre le pull.

— J'ai eu un coup de cœur, et tu auras le même, j'en suis sûre. En la visitant, j'aurais voulu emménager sur-le-champ, je pensais déjà à notre première nuit là-bas. Elle possède de bons volumes, ainsi qu'une petite cour à l'arrière dont on pourrait faire un jardinet. Peut-être devra-t-on consulter un architecte pour en tirer le meilleur parti, mais telle quelle, on tombe déjà sous le charme. En plus, je ne serai pas loin de l'étude, c'est primordial. Et tu sais qui m'a déniché cette merveille ? Sabine ! Elle n'habite pas loin de là et elle a appris par des commerçants du quartier que la maison allait bientôt être à vendre, alors elle m'en a parlé tout de suite. C'est vraiment une gentille fille, et elle a l'esprit vif. Évidemment, je lui ai promis qu'elle continuerait à travailler pour moi, enfin pour nous, une fois qu'on sera mariés.

Se mettant sur la pointe des pieds, elle glissa sa langue entre les lèvres de Richard et l'embrassa longuement, serrée contre lui.

— Je suis si contente, souffla-t-elle enfin.

Comme il ne répondait pas, elle prit soudain conscience de son silence persistant. Elle dénoua ses bras, s'écarta un peu de lui afin de pouvoir le regarder.

— Tu ne dis rien ?

Il soutint son regard, mais son expression était grave lorsqu'il se décida à murmurer :

— C'est un peu tôt pour moi, Isa.

Elle se demanda ce que cette phrase signifiait. Tôt pour se marier, pour acheter une maison ? Pour dîner ? Ignorant l'angoisse qu'elle sentait poindre, elle prit le problème de front :

— Explique-moi ça.

— Je ne veux pas... d'une maison. Pas maintenant. Je viens d'arriver ici, j'ai besoin de temps. Tout est allé beaucoup trop vite.

— Tu trouves ? Après avoir perdu quinze ans, on ferait mieux de se dépêcher.

— À qui la faute ? rappela-t-il d'un ton las. Tu m'as jeté hors de ton existence, exclu, proscrit. Mais la question n'est pas là.

— Où est-elle, alors ? On va continuer à camper dans cette cage à lapins en attendant quoi ? Je n'ai pas envie de vivre comme ça, j'ai passé l'âge.

À la fois inquiète et en colère, elle le scruta durant quelques instants encore, puis haussa les épaules.

— Je ne te comprends pas, Richard. Nous en avions pourtant discuté, de cette maison ! Je vends la mienne, je liquide tout, je fais table rase pour m'installer avec toi. Si ce n'est pas ce que tu souhaites...

— Pas maintenant, s'obstina-t-il.

Elle avait du mal à en croire ses oreilles. Était-il en train de flancher ? De changer d'avis ?

— Tout ça a un rapport avec Jeanne ? interrogea-t-elle d'une voix dure.

La jalousie revenait, plus forte que la peur. Richard n'avait entrepris aucune démarche pour son divorce, n'avait pas contacté d'avocat, ni même fait prononcer la séparation de corps. Quand Isabelle parlait de leur avenir, il écoutait sans rien dire, comme si ça ne le concernait pas. Elle ne savait plus s'ils avaient réellement *discuté* à propos de mariage et de maison, ou si elle avait discouru toute seule.

— Richard, tu m'aimes ?

— Oui !

— Tu veux vivre avec moi ou pas ?

Avec des questions aussi directes, elle ne lui laissait pas d'échappatoire, pourtant la réponse ne fut pas celle qu'elle espérait.

— Arrête un peu tes diktats. Les choses ne sont pas blanches ou noires, tout de suite ou jamais. J'ai besoin de souffler, Isa.

— Et moi, j'ai besoin de savoir ! hurla-t-elle, folle de rage.

— Savoir quoi ? Pourquoi je ne veux pas d'une maison maintenant ? D'abord, parce que je n'ai pas un sou à y mettre.

— Où est le problème ? Toi et moi, nous ne faisons qu'un.

— Mais non ! Tu bouscules tout, tu organises, tu décides... Je ne sais même plus qui je suis.

Elle eut l'impression d'être ramenée vingt ans en arrière. Lorsqu'ils étaient adolescents, Richard réfléchissait, s'interrogeait, pesait toujours le pour et le contre, alors qu'elle fonçait tête baissée. Leurs différences ne les avaient pas empêchés de tomber amoureux l'un de l'autre, mais au fond, ils n'étaient pas complémentaires, ils étaient opposés.

— Tu te souviens de ce déjeuner au domaine de Beauvois, à Luynes ? demanda-t-il avec une douceur inattendue.

— Comment l'oublier ?

— Tu voulais que nous redevenions amants, tu avais réservé une chambre. Tu étais résolue à reprendre le fil de notre histoire parce que c'était le bon moment pour toi.

— Le bon moment tout court, Richard. Avant qu'on soit vieux. De toute façon, c'est dans mon caractère, je choisis, je tranche. Et tu m'aimes comme ça, depuis le temps que tu me connais.

— Oui...

Il ne souriait toujours pas, conservant un air sérieux, presque triste, qui commençait à angoisser Isabelle pour de bon. Elle fit un pas vers l'évier, arrangea distraitement les fleurs. Devait-elle continuer à harceler Richard jusqu'à le mettre au pied du mur ? Quelle était la bonne tactique ? Face à un client, dans son étude, elle l'aurait su à coup sûr, mais là, elle était trop concernée, elle craignait de commettre un faux pas.

— Dis-moi ce qui ne va pas, ce soir. Tu es rentré tard, avec la tête de quelqu'un qui a eu une mauvaise journée. Et tu m'assènes des tas de méchancetés. Pourquoi ? C'est à cause de Jeanne ? Elle te crée des ennuis ?

— Non, pas du tout. Au contraire.

Ce dernier mot eut raison de la patience dont Isabelle pouvait faire preuve.

— Au *contraire* ? Elle a mis votre hôtel en société et t'a donné la moitié des parts ? Elle a trouvé un avocat pour votre divorce et elle s'occupe de tout ?

— Oublie un peu Jeanne, dit-il entre ses dents.

La main d'Isabelle se crispa sur la tige d'une fleur qui cassa net. Des pétales se répandirent autour de la cruche, comme un mauvais présage.

— Je vois que tu tiens encore à elle…

— Je serais un monstre si je n'y pensais jamais. Notre séparation est récente, difficile pour elle, surtout en ce moment. L'hôtel ferme et elle va se retrouver seule avec Céline.

Isabelle retint de justesse le « on s'en fout ! » qu'elle s'apprêtait à crier. Apparemment, Richard ne s'en moquait pas du tout.

— Si on dînait ? réussit-elle à suggérer d'un ton neutre.

Elle mit des couverts sur un plateau, désigna la bouteille de chianti.

— Tu l'ouvres ?

Chaque fois qu'il était question de Jeanne, la dispute n'était pas loin. Autant ne plus l'évoquer, au moins ce soir, et revenir à l'essentiel. D'une manière ou d'une autre, Isabelle devait convaincre Richard au sujet de la maison. Tout en sortant le plat de lasagnes du four, elle peaufina mentalement quelques arguments irréfutables, mais il reprit la parole le premier :

— Chérie, tu m'en veux pour cette maison ? Je crois vraiment que ce n'est pas le moment. Plus tard, peut-être, on en trouvera une autre…

Entre son manque de conviction et ce « peut-être » qu'il venait d'utiliser sans même s'en rendre compte, Isabelle eut l'impression de recevoir une gifle. La chaleur du plat traversant les maniques, elle le reposa brutalement sur la grille.

— Et je suis censée faire quoi, en attendant ton bon vouloir ? J'ai plusieurs acheteurs intéressés pour ma maison, et j'ai pris date avec le commissaire-priseur qui doit tout vider. Lionel en piaffe d'impatience, pressé de toucher son chèque. Tu ne comprends donc pas qu'on ne peut plus reculer ? Secoue-toi, Richard, atterris !

Elle en tremblait de rage, des larmes piquaient déjà ses yeux, pourtant elle poursuivit vaillamment :

— Avec ou sans toi, je vais signer la promesse de vente de cette merveille que j'ai visitée aujourd'hui. Ce sera ma maison ou la nôtre, à toi de choisir, mais tu ne me feras pas lanterner. Tu ne me manipuleras pas en promettant d'y réfléchir plus tard. Je ne suis pas une gourde comme ta Jeanne, je n'avale pas les couleuvres.

Parvenue au bout de sa tirade sans pleurer, elle attendit qu'il réagisse.

— Isabelle, souffla-t-il.

Rien d'autre. Une ou deux minutes s'écoulèrent dans un silence lourd.

— Achète-la si elle te plaît, finit-il par ajouter. Je ne te manipule pas, je veux seulement rester ici quelque temps. Je ne peux pas faire autrement, Isa. Je ne suis plus sûr de rien.

Sonnée, elle se mordit les lèvres, puis se laissa submerger par une vague de fureur. Elle jeta les maniques par terre, renversa rageusement la cruche et les fleurs dans l'évier, récupéra ses escarpins abandonnés dans un coin de la cuisine.

— Bien, j'ai assez ri, dit-elle d'une voix vibrante.

Arrachant son sac de la poignée de la porte, elle se précipita hors de l'appartement.

*

* *

— Je n'aurais jamais pu dormir tranquille ! répéta Lucien pour la deuxième fois.

Il empoigna les deux valises, tandis qu'Émilie adressait un clin d'œil à Jeanne pour l'encourager à se résigner.

— Te savoir seule ici le rendait fou, expliqua-t-elle.

— Une femme et une petite fille sont des proies sans défense pour les rôdeurs, cambrioleurs et autres détraqués. Tu n'as pas d'arme, ma Jeannette, même pas de chien !

— Mais il y a une excellente alarme, papa.

— Reliée à quoi ? Vous êtes au fond des bois ! Le temps que les secours arrivent…

Lucien n'en démordait pas, il était venu pour protéger Jeanne et Céline durant la fermeture de l'hôtel.

— On en a discuté avec ta mère, et on s'est mis d'accord. Rien que de t'imaginer regardant les ouvriers et les engins partir, ça nous faisait trop mal au cœur.

Jeanne eut un sourire attendri, comprenant très bien ce que son père avait pu ressentir. Elle y avait pensé à plusieurs reprises, vaguement inquiète quant à l'impression d'isolement qui risquait de la prendre à la gorge certains soirs. Une fois Céline endormie, n'aurait-elle pas eu tendance à guetter le moindre bruit, à s'inquiéter des sifflements du vent, du raclement des feuilles mortes sous ses fenêtres ? La présence de ses parents, qu'elle n'aurait pourtant jamais appelés à l'aide, lui faisait plaisir et la soulageait. Mais cela lui posait un problème. Si Richard venait jeter un coup d'œil aux travaux, ou simplement embrasser Céline, il allait se trouver face à Lucien et la rencontre serait forcément explosive. Or, Jeanne ne voyait pas du tout les choses de cette manière. Depuis leur déjeuner impromptu dans le petit restaurant de la forêt, elle avait repris courage. Richard ne s'était pas seulement montré tendre et drôle ce jour-là, mais aussi très disponible. Prêt à donner un coup de main pour la surveillance du chantier, prêt à garder Céline si Jeanne avait besoin de se libérer. À la fin du repas, il avait même dit : « Voyons-nous plus souvent, nous ne sommes pas des ennemis, et en ce qui me concerne, je viens de passer un très bon moment avec toi. » Une déclaration ambiguë, assortie d'un regard indéchiffrable.

— Où vas-tu nous installer ? s'enquit Lucien. Dans une des petites maisons ou chez toi ?

— Là-haut, à l'appartement. Puisque tu es mon garde du corps, tu ne dois pas t'éloigner. Vous n'aurez qu'à prendre ma chambre, maman et toi, je dormirai avec Céline.

— Très bien, accepta d'emblée Émilie. Et si tu veux sortir le soir, profite de notre présence pour aller t'amuser un peu.

L'allusion était claire, sa mère faisait référence à leur conversation, à Libourne, quand elle avait suggéré à Jeanne de ne pas rester inconsolable.

Tout en les précédant dans l'escalier de pierre, elle réalisa à quel point ses parents allaient malgré tout l'aider. Ils adoraient leur petite-fille, qui le leur rendait bien, et ils sauraient l'occuper pendant que Jeanne surveillerait les travaux. Entre la nouvelle petite maison et l'aménagement du restaurant ainsi que des cuisines, elle risquait de ne plus savoir où donner de la tête. Et Céline, qui n'avait pas sa place au milieu d'un chantier, serait chouchoutée en rentrant de l'école au lieu de se retrouver seule face à ses devoirs ou, pire, face à la télé.

— Tu es bien jolie, ma fille, fit remarquer Lucien. Je te trouve en pleine forme !

Il venait de poser les valises au pied du lit et considérait Jeanne d'un air ravi. Sans doute avait-il craint de la trouver abattue, ce qui n'était pas du tout le cas.

— Cette idée de restaurant m'excite beaucoup, expliqua-t-elle.

— Tu aimes bien relever les défis, hein ?

— Plus encore que tu ne l'imagines, papa.

Émilie lui jeta un coup d'œil intrigué mais s'abstint de tout commentaire.

— Bon, je vous laisse vous installer, je vais chercher Céline à l'école. Je ne lui dirai pas que vous êtes là, ce sera la surprise !

— Et moi, annonça sa mère, je prépare un bon dîner. As-tu quelques provisions d'avance ?

— Tu trouveras tout ce que tu veux dans le congélateur. Y compris du pain que je fabrique moi-même avec une farine formidable.

— À propos de cuisine, fera-t-on la connaissance d'Ismaël ? demanda Lucien d'un air faussement innocent.

— Il est là tous les jours, vous ne risquez pas de le rater ! Mais entendons-nous bien, papa, c'est juste un ami.

Lucien hocha la tête, peu convaincu. Était-il si pressé de voir sa fille refaire sa vie et oublier Richard ? Sans doute rêvait-il de la savoir aimée, protégée, épaulée, ainsi qu'il l'avait cru le jour où elle s'était mariée. Aujourd'hui, l'imaginer seule dans cet hôtel fermé et isolé l'avait fait sauter dans sa voiture, et ravivait à coup sûr toute sa colère contre son gendre.

Sur la route de l'école, Jeanne essaya d'envisager tous les scénarios possibles, mais une rencontre entre Richard et son père était décidément à proscrire. Devait-elle pour autant interdire le Balbuzard à Richard ? Il ne comprendrait pas cette exclusion, alors qu'il venait de s'engager financièrement aux côtés de Jeanne sans demander la moindre contrepartie.

« De toute façon, tu as envie de le voir, ma pauvre ! Tu en meurs d'envie. Pour un autre moment comme ce déjeuner, tu donnerais n'importe quoi, hein ? »

Mais elle devait aussi ménager ses parents. Et ne pas trop se bercer d'illusions si elle ne voulait pas tomber de haut. Car dans son projet fou de reconquérir Richard, que devenait Isabelle ? L'obsédante passion de Richard pour Isabelle ? Cette femme-là n'allait pas disparaître d'elle-même, elle n'était pas du genre à lâcher prise.

« Et pourquoi t'es-tu mis dans la tête qu'il existe une chance, une minuscule chance pour que Richard revienne ? Il est parti rejoindre celle qu'il aime sans un regard en arrière. »

Non, elle ne croyait plus à cette version des choses. Richard fou amoureux, Richard fou de bonheur ? Eh bien, il n'en avait vraiment pas l'air ! Il semblait plutôt perdu, hésitant, mal à l'aise. Or, d'après ce qu'il avait avoué, il ne s'agissait *plus* de culpabilité. S'il avait réussi à se débarrasser de cette vieille chaîne, peut-être voyait-il les choses autrement ?

Devant l'école, Jeanne descendit de voiture, s'adossa à la portière. Elle était un peu en avance, comme toujours depuis la méningite de Céline. Son angoisse de mère mettrait longtemps à s'estomper, elle le savait, néanmoins elle essayait de ne pas surprotéger sa fille. Quand elle la confiait à Ismaël pour un après-midi de jeu avec Nicolas, ou quand elle la conduisait chez une amie, elle se forçait à paraître détendue, mais elle n'était jamais tout à fait tranquille. Elle eut une pensée émue pour ses parents. Sans eux, impossible de mener de front son rôle de mère, de chef de chantier, de femme décidée à reconquérir son mari.

« Tu es folle, tu n'y arriveras jamais... »

— Maman !

Céline arrivait en courant, ses chaussettes tire-bouchonnées sur ses chevilles, son cartable battant ses mollets.

— J'ai gagné le concours de dessin, j'ai gagné !

La fillette agitait triomphalement une feuille que Jeanne lui prit des mains. Le dessin représentait un château de conte de fées perché au sommet d'un piton rocheux, à la manière de Walt Disney. Jeanne fut frappée par l'habileté du trait de crayon, le choix juste des couleurs et le respect des proportions.

— Il est magnifique, on va l'encadrer !

Émue de découvrir chez sa fille un don précoce qu'elle n'avait pas soupçonné jusque-là, elle désigna l'esquisse de trois petites silhouettes au pied du château.

— Et eux ?

À l'évidence, Céline avait ajouté une représentation d'elle-même et de ses parents, mais elle répondit du bout des lèvres :

— Des gens...

Sans insister, Jeanne continua de la féliciter puis se pencha pour l'embrasser. Elle en profita pour la serrer tendrement contre elle et murmurer :

— Il y a une surprise à la maison.

— Quoi, quoi ?

— Ne répète pas tout deux fois. Une surprise doit rester secrète pour produire tout son effet.

— Et si je devine ?

— Tu peux essayer. Allez, hop, en voiture !

Sur le chemin du retour, Céline allait énumérer tout ce dont elle avait envie, ce qui donnerait à Jeanne d'excellentes idées de cadeaux pour Noël. Mais il resterait un problème, et de taille, l'absence de Richard au pied du sapin.

*

* *

Confus, Lionel se leva précipitamment du fauteuil cabriolet afin de laisser le commissaire-priseur l'examiner. Hésitant à aller s'asseoir sur un autre siège, dans la mesure où tout le mobilier allait être estimé, il proposa à Isabelle d'aller se réfugier dans la cuisine.

— On vous laisse travailler, marmonna-t-il à l'adresse du commissaire.

Il précéda sa sœur et décida de se charger de la préparation du thé. Isabelle étant de très mauvaise humeur, mieux valait ne rien lui demander pour l'instant. Devant l'un des grands placards qui contenaient la vaisselle, il se donna la peine de choisir de jolies tasses.

— Qu'est-ce qu'on va faire de tous ces services, on les bazarde aussi ? lança Isabelle d'un ton rogue.

— On fait ce que tu veux. Maman ne prend rien ?

— C'est plein chez elle.

— Et toi ?

— Je m'en fous !

Il ébouillanta la théière, mit les feuilles de thé, rajouta de l'eau et laissa infuser.

— Arrête de faire la tête, Isa. Tous les amoureux se disputent, ça va s'arranger…

— Peut-être, mais j'attendais autre chose de Richard. À vingt ans, nous étions d'accord sur tout, on partageait les mêmes rêves, on voulait le même avenir !

— En quinze ans, on change.

— Tu dois avoir raison, parce que je ne le reconnais plus. Il tergiverse, il…

— Il a pris du plomb dans la tête.

— Je crois surtout qu'il est devenu lâche et que son divorce le terrorise.

— Possible. Mais toi aussi, tu dois lui faire peur. Tu veux tout immédiatement, tu ne le laisses ni réfléchir, ni respirer.

— Ah, les hommes ! explosa-t-elle. Vous voudriez toujours *réfléchir*. Vous donner du temps, de préférence du bon temps, et ne prendre aucune responsabilité.

— Il a quitté sa femme, rappela-t-il.

— Je ne lui ai pas laissé le choix.

— Mais s'il l'a fait, c'est la preuve qu'il t'aime.

— Je ne veux pas être aimée avec des réserves, des délais et des compromis.

— Le problème est bien là, tu es trop entière.

Boudeuse, Isabelle haussa les épaules. Elle portait un de ces tailleurs stricts et élégants qu'elle affectionnait, avec des escarpins aux talons vertigineux. Lionel la trouvait belle, féminine et attachante, cependant il savait qu'elle pouvait aussi se montrer odieuse. Qu'avait-elle bien pu faire à Richard pour qu'il refuse d'acheter une maison avec elle ? Car il s'agissait d'une dérobade, Lionel en était convaincu, même s'il essayait de persuader Isabelle du contraire.

— Tout ça à cause des états d'âme de maman, lâcha sa sœur avec rancune. Si Richard était venu vivre ici en partant de chez lui, nous n'en serions pas là.

Encore une erreur d'appréciation, estima Lionel. Connaissant Richard, il n'aurait pas élu domicile sous le toit des Ferrière pour roucouler avec Isabelle pendant que Solène les aurait invectivés depuis le trottoir !

— Qu'est-ce qui t'amuse ? s'enquit-elle d'un ton sec.

— Rien, je pense à des trucs... Bon, qu'attends-tu de moi ? Tu veux que j'aille parler à Richard ?

— Sûrement pas ! Non, je vais le laisser mijoter, et pendant ce temps-là, j'achèterai la maison que j'ai vue. Ou une autre, peu importe, j'ai besoin d'un toit.

Un bruit de pas dans le couloir les fit taire. Quelques instants plus tard, le commissaire-priseur apparut, son bloc-notes à la main.

— Des choses à inventorier, ici ? interrogea-t-il.

Le frère et la sœur se consultèrent du regard, puis Isabelle désigna le placard ouvert.

— Tout ça. On vous laisse la place.

Abandonnant leur thé, ils quittèrent la cuisine pour regagner le salon. Sur chacun des meubles et des objets, une étiquette blanche portait un numéro.

— Incroyable, souffla Lionel. Il faut arrêter ce type avant qu'il répertorie tes petites culottes !

Isabelle eut son premier rire de l'après-midi.

— Il fait son boulot. D'ailleurs, tu as été le premier à me dire de ne rien garder.

— Rien, sauf deux ou trois choses auxquelles tu pourrais être attachée. Cette commode, par exemple, est une vraie merveille, et je me souviens que tu n'hésitais pas à monter dessus pour changer les ampoules des appliques.

— Je le fais encore.

— Tu es inconsciente, elle est d'époque !

— Oui, et j'adore ses proportions.

— Garde-la, alors. Moi aussi j'aimerais conserver quelques souvenirs. Peut-être le secrétaire de papa, là-haut, dans sa chambre…

— Ne t'inquiète pas, même après l'inventaire on pourra toujours rayer des listes ce qu'on veut. Le reste partira à la salle des ventes.

— Attends un peu et réfléchis bien. Si tu dois tout racheter pour te faire un nouveau cadre de vie, ça va te prendre un temps fou, te coûter les yeux de la tête, avec tes goûts de luxe, et peut-être te désorienter au bout du compte.

— Enfin, Lionel…

— Oui, oui, je sais que je t'ai dit de le faire, mais c'était aussi une manière de plaisanter. Je m'inquiète de te voir prête à rompre les amarres pour naviguer vers l'inconnu. Imagine que ça ne marche pas entre Richard et toi ?

Elle plongea son regard dans celui de son frère et le scruta quelques instants.

— Tu te moques de moi ? articula-t-elle d'une voix blanche.

Embarrassé par la réaction qu'il venait de provoquer, Lionel eut un geste apaisant.

— Tu as envisagé toutes les hypothèses, j'espère ?

— Richard est l'homme de ma vie ! s'exclama-t-elle. Les autres, ceux qui n'ont fait que passer, ne lui arrivaient pas à la cheville, voilà pourquoi j'ai continué à courir après son image. Le retrouver m'a procuré un bonheur intense, violent, un vrai choc. Je n'arrête pas de me demander pourquoi j'ai autant attendu. Qu'est-ce qui m'avait anesthésiée ? Les inepties de maman ? J'aime tout chez Richard ! Ses qualités et ses défauts, même sa foutue loyauté qui nous pose problème, j'aime faire l'amour avec lui, j'aime avoir des souvenirs d'enfance avec lui. Alors, oui, il a un peu changé et tout n'est pas parfait entre nous, on se dispute, on boude, mais je te jure qu'on va finir par se marier et avoir plein d'enfants !

Tandis qu'elle parlait, ses yeux s'étaient remplis de larmes, et elle se détourna pour essuyer rageusement ses joues. Croyait-elle à ce qu'elle venait de dire ? Ses retrouvailles avec Richard semblaient moins idylliques qu'elle ne le prétendait. Aujourd'hui, les deux anciens jeunes amants n'étaient sans doute plus sur la même longueur d'onde. Si durant des années Isabelle était allée de déception sentimentale en déception sentimentale, Richard, lui, avait construit sa vie, fondé une famille, bâti un hôtel. Avoir dû abandonner ses études de droit ne l'avait pas détruit, renoncer à Isabelle non plus. Il avait suivi son chemin, faisant contre mauvaise fortune bon cœur, jusqu'à ce qu'Isabelle se dresse à nouveau devant lui.

— Isa, dit lentement Lionel, si vous n'êtes pas d'accord sur une simple maison, comment peux-tu être sûre du reste ?

— C'est un détail, la maison ! Il n'a pas d'argent à y mettre parce qu'il veut tout laisser à sa foutue bonne femme, et il n'a pas envie de vivre à mes crochets. Plutôt louable, non ? En réalité, je crois qu'il me voyait habiter son horrible appartement pendant quelques mois. Malheureusement, c'est au-dessus de mes forces.

Isabelle n'avait pas l'habitude de se sacrifier, elle ne le ferait pour rien ni personne. Elle n'avait repris le flambeau de l'étude que parce que ça lui convenait, et ne s'était rapprochée de Richard qu'au moment opportun pour elle. Certes, ses sentiments étaient sincères, mais également empreints d'un égoïsme forcené.

— J'ai terminé ! lança le commissaire-priseur d'une voix de stentor depuis le seuil du salon.

Il s'avança et déposa un paquet de feuilles sur la table basse, juste devant Isabelle.

— Voilà la liste exhaustive, maître. Vous pourrez l'étudier à tête reposée, ensuite nous conviendrons d'une date pour l'enlèvement.

Pour lui, seule Isabelle comptait, elle était *maître* Ferrière, aussi avait-il à peine jeté un coup d'œil distrait à Lionel. Il prit congé puis disparut, laissant toute la maison étiquetée comme un gigantesque magasin. Lionel s'approcha des chandeliers qui ornaient une desserte.

— Ceux-là..., commença-t-il.

— Ceux-là, je les garde, intervint sa sœur.

Il se retourna, la contempla en souriant.

— Pour des gens désireux de tout liquider, tu vas voir qu'on en conservera un maximum. Bien beau si on ne se bat pas !

— Ton intérieur est ultramoderne, protesta-t-elle.

— Le mélange des genres a son charme. Je te laisse les chandeliers mais je prends la boîte à cigares.

Sortant un stylo de la poche de son blouson, il le lui tendit.

— Vas-y, commence à biffer.

Ensemble, ils éclatèrent de rire, heureux de si bien se comprendre et se sentir si proches alors qu'ils étaient tellement différents.

— On fait le tour de la maison, proposa-t-il, et après je t'emmène manger des pâtes fraîches chez Zafferano. On pleurera dans nos verres en écoutant des airs d'opéra, d'accord ?

Ce soir, il voulait la chouchouter car il devinait confusément qu'elle s'était engagée dans une mauvaise voie et qu'elle n'accéderait pas de sitôt au bonheur dont elle rêvait. Et lui-même se sentait nostalgique de son enfance, prêt à s'émouvoir sur toutes ces choses qui allaient disparaître.

Lorsqu'il avait quitté Tours en laissant sa mère et sa sœur comme les gardiennes du temple, il s'était cru détaché, libéré, mais voilà qu'un petit garçon protestait au fond de lui, rechignait à l'idée de cette vente massive. Il ne pourrait plus venir ici les soirs d'été, d'un coup de moto, pour dîner avec sa sœur sous la tonnelle. Il ne pourrait plus se moquer de la vieille maison figée dans le passé des Ferrière. Plus critiquer la manière dont Isabelle s'était coulée dans le moule familial. Reviendrait-il seulement ? Il allait toucher de l'argent sur la vente des meubles, sur celle de la maison, et il savait d'avance qu'il s'offrirait de longs voyages au bout du monde, du *bon temps*, comme disait sa sœur. Il n'était pas sérieux et n'arriverait jamais à l'être.

— Pourquoi fais-tu cette tête-là ? s'inquiéta Isabelle.

— Un brusque accès de mélancolie.

— Toi ? Tu en es bien incapable ! Bon, je monte mettre un jean, je ne peux pas grimper sur ton engin dans cette tenue. Sers-nous un verre en attendant, on a encore beaucoup de trucs à passer en revue.

— On finira après le dîner. Je dors ici, comme ça j'irai embrasser maman demain matin.

Ni l'un ni l'autre ne songeait à inviter leur mère à se joindre à eux chez l'italien de la vieille ville. Isabelle était plus ou moins fâchée avec elle, et Lionel se sentait exaspéré au bout d'une heure en sa compagnie. Si vraiment Richard devait réintégrer la famille, ce serait pire. Mais plus il y réfléchissait, moins Lionel croyait à cette éventualité. Par exemple, où était Richard en ce moment ? Une petite querelle d'amoureux n'expliquait pas tout. Isabelle n'était pas pendue à son téléphone, qui d'ailleurs ne sonnait pas. Bouder chacun dans leur coin ne ressemblait guère au comportement de gens en train de vivre une folle passion.

Il se mit à faire le tour du salon, laissant sa main errer au passage sur les objets étiquetés. Isabelle penserait-elle à donner un souvenir de leur père à Richard ? De façon paradoxale, c'était peut-être Richard qui avait le plus aimé Lambert. Aimé, admiré, respecté, toutes choses qu'Isa et Lionel transgressaient parfois, tandis que Richard ne s'en donnait pas le droit.

Devant la table roulante où s'entassaient divers alcools et apéritifs, il examina des bouteilles qui n'avaient pas été ouvertes depuis des années. Des vermouths, des portos, de la Suze. Leur père appréciait cette dernière, avec deux glaçons.

— Parfait, on va boire ça… Un truc un peu amer, c'est exactement ce qu'il nous faut !

Il repartit vers la cuisine d'une démarche lourde, fatigué d'avoir piétiné tout l'après-midi dans ses bottes de motard.

10

Gêné de se retrouver le maître des lieux, Ismaël adressa un sourire un peu piteux à Richard.

— Évidemment, quand on casse tout, ça met du désordre. Tu ne dois plus reconnaître ton bar !

Enjambant un tas de gravats, Richard le rejoignit.

— Jeanne m'a montré les plans, je pense que ce sera formidable une fois terminé, déclara-t-il d'un ton neutre.

Depuis son arrivée au Balbuzard, une demi-heure plus tôt, il éprouvait la désagréable impression d'être un étranger chez lui. Seule Céline l'avait accueilli avec des démonstrations de joie, toutefois elle s'était empressée d'aller rejoindre Nicolas qui passait l'après-midi avec elle. « On te fera goûter nos beignets ! » avait-elle promis avant de repartir en courant. Quant à Jeanne, ravissante et épanouie dans un gros col roulé rouge cerise, elle avait expliqué que ses parents étaient partis faire des courses à Tours, ce qui éviterait une pénible confrontation à condition que Richard parte avant six heures. Enfin, Ismaël, au milieu du chaos dans l'ancien bar, dirigeait les ouvriers comme s'il était propriétaire de l'endroit.

— L'ouverture du restaurant est prévue à quelle date ? s'enquit Richard.

— Le quinze décembre. Un peu ric-rac mais on va y arriver. Rater les fêtes de fin d'année n'aurait pas été malin, hein ? Tiens, viens voir par ici…

Ismaël précéda Richard vers les cuisines sans cesser de parler.

— Entre les normes d'hygiène et celles que Jeanne m'impose pour l'environnement, ce sera une cuisine modèle ! Vous avez fait ce que vous pouviez, à l'époque où vous avez bricolé ça tous les deux pour préparer les petits déjeuners, mais tu comprends bien qu'il a fallu tout démolir.

Des maçons étaient occupés à poser un carrelage blanc sur les murs, comme s'ils cherchaient à reconstituer une station du métro parisien.

— Jusqu'à deux mètres de haut, précisa fièrement Ismaël. Le sol sera pareil, ce qui rend le nettoyage facile. La propreté est mon obsession, celle des types qui viennent contrôler aussi ! Tu n'imagines pas à quel point ils sont pinailleurs… Et regarde mes frigos, des merveilles, non ?

Deux éléphants d'acier trônaient dans un coin, pas encore branchés.

— La hotte et les plans de travail seront du même métal, recyclable à l'infini et qui reste impeccable.

Partout, des gaines remplies de câbles électriques pendaient, attendant leur raccordement.

— Quand nous avons « bricolé », comme tu dis, nous étions fauchés, fit remarquer Richard. Mais là, je m'incline, c'est du grand luxe.

— Non, seulement du professionnel. Je compte faire de la table du Balbuzard une référence dans la région.

— Et La Renaissance ?

— J'y mets un chef. Un gars épatant que j'ai formé moi-même et qui connais mes méthodes.

Cessant d'observer le travail des maçons, Ismaël se tourna vers Richard et le dévisagea.

— Dis-moi que ça te plaît, au moins ?

— Je ne sais pas.

Devant son peu d'enthousiasme, Ismaël se rembrunit.

— Enfin quoi, Richard, tu as oublié nos rêves de l'école hôtelière ?

— Les tiens. Moi, la bouffe…

— La *bouffe* ? Pas un peu méprisant, comme expression ? Un peu réducteur ? Tu sais cuisiner, et tu sais que je le sais. Quand on faisait nos classes, même si ce n'était pas ce que tu préférais ni ce que tu réussissais le mieux, au moins tu t'y intéressais.

Richard haussa les épaules et s'éloigna vers le fond de la cuisine. Il s'en voulait de sa mauvaise humeur, conscient qu'il n'avait pas à se montrer injuste vis-à-vis d'Ismaël. Mais comment se réjouir de ce projet mené avec une Jeanne débordante d'entrain, et dont il était totalement exclu ? On lui montrait l'avancée des travaux par courtoisie, sans qu'il ait son mot à dire, au point qu'il finissait par se demander ce qu'il faisait là.

— Tant que tu y es, articula-t-il en se forçant, tu as pensé à isoler les murs ?

— Jeanne ne m'aurait pas permis d'oublier ! Vous n'avez pas pu être efficaces quand vous avez…

— Bricolé.

— Oh, la barbe avec ta susceptibilité ! s'emporta Ismaël. Tu devrais être content de voir la tournure que ça prend.

— Pourquoi ?

— Eh bien…

— Ismaël ? appela Jeanne depuis le seuil. Il y a une livraison pour toi. Un machin énorme, apparemment.

— Mon piano !

Avec un air d'extase, il se précipita hors de la cuisine tandis que Richard précisait, pour Jeanne :

— Ses fourneaux.

Ils échangèrent un long regard. Jeanne parut comprendre ce qu'il ressentait car elle s'approcha de lui en souriant gentiment.

— Beaucoup de changements, n'est-ce pas ? Ismaël est pire qu'un gamin devant un nouveau jouet !

— Et toi ?

Penchant la tête de côté, elle réfléchit avant de répondre.

— Je reste persuadée qu'un restaurant manquait au Balbuzard.

Était-ce une manière de lui reprocher ce refus qu'il lui avait opposé durant des années ?

— Tu as raison, admit-il, le moment est venu pour l'hôtel de se développer. Quand nous en discutions, je n'imaginais pas qu'on pourrait dénicher quelqu'un prêt à payer tout l'investissement. Les sommes à engager me faisaient peur, mais tu as bien réglé ce problème-là, bravo.

— Il suffisait de trouver un chef vraiment motivé. Ismaël, c'est toi qui l'as amené au Balbuzard, merci.

Leur échange prenait un tour poli mais acide qui n'augurait rien de bon.

— Jeanne, murmura-t-il, je suis content pour toi, même si je trouve très frustrant d'être hors du coup.

— Tu te sentiras plus concerné par la petite maison. L'architecte était là tout à l'heure, il voulait te parler.

— Je l'ai croisé en arrivant. D'après lui, la construction sera rapide. Il a embauché trois Canadiens qui savent assembler le bois mieux que personne.

— Oui, il a l'air de jubiler. Il pense être le meilleur éco-architecte de la région !

Richard prit Jeanne par l'épaule, l'attira à lui et lui déposa un baiser léger sur la joue.

— Avant que tes parents n'arrivent, je monte voir Céline.

— Je t'accompagne, j'ai envie d'un café.

Ils quittèrent la cuisine, passèrent devant le bar dévasté. La porte de la salle de billard était fermée, tout le pourtour protégé par de larges rubans de scotch.

— Je ne tenais pas à retrouver les tapis verts pleins de poussière de plâtre, précisa-t-elle.

Dans le hall de la réception, la table à gibier était couverte d'un drap et le grand vitrail masqué par des cartons.

— Tes parents sont des amours d'être venus te tenir compagnie. Une fois la nuit tombée, ce chantier doit te paraître sinistre, non ?

— Je ne m'en aperçois pas dans l'appartement. Mais je suis contente qu'ils soient là, surtout pour Céline.

— Tu pouvais aussi me demander de l'aide, rappela-t-il.

— Tu aurais dormi en travers du palier ? ironisa-t-elle.

Parvenus en haut de l'escalier de pierre, un hurlement strident les cloua sur place. Juste après, il y eut un ronflement puissant suivi par d'autres cris suraigus. Richard se précipita comme un fou à travers le séjour, bousculant les meubles sur son passage. Dans la cuisine, devant lui, de hautes flammes s'élevaient au-dessus de la friteuse. Céline se trouvait un peu en retrait mais Nicolas battait furieusement son pull qui avait pris feu. Agissant d'instinct, Richard écarta brutalement Céline d'une main pour la mettre tout à fait hors de danger, de l'autre il attrapa Nicolas et roula par terre avec lui. À la même seconde, Jeanne fut à côté d'eux avec un plaid et Richard se releva d'un bond, abandonnant le garçon à Jeanne qui l'enveloppait déjà. Saisissant une serpillière sous l'évier, il la posa d'un geste vif et précis sur les flammes qui s'éteignirent immédiatement. Il la maintint en place quelques instants sans se soucier de la chaleur des poignées de la friteuse qu'il tenait fermement à travers la serpillière.

Recroquevillée dans le coin où elle avait atterri, Céline sanglotait en répétant le prénom de Nicolas.

— Il n'a rien ! affirma Jeanne d'une voix blanche.

Elle serrait toujours le petit garçon contre elle et lui caressait les cheveux. À bout de souffle, Richard regarda autour de lui. Hormis de grandes traînées noires sur le mur, tout semblait normal. Il reprit sa respiration et rejoignit Céline.

— Oh, ma puce, vous nous avez fait très peur…

Il savait qu'elle allait bien, néanmoins il la scruta sous toutes les coutures avant de la prendre dans ses bras.

— Bon sang, les enfants, articula Jeanne, vous aviez promis de m'attendre pour la friture. Vous deviez juste préparer la pâte et venir me chercher !

— C'était pour gagner du temps, gémit Nicolas. On a fait chauffer l'huile, mais elle s'est mise à bouillir et elle a pris feu d'un coup, alors j'ai voulu l'éteindre en lançant de l'eau dessus.

Richard vint s'agenouiller devant lui, s'efforçant d'afficher un sourire bienveillant.

— Mauvais réflexe. Es-tu brûlé quelque part ?

Par chance, le pull était en laine, une matière peu combustible qui avait bien résisté. Le petit garçon avait les sourcils et quelques mèches de cheveux roussis, mais il était indemne. Richard examina ses mains, sa figure, puis il l'aida à ôter son pull. En dessous, le tee-shirt ne portait qu'une vague trace brune.

— Jamais d'eau sur de l'huile enflammée, Nicolas. Jamais ! Je pense que tu t'en souviendras. Si ça t'arrive de nouveau, tu prends un linge humide et tu couvres entièrement la friteuse ou la poêle avec. Il ne faut pas avoir peur, les flammes s'éteignent dès qu'elles n'ont plus d'air.

Céline se laissa tomber à côté du garçon en murmurant :

— C'est fichu pour les beignets.

Jeanne éclata d'un rire nerveux, bien trop aigu.

— Quand ça s'est mis à brûler, précisa la fillette, Nicolas m'a dit de me pousser de là. Après il a pris l'eau. Après seulement. Faut pas le gronder, faut pas.

— Bien sûr que non, approuva Richard.

— Mais Ismaël, il va le faire, Ismaël !

— Ne répète pas tout deux fois. Je crois que son papa sera…

— Qu'est-ce qui se passe ? s'exclama Ismaël. Vous faites quoi, par terre ?

Il les considérait tous quatre avec stupeur. Son regard alla des enfants, blottis l'un contre l'autre, au plaid et au pull jetés sur le carrelage, puis remonta jusqu'à la cuisinière. Il enregistra la présence incongrue d'une serpillière sur la friteuse, et les grandes traînées noires qui maculaient le mur et la hotte.

— Plus de peur que de mal, dit Richard en se relevant.

Il tendit la main à Jeanne pour l'aider à se mettre debout à son tour. Ismaël prit une profonde inspiration, ouvrit la bouche mais finalement resta muet. Redressé de toute sa taille, les poings serrés, il paraissait immense dans l'encadrement de la porte à glissière.

— C'est ma faute, lâcha-t-il abruptement. Je laisse beaucoup de liberté à Nicolas en cuisine. Il a cru bien faire. Hein, mon bonhomme ?

Son fils se précipita contre lui, manifestement très soulagé par sa réaction, tandis que Richard adressait un clin d'œil de connivence à Céline.

— Et cette pâte, ajouta Ismaël, comment est-elle ?

Nicolas, toujours accroché à lui, il alla se pencher au-dessus du plan de travail.

— Ah, vous vouliez faire des merveilles ? interrogea-t-il en voyant les rubans de pâte fendus au milieu.

— Ça, pour des merveilles…, grommela Jeanne.

Elle observait Ismaël avec une expression de tendresse qui agaça Richard.

— Dans le rôle du pompier de service, tu m'as trouvé bien ? lui lança-t-il d'un ton ironique.

Quand elle se tourna vers lui, son magnifique regard bleu pétillait de malice.

— Très impressionnant. Mais je n'en attendais pas moins de toi.

Ils restèrent un moment face à face, occupés à se dévisager, jusqu'à ce qu'Ismaël suggère :

— On va faire les beignets ensemble. Sinon, j'ai bien peur que Nick n'ose plus jamais s'approcher des fourneaux ! Si tu as de l'huile d'avance, Jeanne…

— Dans le placard.

— Je t'en rapporterai demain. En ce qui concerne les dégâts, je vais contacter mon assureur.

— Il n'y a pas grand-chose, laisse tomber.

Elle répondait à Ismaël, cependant son regard restait obstinément fixé sur Richard. Il eut l'impression qu'elle attendait quelque chose de lui, mais quoi ? Qu'il parte avant le retour de ses parents ? Il n'avait aucune envie de s'en aller. À peine remis de la frayeur infligée par ce début d'incendie, tout ce qu'il souhaitait était de ne plus bouger d'ici. Dans cette cuisine où ils avaient pris tant de repas, il se sentait chez lui, à sa place avec sa femme et sa fille. C'était sa vie, au nom de quelle folie l'avait-il bousillée ?

Finalement, il consulta sa montre et découvrit qu'il était presque cinq heures.

— Je vais vous laisser, décida-t-il.

— Déjà ? protesta Céline.

— Je reviendrai bientôt, ma puce. D'ici-là, promets-moi de toujours écouter maman. Quand elle te dit quelque chose…

La fillette prit l'air contrit et baissa la tête. Qui, d'elle ou de Nicolas, avait eu l'idée de faire chauffer l'huile sans attendre Jeanne ? Inutile de les interroger pour en pousser un à dénoncer l'autre, ils allaient forcément retenir la leçon tous les deux. Richard embrassa Jeanne sur la joue avec un pincement au cœur, comme chaque fois, puis serra la main d'Ismaël qui déclara :

— Je t'accompagne, j'ai un truc à te dire. Je remonte dans deux minutes, les enfants !

Il escorta Richard jusque dans le hall de la réception et sortit avec lui. La nuit était tombée, il faisait froid, aucune lumière n'éclairait le perron et toutes les camionnettes des ouvriers étaient parties.

— D'après ce que je comprends, commença Ismaël, tu es intervenu juste à temps pour éviter le pire, tout à l'heure ? Alors je te dois des excuses pour la sottise de Nicolas, et je ne te remercierai jamais assez.

— Arrête, vieux.

— Il a mis ta fille en danger.

— Non, il lui avait dit de se pousser.

— L'incendie pouvait se propager à toute allure, je sais ce que c'est qu'un feu de cuisine. Je suis vraiment désolé. Si vous n'étiez pas montés à ce moment-là, Jeanne et toi…

— Avec des « si », on récrirait l'histoire du monde. Nous avons tous eu de la chance aujourd'hui, voilà tout.

Ils étaient arrivés près de la voiture de Richard et se distinguaient à peine dans l'obscurité.

— Il y a autre chose, ajouta Ismaël.

— Vas-y, je t'écoute, mais dépêche-toi, je gèle.

— Je voulais te parler de Jeanne.

— Ah…

— À ta façon de la regarder, je vois bien que tu te poses des questions.

— Possible.

Un silence s'installa, s'éternisa.

— En tout cas, lâcha brusquement Ismaël, tu lui manques, et pour l'instant, elle t'aime toujours. C'est ce que je voulais que tu saches, fais-en ce que tu veux.

Richard l'entendit s'éloigner en direction du perron. Secoué d'un frisson, il se dépêcha de monter dans sa voiture, mit le contact. Il éprouvait des sentiments contradictoires qui se heurtaient dans sa tête. D'urgence, il fallait qu'il clarifie les choses, au moins pour lui-même. Isabelle le bombardait de messages auxquels il ne savait que répondre, et chaque fois qu'ils se parlaient au téléphone, ils se disputaient. Elle avait débarqué un soir chez lui, plus séduisante que jamais mais toujours aussi exigeante, impatiente, catégorique. Après avoir fait l'amour, ils s'étaient affrontés une fois de plus. Lorsqu'elle était partie, en claquant la porte comme à son habitude, il n'avait pas ressenti le besoin de lui courir après. Devenue orageuse et chaotique, leur liaison était-elle encore une véritable histoire d'amour ?

Il démarra enfin, roulant doucement sur le gravier. Juste avant de s'engager sur la route, il croisa la voiture de Lucien et faillit lui adresser un signe de la main. Il s'en abstint, certain que son geste serait mal interprété.

*

* *

La tête dans les mains, Isabelle relisait le compromis de vente qu'elle avait signé sans sourciller chez un confrère. Elle qui conseillait toujours à ses clients de réfléchir ! Mais les événements s'étaient précipités ces derniers jours et elle avait dû improviser. D'abord, Solène lui avait annoncé qu'elle acceptait l'offre – très correcte – d'un acheteur pressé. Lionel avait envoyé une procuration et, quarante-huit heures plus tard, la maison de famille des Ferrière se trouvait promise à un inconnu. N'ayant plus que trois mois, le délai légal, pour se trouver un toit, Isabelle avait renoncé à la petite maison où elle s'était imaginée avec Richard. Trop de travaux à faire, trop d'incertitudes pesant sur l'avenir. En désespoir de cause, elle avait visité un grand appartement dont les fenêtres donnaient sur la Loire, puis une maison ancienne qui venait d'être entièrement rénovée. Elle s'était décidée pour cette dernière à cause de sa situation, à deux pas du Grand Théâtre et non loin de l'étude. À l'arrière, une belle véranda 1900 aménagée en jardin d'hiver avait achevé de la convaincre. Le soir même, elle rappelait l'agence.

Bien consciente d'être allée un peu vite, elle rangea le compromis dans un tiroir. Au moins, elle agissait, elle ne restait pas dans l'expectative, comme Richard. Et elle avait tout de même discuté le prix, obtenant une baisse significative. Restait à faire coïncider parfaitement les transactions : vendre, récupérer sa part, conclure l'achat, déménager.

Elle se leva, traversa son bureau et ouvrit la porte. L'étude tournait à plein régime, des clercs allaient et venaient, leurs dossiers à la main, les téléphones sonnaient, des clients occupaient la salle d'attente.

— Votre rendez-vous de dix-huit heures est arrivé, l'avertit sa secrétaire en l'interceptant dans le couloir.

— Je vais me faire un café d'abord, protesta Isabelle.

Devant la machine, elle hésita une seconde, mais un café serait le bienvenu car la journée avait été longue et la soirée le serait plus encore.

— Il pleut depuis ce matin ! lui lança un des notaires associés qui remplissait son gobelet à la fontaine à eau. Si ça continue, nous aurons une crue de la Loire.

— Ne sois pas pessimiste.

— Météo France nous a placés en alerte orange.

— Je ne vois pas en quoi ça nous sera utile, ricana Isabelle. Si ça doit déborder, ça débordera. Est-ce que la formaliste est partie ?

— Il y a cinq minutes.

— Zut, j'avais un truc à lui demander. Elle est formidable mais elle ne fait pas de zèle, hein ?

— Non, mais elle est formidable, répéta le notaire.

Ils échangèrent un sourire entendu, sachant tous deux à quel point les postes de formaliste et de caissier étaient cruciaux dans une étude.

— Tu as quelque chose de prévu pour le dîner ? s'enquit-il d'un ton amical.

— Rendez-vous d'amoureux. Désolée !

Elle fanfaronnait mais une sourde angoisse la taraudait depuis le matin. Richard devait la retrouver au bar de l'hôtel de l'Univers à vingt heures trente, et elle espérait avoir le temps de passer se changer chez elle. Elle avait choisi cet endroit pour son ambiance feutrée, luxueuse, où prendre une coupe de champagne constituait un excellent début de soirée. Ensuite, ils pourraient dîner à La Touraine, le restaurant de l'hôtel, ou bien se rendre à L'Odéon, tout proche, dont elle appréciait l'atmosphère Art déco. D'une manière ou d'une autre, elle devait arriver à subjuguer Richard car elle avait la sensation qu'il était en train de lui échapper.

Emportant son gobelet, elle repartit vers son bureau.

*

* *

La pluie tombait toujours en rideau et les vitres ruisselaient de gouttelettes scintillantes. Assis sur l'un des deux fauteuils qui constituaient tout le mobilier du séjour, Richard réfléchissait. Cigarette aux lèvres, il regardait distraitement monter la volute de fumée bleue. À ses pieds, un cendrier contenait déjà plusieurs mégots. En d'autres temps, Jeanne lui aurait fait remarquer qu'il se détruisait la santé. Néanmoins, elle ne lui avait jamais rien interdit. Au Balbuzard, s'il allait fumer dehors, de préférence sur le muret du potager, c'était uniquement par égard pour elle et pour limiter sa consommation. L'interdit ou le commandement ne faisait pas partie du caractère de Jeanne. Tout au long de leur mariage, ils avaient eu des rapports équilibrés, il n'était pas paternaliste et elle ne le maternait pas. Leur entente avait été faite de franchise et de respect. Du moins jusqu'à ce qu'Isabelle réapparaisse dans la vie de Richard.

Il écrasa sa cigarette, soupira et étendit ses jambes. D'ici peu, il devrait partir pour l'hôtel de l'Univers s'il ne voulait pas être en retard. Parmi bien d'autres exigences, Isabelle ne supportait pas d'attendre. Lorsqu'elle lui avait fixé ce rendez-vous, censément romantique, il s'était promis d'avoir enfin une véritable explication avec elle. Dans un lieu public, ils n'auraient pas la tentation de tomber dans les bras l'un de l'autre, occultant leurs problèmes par le désir. Faire l'amour ne pouvait pas tout résoudre.

À regret, il abandonna son fauteuil pour aller se changer. Il remplaça son col roulé par une chemise et un blazer mais renonça à la cravate qu'il roula en boule dans sa poche, à tout hasard. Dans la salle de bains, il se regarda de près et décida qu'un petit coup de rasoir électrique ne serait pas superflu. Comme la plupart des bruns, sa barbe poussait vite, et Isabelle détestait ça. Alors que Jeanne, s'il lui arrivait de ne pas se raser pendant deux jours, l'appelait en riant « l'homme des bois ».

Pourquoi pensait-il si souvent à Jeanne ? Quelques mois plus tôt, c'était Isabelle qui l'obsédait.

— Un comportement de girouette, mon petit père ! dit-il au miroir.

Difficile d'accepter la vérité. D'admettre que son retour de flamme pour Isabelle n'avait peut-être été qu'un feu de paille. Dès qu'il était parti de chez lui, il avait commencé à le regretter. Les seuls moments où il ne s'interrogeait pas étaient ceux qu'il passait à caresser le corps d'Isabelle, à la respirer, la boire et se fondre en elle. Mais ensuite, toutes les questions revenaient en force. Au-delà du plaisir, il ne restait que la poursuite d'un vieux rêve qui se désagrégeait de jour en jour. Isa, la petite Isa, demeurait un souvenir perdu. Aujourd'hui, la femme qui était sa maîtresse ne ressemblait plus à Isa.

Il enfila son imperméable, prit un parapluie et quitta l'appartement. L'averse n'avait pas cessé, les caniveaux débordaient, d'énormes flaques s'étaient formées un peu partout. Au bout de cinq minutes de marche, les mocassins de Richard se retrouvèrent trempés mais il n'y prit pas garde. Perdu dans ses pensées, il se demandait pourquoi il songeait moins souvent à Lambert ces temps-ci, et pourquoi, lorsque celui-ci lui venait à l'esprit, il n'éprouvait plus qu'une tristesse diffuse, presque sereine. Quand il avait appris à Isabelle que son père avait été au courant de leur histoire, elle s'était contentée de rire et de faire remarquer qu'il avait bien caché son jeu. Mais non, Lambert ne cachait rien du tout, il avait dû les observer avec sa bienveillance coutumière. Il aimait Richard comme un fils et le trouvait sans doute assez bien pour sa fille. Si seulement, le soir de l'accident, cette foutue voiture n'avait pas…

— Je prends votre vestiaire, monsieur ?

Il tendit son imperméable au jeune homme qui le lui demandait, déposa son parapluie ruisselant au milieu d'une forêt d'autres, puis se dirigea vers le bar, admirant au passage le luxe du hall de l'hôtel au milieu duquel trônait un escalier monumental. Ses mocassins trempés produisaient un drôle de bruit sur l'épaisse moquette, ce qui lui donna envie de rire. S'il se sentait un peu déplacé dans ce cadre, en revanche Isabelle, qui l'attendait au bar, paraissait tout à fait à son aise. Installée dans un gros fauteuil de cuir, devant les boiseries couvertes de tableaux, elle avait déjà une coupe de champagne à la main. Sa robe noire, au décolleté drapé et à la jupe fendue, était une merveille d'élégance, et elle resplendissait. En s'approchant de sa table, Richard se sentit brusquement désespéré par ce qu'il avait à lui dire.

— Tu es venu à pied malgré ce temps affreux ? s'étonna-t-elle après un coup d'œil vers le bas de son pantalon.

— J'aime marcher, tu sais bien.

Penché au-dessus d'elle, il l'embrassa derrière l'oreille.

— Tu es superbe, comme toujours.

— Je voulais te faire honneur, mon chéri. Nous allons passer une très bonne soirée, tu vas voir ! Champagne aussi ?

Sans attendre, elle adressa un signe au barman. Bien sûr, elle n'était pas du genre à laisser l'homme se charger de la commande.

— Cet endroit est parfait pour un soir de pluie, non ?

— Très chaleureux, admit-il. Mais de toi à moi, je suis un peu saoulé par toute cette opulence.

Levant les yeux au ciel elle déclara, péremptoire :

— Nous sommes mieux ici que dans ton appartement, non ?

— Crois-tu ?

Il devait la regarder avec trop d'insistance car elle se troubla.

— Je suis bien partout avec toi, Richard.

— Sauf que tu apprécies le luxe.

— Le confort. Après des journées démentes à l'étude, j'y ai droit. De toute façon, ce soir, tu es mon invité.

— Qu'est-ce que ça change ?

Il ne l'avait pas demandé méchamment, pourtant elle parut choquée.

— Avons-nous besoin de tout ce décorum ? ajouta-t-il avec un sourire forcé. Isa, il faut que nous parlions.

— Nous sommes là pour ça. Dis-moi tout ce qui te passe par la tête au lieu de te réfugier dans le silence. Tu n'es pas très bavard depuis quelques jours, et je t'avoue que ça m'inquiète. Quand nous étions jeunes, nous n'avions aucun problème de communication, on se racontait tout et on riait en permanence !

— Nous avons vieilli, changé. Et pas forcément suivi des chemins parallèles.

— Tu es bien sentencieux.

Elle but une gorgée tout en continuant à l'observer du coin de l'œil.

— Tu sais, ajouta-t-elle brusquement, j'ai une grande nouvelle à t'apprendre. En ce qui concerne la maison, j'ai réglé le problème, je viens d'en acheter une. Pas celle que Sabine m'avait trouvée, une autre. Ça t'étonne, hein ? Bon, je suis comme ça, j'aime que les choses aillent vite. Je suis assez contente de mon choix, tu verras, il y a une véranda adorable, et en plus je n'aurai qu'à m'installer, tout a été refait à neuf. Je ne te pose aucun ultimatum, mais si tu veux y vivre avec moi, je crois que nous y serons très bien. Si tu préfères rester encore un peu dans ton appartement, je comprendrai.

D'où lui venait cette soudaine indulgence ? Elle le reconnaissait elle-même, elle n'avait aucune patience et elle ne tolérait pas les demi-mesures. Pressentait-elle que Richard était en train de faire marche arrière ?

— Oui, dit-il lentement, je préfère rester… chez moi. Mais je suis content que tu aies trouvé un toit à ton goût.

— Il le fallait, notre maison est vendue.

Sa voix s'était durcie, et à présent elle le toisait en attendant qu'il s'explique. Il dut se taire un peu trop longtemps car elle attaqua :

— De quelle façon vois-tu notre avenir, chéri ? Chacun chez soi jusqu'à quand ? Tu veux un délai et je te le donne volontiers, mais sois plus précis, j'ai besoin de savoir.

Mis au pied du mur, ainsi qu'il l'avait souhaité en venant, il fut obligé de prendre une grande inspiration pour trouver le courage de parler. S'il ne redoutait pas la colère d'Isabelle, en revanche il était effrayé à l'idée de la peine qu'il risquait de lui faire.

— Je pense que nous nous sommes trompés, Isa. En croyant qu'on retrouverait nos vingt ans, que nos sentiments étaient intacts et qu'il suffirait de renouer le fil de l'histoire, on s'est fourvoyés.

— Tu ne m'aimes pas ? s'écria-t-elle.

— Si, mais pas comme je t'ai aimée.

Il la vit se décomposer. Les traits de son visage parurent se brouiller, puis se figer.

— C'est très dur à dire, souffla-t-il. J'ai commis une erreur monumentale. Une de plus…

— Tu me parles de quoi, là ?

Tournée vers lui, elle le scruta quelques instants avec une expression méchante qu'il ne lui connaissait pas.

— Je suppose qu'il va être question de Jeanne ?

— Non.

— Vraiment ? Eh bien je crois le contraire. Je suis sûre qu'elle fait tout pour te récupérer, te culpabiliser, te rendre fou. Et toi, tu marches dans son jeu parce que tu es lâche, lâche comme tous les mecs ! J'étais persuadée que tu étais différent des autres, mais ta foutue bonne femme t'a rendu idiot.

Elle articulait chaque mot, sans crier et sans le quitter des yeux.

— Si tu me perds une deuxième fois, Richard, tu ne t'en remettras jamais. Qu'est-ce que tu imagines ? Que tu ne penseras plus à moi la nuit, si tu regagnes le lit conjugal ? Quelle blague ! Nous sommes faits l'un pour l'autre, toi et moi, destinés l'un à l'autre, et tu n'y peux rien.

— Tu as tort, Isa. Dieu sait que je te désire, mais dans tes bras je me perds. Nous ne serons pas heureux. Je ne le suis pas, en ce moment…

— Forcément ! Tu n'arrives pas à larguer les amarres pour de bon, à regarder devant toi. Tu te réfugies dans ton petit appartement à la noix, et tu te tortures du matin au soir. Ça ne sert à rien ! Tu as fait le premier pas et puis tu t'es arrêté, mort de trouille. Comment veux-tu que ça aille ? Je ne prétends pas qu'il soit facile de divorcer, mais des tas de gens y arrivent. Toi, tu n'as même pas téléphoné à un avocat ! Tout pourrait se régler en quelques mois si seulement tu prenais les choses en main au lieu de tergiverser, et tu serais enfin soulagé.

Elle cherchait de nouveau à le convaincre, or c'était devenu un combat inutile.

— Je ne veux pas, Isabelle.

— Pas quoi ? s'énerva-t-elle. Pas faire pleurer la *pauvre* Jeanne, la *gentille* Jeanne ? Tu préfères me faire du mal à moi ? Parce que c'est moi la méchante, moi qui ai arraché le mari modèle à son doux foyer ? Je n'ai pas eu besoin de trop te forcer la main, si je m'en souviens bien !

— Arrête, Isabelle, arrête…

Il ne s'en sortirait pas sans une violente dispute, des mots durs, des larmes.

— Tu ne m'as pas forcé, oh non ! Pendant plus de quinze ans, j'ai pensé à toi presque chaque jour, jamais je n'aurais pu te résister, je n'y ai même pas pensé. Cette chambre que tu avais réservée, à Luynes, c'était mon paradis perdu, mon Graal. Alors j'ai cru… je ne sais plus ce que j'ai cru à ce moment-là. Un moment magique, je le reconnais. Mais ensuite, tout s'est précipité, et je n'ai pas osé t'avouer que j'étais retombé sur terre. Je ne veux pas vivre avec toi, pas fonder une nouvelle famille avec toi. Nos routes se sont séparées après la mort de ton père, nous n'y pouvons plus rien, ni toi ni moi.

Silencieuse, elle ne le regardait plus, fixant sa coupe vide. Plusieurs minutes s'écoulèrent avant qu'elle se décide à murmurer :

— Richard, tu n'as pas le droit de me faire ça.

Son menton tremblait mais elle se reprit vite, releva la tête et fit signe au barman, puis elle attendit qu'il ait remplacé leurs coupes. Pour la première fois, Richard lui trouva l'air fragile, vulnérable, et il eut peur de ne pas arriver à la quitter. Déjà, il mourait d'envie de la serrer contre lui pour la consoler.

— Je n'ai que toi, dit-elle, si bas qu'il eut du mal à l'entendre.

— Tu auras qui tu veux. Quelqu'un de mieux que moi. Un homme nouveau qui te fera voir la vie sous un jour différent et qui te donnera ce que tu espères. Tu es tellement belle !

Il saisit sa main, lui embrassa le bout des doigts et la lâcha aussitôt.

— Non, gronda-t-elle, tu ne comprends pas, je m'en fous, des autres ! Je m'en fous depuis quinze ans, et rien n'a jamais marché parce que personne n'arrivait à prendre ta place. Tout le monde a voulu me faire croire que je t'oublierais mais je n'ai pas pu. Aujourd'hui, je t'ai enfin retrouvé, et tu prétends que… Que quoi, au juste ?

— Qu'il faut nous séparer, Isabelle. Aller chacun de notre côté sans regrets. En se revoyant, on a tous les deux voulu finir quelque chose d'inachevé. Disons qu'on s'est vengés. Du destin, de ta mère, du chagrin et du manque. On a fait semblant d'y croire, pire que des gosses.

— Pas moi ! s'écria-t-elle. Moi je suis sincère, moi je t'aime !

Un client qui passait devant leur table ne put s'empêcher de leur jeter un coup d'œil intrigué, puis il se hâta vers la sortie. Ils devaient avoir l'air en perdition, tous les deux, et l'exclamation d'Isabelle avait résonné à travers le bar feutré.

— Richard, regarde-moi en face et ose me dire que c'est fini.

Il s'obligea à faire ce qu'elle lui demandait. Ni un pardon ni une excuse mais la vérité, les yeux dans les yeux.

— Isa, dit-il très doucement, nous n'irons pas plus loin ensemble.

D'un geste brusque, elle ramassa son sac et se leva d'un bond. En la voyant traverser le bar d'une démarche mal assurée, alors qu'elle se déplaçait toujours en conquérante, il eut l'impression qu'une pierre lui tombait sur le cœur. Malgré lui, il se lança à sa poursuite parce qu'il ne voulait pas la savoir seule dans la rue, sous la pluie, mais il dut d'abord régler les consommations, puis récupérer son imperméable. Quand il émergea enfin de l'hôtel de l'Univers, il l'aperçut qui s'éloignait sur le boulevard Heurteloup et il la rejoignit en courant. Elle n'avait même pas ouvert son parapluie malgré les trombes d'eau qui continuaient à s'abattre.

— Attends, je vais te raccompagner ! dit-il en la prenant par l'épaule.

Elle portait un long manteau clair, au col relevé, et ses cheveux ruisselaient déjà, plaquant ses boucles sur son front, délayant son maquillage.

— J'ai ma voiture, je n'ai pas besoin de toi. Je suppose qu'il est hors de question de dîner ensemble ? À quoi bon prolonger les adieux ! En tout cas, merci pour cette soirée, Richard, c'était vraiment formidable.

— Abrite-toi.

Il lui prit le parapluie des mains, l'ouvrit au-dessus de sa tête. Il avait oublié le sien à l'hôtel mais s'en moquait éperdument.

— Où es-tu garée ?

— Qu'est-ce que ça peut te faire ? Ce n'est plus ton problème, nos routes se séparent ici, tu l'as dit très clairement. Alors quoi, un regret ?

Elle le toisait, les yeux étincelants de rage.

— Pas facile de choisir, hein ? Rentrer tête basse au bercail et retrouver ta chère Jeanne ? Profiter encore un peu de moi ? Une dernière partie de jambes en l'air ?

— Isabelle…

— Isabelle…, imita-t-elle d'un ton délibérément geignard. Elle t'emmerde, Isabelle !

Des gouttes d'eau glissaient une à une sur son visage, mais ce n'étaient pas des larmes, pour l'instant sa colère l'empêchait de pleurer.

— Allez, va-t'en, Richard, ne reste pas planté là comme un con !

— Je voulais seulement…

— Tu ne sais pas ce que tu veux !

Elle leva la main et le gifla de toutes ses forces avant de se jeter sur lui, le martelant de coups de poing.

— Tu es un salaud, une ordure !

Il lâcha le parapluie pour lui saisir les poignets.

— Où est ta voiture ? Il faut que tu rentres chez toi.

L'averse continuait de les tremper, ils devaient offrir un curieux spectacle. Il pensa que beaucoup trop de gens dans cette ville connaissaient Isabelle en tant que notaire et qu'ils ne pouvaient pas continuer à se battre sur un trottoir. Comme elle luttait encore farouchement, essayant de se dégager tout en lui lançant des coups de pied, il haussa le ton :

— Calme-toi, bon sang !

Elle se mit enfin à pleurer, à gros sanglots convulsifs qui la firent hoqueter.

— Là-bas, réussit-elle à dire avec un mouvement du menton vers une file de voitures en stationnement.

Il l'entraîna, la tenant serrée contre lui, et dut chercher lui-même les clefs dans son sac. La laisser conduire dans cet état était irresponsable, aussi l'aida-t-il à s'installer sur le siège passager. Le dos voûté, la tête dans les mains, elle continuait sa crise de larmes sans pouvoir s'arrêter. Déchiré pour elle, il la ramena en silence, trouva une place à proximité de la maison et l'accompagna jusqu'à la grille.

— Est-ce que ça va aller, Isa ?

C'était l'instant le plus difficile. Bien pire que dans ce bar, tout à l'heure, lorsqu'elle était partie. Car il n'allait pas entrer avec elle, non pas à cause de l'interdiction de Solène mais parce qu'il n'entrerait plus nulle part avec elle désormais. Il ne la tiendrait plus dans ses bras, ne s'endormirait plus contre elle. Renoncer définitivement à elle constituait la seule issue pour lui, cependant il aurait donné n'importe quoi pour qu'elle n'en souffre pas.

Il la suivit des yeux tandis qu'elle montait les marches du perron, poussait la porte sans se retourner. Quand les lumières se furent allumées au rez-de-chaussée, il recula de quelques pas, se détourna et s'éloigna lentement, indifférent au déluge qui n'avait pas cessé.

11

Bien entendu, le chantier du restaurant avait pris du retard. Intraitable, Ismaël ne supportait pas le moindre défaut dans ses cuisines ni dans la salle, aussi n'hésitait-il pas à faire recommencer certains des travaux. Les entrepreneurs protestaient mais Ismaël allait chercher ses devis détaillés, les leur mettait sous le nez et pointait d'un doigt menaçant la clause des pénalités pour dépassement de délai.

En revanche, la petite maison de verre et de bois avait été édifiée très vite, grâce au savoir-faire des charpentiers canadiens, ce qui permit à Jeanne de commencer à la décorer. Et, comme prévu, Martin, qui avait écourté ses vacances, se présenta au Balbuzard avec huit jours d'avance, bien décidé à remettre de l'ordre dans le parc pour la réouverture.

La Loire était enfin en décrue, après une spectaculaire montée des eaux, mais aux pluies avait succédé une vague de froid qui semblait annoncer un hiver rigoureux. Presque chaque matin, Richard venait faire un tour à l'hôtel. Il profitait du moment où les parents de Jeanne s'absentaient pour déposer Céline à l'école avant de faire leurs courses à Tours. Dès qu'il arrivait, l'architecte ou Martin le prenait à part afin de solliciter son avis sur des points de détail. Incorrigibles, les hommes préféraient avoir affaire à lui, ce qui agaçait toujours autant Jeanne. Néanmoins, la présence de Richard l'aidait à gérer les contretemps sur le chantier.

— Quand tu ne viens pas, tu verrais leurs têtes ! Ils ne savent plus à quel saint se vouer et n'ont aucune envie de s'adresser à moi. Martin a toujours l'air de se demander si je comprends ce qu'il dit, et l'architecte me parle en essayant de faire simple, comme si j'avais dix ans.

Ils se trouvaient sur le sentier menant à la nouvelle petite maison, bavardant avec entrain. Jeanne mettait un point d'honneur à se montrer souriante, quasiment amicale envers Richard. Elle devinait que cette attitude le désorientait, cependant elle s'y tenait. Dans le fond de sa tête, la lueur d'espoir était toujours là, rendue plus tenace par la manière dont Richard la considérait. Dans son regard, elle percevait de la tendresse, de la curiosité, du chagrin, et aussi, parfois, du désir. Sur ce dernier point, elle ne pouvait pas se tromper, elle le connaissait trop bien, avait trop souvent guetté ou espéré cette expression chez lui. Ainsi, il la voyait de nouveau comme une femme désirable maintenant qu'elle n'était plus tout à fait *sa* femme. Alors, elle en profitait, soignait son allure en choisissant ses vêtements chaque matin, n'oubliait jamais de mettre une touche de parfum, se montrait toujours gaie. Ni pleurnicharde, ni revancharde, elle n'avait rien de l'épouse abandonnée.

— J'ai trouvé un garnissage de chanvre, de lin et de plumes fantastique pour les matelas ! Mais ce dont je suis le plus fière, tu vas voir, c'est de l'ambiance douillette. Comme quoi on peut militer pour l'écologie sans renoncer au confort.

La construction tout juste achevée évoquait un petit chalet, mais avec quelque chose de futuriste en raison des panneaux photovoltaïques sur le toit et des larges baies en triple vitrage. Ces surfaces réfléchissaient les arbres alentour, les nuages, la couleur du temps. De toutes les maisons disséminées dans le parc, celle-ci était indiscutablement la plus réussie.

Jeanne ouvrit la porte, laissant Richard entrer le premier.

— Je n'ai pas encore fini, mais ça va te donner une idée…

Elle avait travaillé d'arrache-pied ces derniers jours et pouvait s'enorgueillir du résultat. Richard siffla entre ses dents avant d'entreprendre le tour de la première pièce. Décorée de tons gris-bleu et jaune d'or, elle dégageait une atmosphère à la fois sereine et chaleureuse.

— Couche-toi sur le lit, tu auras l'impression d'être au milieu des arbres. Même Martin a trouvé ça « surprenant mais sympa », le plus grand compliment qu'il m'ait jamais fait. Maintenant, monte voir l'autre chambre, celle destinée aux enfants, et termine par la salle de bains où je m'en suis donné à cœur joie !

Tout était prévu pour que le client de passage se sente dépaysé mais chez lui. Durant des nuits entières, Jeanne avait réfléchi, dessiné, visité des centaines de sites internet pour trouver une inspiration nouvelle, différente, sans jamais négliger ses impératifs écologiques. Chaque tissu et chaque objet avait été trié sur le volet, chaque détail mûrement pensé.

— Les gens auront envie de rester ici à l'année, prophétisa Richard.

Penché au-dessus de la rambarde en bois du premier étage, il adressa un sourire de gamin à Jeanne.

— Je savais que tu avais du talent, mais tu t'es surpassée. Est-ce que je peux louer cette maison pour moi ?

— Hors de question.

La plaisanterie les mit un peu mal à l'aise, et Richard redescendit lentement l'escalier.

— Tu dois reprendre ton métier, Jeanne, dit-il en s'arrêtant devant elle.

— Oui, peut-être. Plancher là-dessus m'en a donné envie. Sur la salle du restaurant et sur le bar aussi. Mais là, j'ai eu du mal à intégrer les normes environnementales dans nos vieux murs ! Sincèrement, je me suis régalée avec tout ça et j'aimerais bien continuer, décorer d'autres hôtels, des bistrots ou des boutiques.

— Fais-le.

— Le Balbuzard me prend presque tout mon temps.

— Je peux m'en charger.

Elle le dévisagea sans répondre puis haussa les épaules.

— Tu vas monter une autre affaire, non ?

— Non, sans doute pas. Les crédits sont durs à obtenir aujourd'hui avec la crise bancaire… Et puis, je ne me sens pas motivé pour le faire. Parce que l'hôtel idéal, à mes yeux, c'est celui-ci. Tout ce que je possède est investi dans le Balbuzard, alors je préférerais travailler pour lui.

— Mais enfin, Richard…

— Attends, laisse-moi parler. Je sais que je ne suis pas forcément le bienvenu ici, et je le comprends très bien. Mais nous ne serions pas obligés de beaucoup nous voir, je peux venir bosser quand tu seras occupée ailleurs. Tu aurais ainsi l'avantage de récupérer une certaine liberté d'action pour ton métier, et moi j'en profiterais pour être avec Céline plus souvent. Je connais le fonctionnement par cœur, le personnel m'aime bien, tu ne trouveras pas de meilleur gérant que moi !

Comme elle se taisait, médusée, il poursuivit :

— Bon, tu as le droit de refuser, je ne t'en tiendrai pas rigueur. Aujourd'hui, c'est toi qui décides pour tout ce qui concerne le Balbuzard, nous nous étions entendus là-dessus et il n'y a rien de changé. Seulement, je crois que tu devrais y penser.

— Vraiment ? Et... Isabelle ? Elle apprécie l'idée ?

Elle s'en voulut d'avoir posé la question car elle s'était promis de ne pas manifester la moindre curiosité au sujet d'Isabelle Ferrière. Par Céline, qui était allée passer deux week-ends chez son père, elle savait qu'il n'y avait pas trace de la jeune femme dans l'appartement, et elle supposait que Richard ménageait leur fille en retardant les présentations.

— Isabelle..., répéta-t-il comme s'il répugnait à aborder le sujet. Écoute, c'est un peu compliqué à expliquer. Pour l'instant, je...

Empêtré dans ses hésitations, il eut un geste d'impuissance.

— Désolée, enchaîna-t-elle, je ne devrais pas t'interroger, après tout, ça te regarde.

Il fit quelques pas vers l'une des baies vitrées, enfouit ses mains dans les poches de son jean et parut s'absorber dans la contemplation des arbres dénudés.

— Il faut que je te dise quelque chose, Jeanne, puisque tu l'apprendras forcément. Isabelle et moi n'allons pas rester ensemble. C'était... Peu importe ce que c'était, mais c'est terminé.

Abasourdie, Jeanne crut avoir mal entendu. Terminée, la grande passion qui n'avait pas lâché Richard depuis sa jeunesse ? Terminée pourquoi et à cause de qui ? Le départ de Richard, le vide après lui, sa souffrance à elle, le chagrin de Céline, tout ça pour rien ? Colère et soulagement, espoir et amertume se confondaient dans la tête de Jeanne, la laissant incapable de formuler la moindre phrase. Elle avait stupidement rêvé de reconquérir Richard, de gagner contre Isabelle, mais jamais elle n'aurait pu supposer qu'ils allaient se lasser aussi vite l'un de l'autre !

— J'espère que tu ne comptes pas sur moi pour être ton lot de consolation, articula-t-elle enfin d'une voix rauque.

Elle avait la bouche sèche, le cœur à l'envers. Comme il était toujours de dos, elle ne pouvait pas voir l'expression de Richard qui venait d'appuyer son front contre la vitre.

— Je n'y songeais pas, dit-il tout bas.

Jeanne se mordit les lèvres au sang. Mieux valait se taire plutôt que supposer, mal interpréter, et compliquer davantage la situation. Peut-être, en effet, n'avait-il pas la moindre envie de la retrouver. Peut-être s'était-elle trompée en croyant deviner un quelconque désir chez lui. Être séparé d'Isabelle ne signifiait pas qu'il souhaitait revenir un jour. N'avait-il pas proposé de travailler au Balbuzard comme « gérant » ? S'en occuper quand elle ne serait pas là ? Rien, dans ce discours, ne parlait d'amour ou de regrets. Que s'était-elle donc imaginé ?

Quand Richard se retourna, il lui parut triste et fatigué. Tout l'enthousiasme manifesté en entrant dans la maison avait disparu.

— Que les choses soient claires entre nous, Jeanne. Je n'ai pas d'arrière-pensée en te proposant de continuer à m'occuper de notre hôtel. Je dis *notre* hôtel comme je dis *notre* fille. Je ne m'approprie rien, nous les avons faits ensemble. Ce qui n'empêche pas que tu sois libre. Tu l'as été à la seconde où je suis parti d'ici. Avant ça, d'ailleurs, à la seconde où je t'ai trahie. Si tu veux refaire ta vie, et même avec Ismaël, tu as tous les droits. Et mes erreurs ne regardent que moi.

Il vint vers elle, posa une main sur son épaule, puis pencha la tête pour déposer un baiser léger dans sa nuque, juste à la racine des cheveux. Une folle envie de le retenir embrasa Jeanne, pourtant elle ne fit rien et le laissa s'en aller.

*

*   *

Lionel avait passé une très mauvaise soirée. Jusqu'à une heure avancée de la nuit, Isabelle avait pleuré, tempêté, bu au point de se rendre malade. Elle n'acceptait pas la rupture infligée par Richard et, telle une petite fille blessée, s'était réfugiée dans les bras de son grand frère pour sangloter sur son amour perdu.

En se réveillant, il avait trouvé la maison vide. D'autant plus vide que la plupart des meubles avaient déjà été embarqués pour la salle des ventes. Isabelle était partie pour l'étude, laissant un mot dans la cuisine, bien en vue près de la cafetière. Elle remerciait Lionel d'être venu, se réaffirmait inconsolable, mais avait des rendez-vous toute la matinée puisqu'elle travaillait, *elle*.

Bien entendu, il savait ce qu'elle attendait de lui, même si elle ne l'avait pas formulé explicitement. Il pouvait s'en dispenser, toutefois ce rôle d'aîné et de médiateur ne lui déplaisait pas. À l'heure du déjeuner, il se rendit donc chez Richard, rue des Tanneurs. Tandis qu'il enchaînait sa moto à un réverbère, il jeta un coup d'œil sur l'immeuble qui n'avait rien de l'horreur décrite par Isabelle, et de toute façon, ce quartier de la fac de lettres lui était plutôt sympathique.

Après avoir examiné les noms sur les boîtes aux lettres du hall, il grimpa jusqu'à l'étage de Richard et sonna à sa porte.

— Salut, vieux ! lança-t-il d'un ton jovial. J'espère que je ne te dérange pas ?

Un peu effaré, Richard le considéra durant quelques instants avant de s'effacer pour le laisser entrer.

— Alors, voilà ton antre ? Eh bien, ce n'est pas si mal…

Plantés l'un devant l'autre dans le séjour, ils esquissèrent ensemble le même sourire contraint.

— Je t'offre un café ? proposa Richard. Je n'ai pas grand-chose d'autre. Pour le moment, mon installation est assez précaire.

— Va pour le café, accepta Lionel en le suivant jusqu'à la cuisine. Et quant à la raison de ma visite, inutile de tourner autour du pot, je suis là pour te parler d'Isa qui est dans un état épouvantable.

Se dispensant de répondre à ce préambule, Richard servit deux tasses et ils prirent place sur les tabourets, de part et d'autre du guéridon bistrot.

— Que s'est-il passé, vieux ? Vous êtes tombés sur la tête ou quoi ? Après le tsunami provoqué par vos retrouvailles, vous vous engueulez et vous vous séparez ? Je t'avoue que je ne comprends pas.

— C'est effectivement « tout ça… pour ça ! », comme le film de Lelouch. Bref, une erreur, une connerie.

— Isabelle ne voit pas les choses de cette manière-là. Le ciel lui est tombé sur la tête quand tu as décidé d'en rester là.

Richard prit le temps de boire son café, puis il regarda Lionel bien en face.

— Ta sœur est une femme merveilleuse, nous le savons tous les deux depuis toujours. Belle, intelligente, brillante et très séduisante. Mais en voulant redonner vie à une vieille histoire, elle s'est trompée. Moi aussi. Je n'étais pas obligé de la suivre dans cette folie, pourtant je l'ai fait les yeux fermés, trop heureux qu'elle me revienne enfin. On a essayé de rallumer la flamme en soufflant sur les braises, malheureusement, ce n'étaient que des cendres, rien d'autre.

— Pas pour elle. Elle voulait vraiment passer le reste de sa vie avec toi, elle était prête à tout. Tu l'as laissée vendre la maison, tu lui as fait croire que…

— Ah non ! protesta violemment Richard. On ne peut pas tenir tête à Isabelle, elle brise, elle tranche, elle agit seule et sans attendre, comme ça lui chante. Le monde doit tourner à son idée, les gens, les choses et les événements. Je ne lui ai rien demandé, rien promis. Elle parlait d'avenir toute seule et je t'assure que ça me donnait le vertige. Alors, oui, je suis fautif parce que j'ai plongé dans cette aventure à pieds joints sans crier au fou ! Et tu n'imagines pas à quel point je m'en suis mordu les doigts, dès les premiers jours…

Il se leva et se mit à marcher de long en large devant l'évier.

— Aujourd'hui, Isa n'est pas la même que lorsqu'elle avait dix-huit ans, toi non plus, moi non plus. Nous avons tous changé, évolué, mais son caractère est devenu très intransigeant. Trop pour moi.

— Il faut du temps pour se réhabituer l'un à l'autre, plaida Lionel.

— Je ne le souhaite pas.

Un silence plana entre eux, puis Richard laissa échapper un long soupir.

— On se connaît depuis l'enfance et je t'aime beaucoup, Lionel. Tu as été le moins dur avec moi après l'accident, je t'en ai toujours été reconnaissant. Longtemps, j'ai traîné une culpabilité insupportable, je me haïssais. Ton père avait remplacé le mien, j'avais une affection sans bornes pour lui, et être à l'origine de sa mort m'a empêché de dormir pendant des années. Peut-être qu'en revoyant Isabelle, qu'en retombant dans ses bras, j'ai cherché de manière inconsciente à effacer quelque chose, à me racheter ? J'aurais dû résister, je n'en ai pas eu le courage. À toi, je n'ai pas besoin d'expliquer que le désir rend idiot.

Malgré lui, Lionel esquissa un sourire compréhensif. À combien de femmes avait-il menti, un peu ou beaucoup, et combien de folies avait-il faites pour d'autres ?

— Il y a quelques semaines, ta mère m'a jeté à la figure que Lambert savait, pour Isa et moi.

— Ah bon ? J'ai toujours cru le contraire.

— Moi aussi… Il savait, et pourtant ce soir-là, nous avons partagé un dîner formidable.

Les yeux dans le vague, Richard semblait soudain parti très loin de là. La famille Ferrière lui avait fait payer cher ce maudit accident, et toute sa vie en avait été bouleversée. Puis une deuxième fois, quinze ans plus tard, Isabelle avait ressurgi sur son chemin, provoquant de nouveaux drames.

— Au fond, nous ne te valons rien, laissa échapper Lionel.

Il le constatait spontanément, avec lucidité. Mais n'était-il pas là pour plaider la cause de sa sœur ? Hélas, celle-ci se révélait perdue, c'était manifeste, et il ne voyait pas ce qu'il aurait pu dire de plus pour changer le cours des choses.

— Bien, j'avais promis de te parler, je l'ai fait. Merci pour le café.

Richard le raccompagna jusqu'à la porte qu'il lui tint ouverte.

— Je ne sais pas si on se reverra, vieux…

Il y avait peu de chances qu'ils se rencontrent dans l'avenir, et aucune qu'ils restent en contact. D'un même mouvement, ils se prirent par les épaules pour une drôle d'accolade qui ressemblait à un adieu.

*

* *

— Céline ne croit plus au père Noël, papa !

— Dommage, bougonna Lucien. Mais si elle n'écrit plus sa lettre, comment savoir ce qu'elle désire ?

— Tu peux le lui demander.

Jeanne tapota l'épaule de son père d'un geste affectueux, puis jeta un coup d'œil vers la cuisine où Émilie s'affairait.

— C'est bon de vous avoir à la maison, maman et toi.

Ses parents venaient généralement passer une semaine au Balbuzard au moment des fêtes. Comme l'hôtel était fermé durant cette période, ils avaient logé jusqu'ici dans l'une des petites maisons du parc, se comportant en invités de leur fille et leur gendre. Cette année, la différence se faisait sentir puisqu'ils étaient là pour un mois, soulageant au mieux Jeanne de ses corvées. Leur présence distrayait aussi Céline et permettait de continuer à mener une vie de famille. Qu'en serait-il au moment de leur départ, début janvier ?

Émilie fit coulisser la porte vitrée et lança :

— La blanquette sera prête dans un petit quart d'heure !

Ravie, elle retourna aux fourneaux. Choyer ensemble son mari, sa fille et sa petite-fille semblait lui procurer une immense satisfaction. Vêtue d'un tablier trop grand pour elle, offert par Ismaël, elle allait et venait sans cesser de sourire.

— Évidemment, ce sera moins bon qu'à La Renaissance, ajouta-t-elle en agitant une cuillère en bois.

Devant elle, au-dessus de la cuisinière, les carreaux de faïence noircis avaient été remplacés par des azulejos d'un bleu magnifique et il ne subsistait plus aucune trace du début d'incendie provoqué par les enfants.

— Je trouve qu'on voit beaucoup Richard, lâcha Lucien à mi-voix.

Pour se donner une contenance, il jouait avec sa blague à tabac, mais il n'allumerait sa pipe qu'après le déjeuner, en faisant sa promenade digestive. Sans doute était-il embarrassé d'aborder ce sujet avec Jeanne, et la diplomatie n'avait jamais été son fort.

— Il s'occupe de plein de choses, répondit-elle. On a vécu un tel rush ces derniers temps ! Le chantier dehors, le chantier dedans, l'ouverture du restaurant… et les fêtes à prévoir alors que d'habitude nous sommes fermés. J'avais besoin de lui ici, papa. Et puis, c'est aussi son affaire, malgré tout.

— Mais ça ne te fait pas un effet... bizarre ?

— Non. Il se montre très gentil, très efficace.

Peu convaincu, Lucien haussa les épaules.

— Et sa poule, elle trouve ça normal qu'il passe ses journées ici ?

— Sa « poule » ? répéta-t-elle dans un éclat de rire. Tu devrais actualiser ton vocabulaire, papa ! En fait, je crois qu'ils ne sont plus ensemble.

Lucien ouvrit de grands yeux incrédules avant d'ironiser :

— Il en a déjà trouvé une autre ? Ma parole, il a disjoncté.

— Il vit tout seul dans son appartement.

— Ça, ma fille, c'est ce qu'il te raconte.

— Céline aussi quand elle va chez lui.

— Alors il t'a quittée pour une passade ? Une amourette ? Voilà un type capable de tout détruire pour aller tirer son coup ?

— Tu es très intransigeant. Monolithique, même.

— Et toi trop permissive, tu finiras en femme battue.

— Toutes les bêtises que tu peux dire ! cria Émilie depuis la cuisine.

Elle vint les rejoindre et se planta devant eux, les mains sur les hanches.

— Un homme a le droit de commettre une erreur et de la regretter, dit-elle en regardant son mari.

— Heureux de l'apprendre. Je n'ai donc pas encore utilisé mon joker. Mais si je te fais une vacherie, et à condition de prendre l'air contrit, tu passeras l'éponge ?

Émilie eut un sourire indulgent.

— Il n'est pas question de toi. Figurez-vous que j'ai discuté avec Richard, pas plus tard que ce matin.

— Tu lui parles ? s'emporta Lucien.

— Et alors ? Comment faire, devant la petite ? Elle n'aurait pas compris que je tourne le dos à son père. Il arrivait juste au moment où nous allions monter en voiture et elle s'est jetée dans ses bras. Ensuite, elle s'est aperçue qu'elle avait oublié un de ses livres de classe, et pendant qu'elle retournait le chercher, on est restés face à face, Richard et moi. Il était plus embarrassé que moi. Mais il ne pouvait pas me planter là, n'est-ce pas ?

Jeanne réprima son envie de rire. Elle imaginait très bien la gêne de Richard, comme celle de sa mère.

— Vous vous êtes raconté quoi ? voulut savoir Lucien.

— Moi, rien. C'est lui qui a dit ce qu'il avait sur le cœur. Et ça m'a touchée.

— Le contraire m'aurait étonné ! Tu pleures sur les lapins en mangeant de la terrine. Sensiblerie, tout ça.

Émilie croisa le regard de Jeanne et lui adressa un clin d'œil.

— N'écoute pas ton père. Je crois que Richard était sincère, il pense avoir fait, je cite, « la plus belle connerie » de sa vie.

— Trop facile ! explosa Lucien.

— Pas si facile à avouer à sa belle-mère, non.

— Tu n'es plus sa belle-mère. Du moins, quand Jeanne aura enfin pris un avocat. Où en es-tu de ce côté-là ?

— Je n'ai pas eu le temps de m'en occuper, répondit Jeanne un peu sèchement.

— Si tu as besoin d'argent pour verser une provision, tu sais que…

— Tout va bien, papa, trancha-t-elle.

Lucien la scruta un moment sans rien dire, puis il s'adressa à sa femme :

— Ne laisse pas brûler ta blanquette, elle est tellement bonne !

Il renonçait à affronter sa fille, ayant sans doute compris que Jeanne n'avait pas l'intention de mettre en route son divorce. Cent fois déjà, elle s'était posé la question, et la réponse était de moins en moins claire. Elle ne voulait pas renoncer à Richard, surtout maintenant, mais elle n'était pas encore prête à pardonner. Pas tant qu'elle ne comprendrait pas ce qui s'était passé exactement avec Isabelle. Certaines nuits, elle se réveillait en larmes, se mordant les joues pour que Céline ne l'entende pas pleurer. La blessure était toujours ouverte, et pour l'instant le mélange acide d'espoir et de doutes l'empêchait de cicatriser.

— Allons manger, décida Émilie.

Elle enveloppa Jeanne d'un regard tendre, complice, à la fois le regard d'une mère et celui d'une femme.

*
* *

À la même heure mais à l'étage en dessous, dans le hall de la réception, Richard venait de passer le dernier coup téléphone de sa longue liste. Le marchand de bois promettait de livrer dix stères le lendemain, afin d'alimenter tous les poêles des petites maisons. Le pépiniériste s'était engagé à trouver les arbustes réclamés à cor et à cris par Martin. Une nouvelle entreprise de cosmétiques bio, installée à Tours, expédiait gracieusement le jour même une grande quantité d'échantillons à disposer dans les salles de bains pour faire connaître la marque. Enfin, le producteur de chèvres frais acceptait une commande spéciale destinée aux petits déjeuners de l'hôtel durant la période des fêtes. Richard avait également contacté la blanchisserie, son caviste habituel pour renouveler les alcools du bar, puis le comptable pour une longue discussion

De temps à autre, un bruit de perceuse lui parvenait des cuisines, ou bien, du dehors, celui de la tronçonneuse de Martin qui élaguait un bouleau. Il y avait quelque chose d'un peu étrange à accomplir des tâches dont il avait l'habitude, tout en n'étant plus vraiment chez lui.

Il quitta la réception et gagna la salle de billard. Jeanne avait eu raison de la préserver car c'était l'un des attraits de l'hôtel. Désormais, il y aurait aussi le restaurant, auquel Ismaël ne voulait pas donner d'autre nom que le Balbuzard. Jeanne était en train d'y achever sa décoration et avait condamné la porte afin que personne ne découvre le lieu tant qu'il ne serait pas tout à fait prêt.

Arrêté entre les deux tables, Richard vérifia l'état des tapis verts qui avaient été bâchés durant les travaux. Quelques mois plus tôt, durant ses nuits d'insomnie, il était souvent venu errer ici. Obsédé par Isabelle, il n'avait pas mesuré l'énormité de l'erreur qu'il allait commettre et qu'il payait cher aujourd'hui.

Il passa devant les queues de billard bien alignées dans leur râtelier, au-dessus d'une provision de craies bleues. À quel moment avait-il cessé d'aimer Isabelle ? Quand elle lui avait annoncé qu'elle ne prenait plus la pilule ? Elle voulait – exigeait – la maison, le mariage, les enfants, et il s'était senti incapable de les lui donner. Recommencer sa vie avec Isabelle n'aurait pas dû l'effrayer, mais il avait soudain réalisé qu'il poursuivait un songe creux auquel il ne parvenait pas à donner une consistance. Et qu'il tenait beaucoup plus qu'il ne le croyait à tout ce qu'il avait laissé derrière lui. Sa fille, bien sûr, son hôtel, aussi, et… Jeanne. Jeanne qui revenait sans cesse dans ses pensées. Le travail partagé avec Jeanne, la complicité, l'accomplissement du beau rêve devenu réalité qu'était le Balbuzard. La tendresse du quotidien, le partage des jours, une certaine sérénité qu'il avait prise pour de l'ennui. Aveuglé par son désir pour Isabelle, il avait cru ne plus désirer sa femme, or c'était faux. Le bleu intense des yeux de Jeanne, son corps rond et souple...

— Tu manges un sandwich avec moi ? proposa Ismaël.

Il était entré dans la salle de billard sans que Richard l'entende.

— Qu'est-ce que tu fais ici ? Tu n'es pas à La Renaissance ?

— Je l'ai confiée à mon nouveau chef. Il doit faire ses preuves et n'y réussira jamais si je regarde tout le temps par-dessus son épaule. Allez, viens, j'ai faim !

Ils gagnèrent la cuisine flambant neuve où seules quelques finitions restaient à faire.

— L'ouvrier reviendra tout à l'heure pour poser les rampes d'éclairage, annonça Ismaël. Des trucs basse tension très économes en énergie. Tu connais Jeanne, avec elle j'ai dû dire adieu à mes rangées de spots ! Bon, en attendant, je vais te faire goûter mon foie gras aux figues sur un bout de pain.

— Je me disais bien qu'un sandwich, venant de toi...

— En ce moment, j'essaie des recettes en vue des fêtes. J'innove, je teste, ça m'aide à m'habituer à ces nouveaux fourneaux.

— Aura-t-on le droit de préparer les petits déjeuners ici, ou est-ce ton laboratoire personnel ?

— Je verrai ça avec tes employés. Une fille comme Colette ne me pose pas de problème, elle est sérieuse, on devrait s'entendre. Car dans une cuisine il faut de la rigueur, de l'hygiène, de l'organisation... et le respect de la hiérarchie.

De part et d'autre d'un haut comptoir en aluminium brossé, ils échangèrent un regard, puis Ismaël alla chercher une terrine dans l'un des deux réfrigérateurs tout en lançant d'un ton désinvolte :

— Jeanne m'a dit que tu allais continuer à travailler ici ?

— Oui. Ça te pose un problème ?

— Pas du tout. Mais je croyais que tu voulais démarrer un truc ailleurs.

— Je l'ai cru aussi. Enfin, pas vraiment.

— Le bon côté des choses est que Jeanne pourra chercher des contrats de décoratrice à l'extérieur si tu tiens la boutique. Elle a un sacré don, elle doit s'en servir. Quand tu verras la salle du restau, tu vas tomber à la renverse. Et le bar est dément !

— J'ai hâte de les découvrir, marmonna Richard, agacé d'avoir été tenu à l'écart.

Il regarda Ismaël découper des parts de foie gras avec dextérité, les disposer artistiquement sur deux assiettes.

— Dis-moi… Tu as parlé du bon côté des choses, c'est quoi, le mauvais ?

— Que tu sois là, tout simplement, lui asséna Ismaël. Tiens, on va manger ce foie avec du pain de campagne, je trouve le pain de mie trop sucré.

À l'évidence, il ne souhaitait pas donner de plus amples explications. Richard renonça à l'interroger plus avant, peut-être par crainte de ce qu'il pourrait entendre au sujet de sa présence au Balbuzard. Il goûta une bouchée, la savoura.

— Un vrai sandwich de roi !

— Tu aimes ? Il faudra que je mette un peu plus de poivre la prochaine fois.

Durant quelques minutes, ils mangèrent en silence, puis Ismaël leur versa deux verres de la bouteille de montlouis qu'il avait posée à côté de la terrine.

— Il est produit sur le versant sud, pourtant il a des accents de vouvray, fit-il remarquer. J'en goûte beaucoup en ce moment parce qu'il faut que je m'occupe de la carte des vins sans tarder. Au début, je taperai dans la cave de

La Renaissance, et si ça marche bien, j'en constituerai une ici. C'est un gros investissement !

Par la porte restée ouverte, ils perçurent des éclats de voix et un rire dans le hall.

— Tes futurs ex-beaux-parents... Vous vous arrangez toujours pour vous éviter ?

— Avec Lucien, oui. Émilie est moins braquée.

— C'est un brave homme, mais il a des œillères. Et il ne doit pas très bien comprendre ce que tu trafiques. Un coup tu plaques tout pour Isabelle, un coup tu largues Isabelle.

— Je sais. Il ne me le pardonnera jamais. Mais ce n'est pas lui que j'ai épousé, c'est Jeanne !

Son intonation rageuse arracha un sourire indéchiffrable à Ismaël.

— Je vois, dit-il de façon laconique.

— Tu ne vois rien du tout. Je suis dans une situation intenable vis-à-vis de mes beaux-parents, même si je l'ai bien cherché. Lucien me prend pour un salaud et me traite en intrus. Émilie me parle, mais en se cachant. De son côté Jeanne est adorable, arrangeante, presque amicale. Inutile de te dire que ce n'est pas ce que je préfère.

— Quoi ? Son amitié ?

Richard secoua la tête, bien en peine d'expliquer ce qui le gênait dans l'attitude de Jeanne.

— Que peux-tu espérer de mieux en ce moment ? insista Ismaël.

— Tu m'avais dit...

— Je sais ce que j'ai dit. Qu'elle t'aime encore, c'est probable. Mais elle ne passera pas l'éponge comme ça, ne rêve pas ! Tu n'as qu'à prendre ton mal en patience et réfléchir. N'ajoute pas une connerie à une autre, et la prochaine fois que tu tenteras quelque chose, tu auras intérêt à être vraiment sûr de toi.

Une pointe d'agressivité dans la voix d'Ismaël signifia à Richard que son ami devenait très susceptible dès qu'il était question de Jeanne.

— Redonne-moi un peu de ton foie gras, demanda-t-il en tendant son assiette.

— Goinfre... Tiens, j'entends des pas bottés, voilà la plus belle !

Jeanne les rejoignit et se pencha au-dessus de la terrine qu'elle examina.

— Si seulement j'avais encore faim, je me jetterais là-dessus, mais je dois d'abord digérer la formidable blanquette de maman. Je vous dérange en plein pique-nique ?

— La patronne ne dérange jamais, affirma Ismaël.

Richard jeta un coup d'œil aux bottes de Jeanne, à son pantalon de velours côtelé, son pull irlandais. Une harmonie de beige et de brun qui lui allait bien.

— La météo prévoit de la neige pour ce soir, annonça-t-elle.

Cédant à l'insistance du regard de Richard, elle se tourna enfin vers lui.

— Tu as pu avoir le bois ?

— Il sera livré demain.

— Parfait. S'il doit y avoir une vague de froid, on aura besoin de chauffer davantage.

— Je vais vous laisser, décida Richard.

Il se sentait vaguement mal à l'aise, en surnombre, et il n'avait aucune raison de s'attarder. Jeanne le suivit hors de la cuisine, comme si elle raccompagnait un invité. En passant devant l'accès au bar, toujours fermé, il demanda à quel moment il aurait le droit de visiter.

— Quand tout sera en place, pas avant. J'espère te faire une très bonne surprise.

— À moi ?

— À tout le monde, mais toi, tu étais contre l'idée de ce restaurant, souviens-toi.

— J'aurais du mal à l'oublier, tu me le rappelles tout le temps ! Tu sais bien que je nous trouvais trop endettés.

— Nous le sommes encore un peu plus, et tu as signé sans discuter.

— Je ne pensais pas non plus qu'on trouverait un chef de la qualité d'Ismaël, et surtout prêt à s'engager à fond dans le projet. Mais ne t'inquiète pas, tu vas me convaincre sans mal, il paraît que ta déco est fantastique. Je ne peux vraiment pas avoir un aperçu ?

— Non.

— Et t'inviter à dîner un de ces soirs, ce serait envisageable ? Tant que tes parents sont là, tu n'as pas de problème pour faire garder Céline.

— Pourquoi pas ? Dans ta cabane de chasseurs de la dernière fois ?

— Je trouverai une nouvelle adresse. Un endroit que tu ne connais pas. Jeudi ?

— D'accord.

— D'ici-là, si tu as besoin de quelque chose, appelle-moi.

— Tu ne reviens pas demain ?

— En principe, j'ai bouclé la liste de tout ce qu'il y avait à faire.

— Merci de ton aide.

L'un devant l'autre, ils hésitèrent un peu sur la façon de se dire au revoir, et finalement Richard embrassa Jeanne sur la joue.

— Tu prends Céline mercredi ? demanda-t-elle en s'écartant.

— Oui, j'irai la chercher à l'école à midi, ensuite je l'emmènerai au MacDo, puis au cinéma. Je le lui ai promis !

Depuis que ses beaux-parents étaient là, Richard n'utilisait guère ses week-ends de garde afin de ne pas les priver de leur petite-fille. Lorsqu'ils retourneraient à Libourne, après les fêtes, Céline allait beaucoup leur manquer, et, quels que soient les sentiments de frustration de Richard à leur égard, ils demeuraient des grands-parents formidables. Il sortit et fut surpris par le grésil qui s'était mis à tomber. Derrière lui, la porte se referma doucement tandis qu'il se dirigeait vers sa voiture. Que comptait-il dire à Jeanne, jeudi, en tête à tête ? Il était beaucoup trop tôt pour tenter quoi que ce soit. Trop tôt aussi pour se faire pardonner, Ismaël avait raison. La seule chose possible était de retrouver un peu de complicité, de plaisir à être ensemble. Il devait traiter Jeanne comme une blessée, une convalescente. Lui-même avait besoin de se remettre de sa folle aventure avec Isabelle. « Tu auras intérêt à être sûr de toi », avait dit Ismaël. Le serait-il suffisamment, un jour, pour essayer de reconquérir sa femme ? Il ne pouvait tout de même pas se contenter de lui présenter de plates excuses, puis lui offrir un bouquet de fleurs et reprendre sa place dans le lit conjugal !

Un pénible souvenir lui revint alors qu'il démarrait. Jeanne dans un soutien-gorge de satin rouge, avec string assorti. Pathétique et pourtant merveilleuse Jeanne qui refusait d'entendre ses aveux. Ce soir-là, pendant qu'il la trompait sans scrupules, elle avait préparé une soirée spéciale, avec bougies dans les chandeliers et cristaux sur la nappe. Elle avait surtout dévalisé cette boutique de lingerie, à Tours, en pensant lui plaire et en espérant détourner son attention d'Isabelle.

« Mon Dieu, comment ai-je pu lui faire ça ? Le désir ne rend pas seulement idiot, ça rend aussi cruel, menteur et lâche. »

La lumière de ses phares se refléta sur une surface vitrée, quelque part entre les arbres. La nouvelle petite maison enfin achevée. Celle pour laquelle il avait acheté ce bout de terrain, quelques mois plus tôt. Une acquisition qui, de manière imprévue, lui avait fait franchir la porte de l'étude Ferrière.

« De toute façon, je ne peux pas revenir en arrière, maintenant je dois assumer. »

Le plus dur était accompli, il avait réussi à quitter Isabelle, à ne pas s'enferrer davantage. Sur son pare-brise, le grésil tombait avec un petit bruit sec, insistant, et il mit ses essuie-glaces en route. Une fois à Tours, il s'arrêterait chez le marchand de légumes et chez le boucher. Il était temps de remplir son frigo, d'organiser un peu sa vie solitaire dans son appartement. Le retour au Balbuzard, si par chance il avait lieu un jour, ne se ferait pas dans l'immédiat.

*

* *

Enfermée dans son bureau, bien à l'abri de sa porte capitonnée, Isabelle avait écrit à Richard plusieurs lettres qui, toutes, s'étaient retrouvées dans la corbeille à papier. Dans chacune elle avait mélangé les injures aux déclarations d'amour, les mots de désespoir aux menaces. En vain, elle s'était acharnée sur les feuilles durant plus d'une heure, et maintenant, elle s'apercevait qu'elle n'avait rien à dire. Si Richard ne voulait plus d'elle, le supplier ou le traîner dans la boue ne servait à rien.

Mais comment était-ce possible ? Comment cet amour flamboyant avait-il pu s'éteindre d'un coup, aussi brutalement qu'une coupure de courant ? À cause de cette foutue Jeanne, petite bonne femme insignifiante et effacée ? Isabelle avait joué la partie de son mieux, pourtant elle en sortait perdante et n'arrivait pas à le croire. Richard avait osé dire : « Nous n'irons pas plus loin ensemble », une phrase qui lui avait coupé le souffle avant de la crucifier. Si seulement elle était tombée enceinte assez tôt, avant qu'il ne commence à réfléchir, à reculer ! Avec un bébé en route, il aurait cédé à l'attrait de cette nouvelle paternité, et son sens du devoir serait allé vers Isabelle au lieu de Jeanne.

Malheureusement, elle n'attendait pas d'enfant, la nature n'avait pas voulu la combler, elle était seulement humiliée, malheureuse et remplie d'amertume. Après les larmes, son premier réflexe avait été de se venger. De rendre à Richard la monnaie de sa pièce, de lui donner la leçon qu'il méritait. Hélas, elle n'en trouvait pas le moyen. Son désamour le mettait hors de portée, le rendait invulnérable. Deux fois, elle était allée rôder au pied de son immeuble, jouant avec la clef de l'appartement et hésitant à monter pour tout saccager. Mais il n'y avait rien à détruire, hormis deux fauteuils moches et trois tabourets de plastique.

Les jours passant, la rage folle qui la secouait avait cédé la place à une douleur lancinante. Richard lui manquait de façon aiguë, il était là comme une obsession au milieu de ses rendez-vous, de ses repas, de son sommeil. S'en déferait-elle jamais ? Après tout, elle l'avait oublié pendant près de quinze ans, peut-être pourrait-elle y arriver de nouveau ?

Sauf qu'à présent, il y avait urgence. À trente-cinq ans, Isabelle *devait* se marier, fonder une famille. Sinon, elle resterait vieille fille, une perspective soudain inenvisageable alors qu'elle avait sereinement vécu son célibat jusque-là. Et puis, elle en était certaine, Richard aurait un sacré coup au cœur en apprenant son mariage. Car quoi qu'il puisse croire, il allait rester toute sa vie attaché à elle. Il penserait à elle souvent, en particulier la nuit. Le choix imbécile qu'il avait fait était guidé par la raison et ne le libérerait pas. N'avait-il pas suffi, au bout de tant d'années de silence et d'absence, qu'elle prenne une chambre d'hôtel pour qu'il se retrouve au lit avec elle ? Dans cinq ans, dans dix ans, elle n'aurait toujours qu'à lever le petit doigt. Ce jour-là, elle tiendrait sa vengeance, un plat qui se mange froid, comme l'affirme la sagesse populaire. En attendant, il vivrait sans le savoir avec une épée de Damoclès au-dessus de la tête.

Elle baissa les yeux sur le énième brouillon de lettre qu'elle venait d'écrire. Non, décidément, elle y renonçait. Elle froissa la feuille, qui alla rejoindre les autres dans la corbeille. Sourcils froncés, elle considéra le tas de papier et se pencha pour tout récupérer. Hors de question qu'une femme de ménage tombe là-dessus. Maître Isabelle Ferrière n'avait pas de faiblesse, pas de talon d'Achille, elle ne rédigeait pas des missives sentimentales et larmoyantes pendant ses heures de travail à l'étude. Ces sottises allaient passer dans la machine à déchiqueter les documents, voilà leur vraie place. Quant à la clef de l'appartement, cet endroit minable dont elle ne voulait plus se souvenir, elle la conservait pour l'instant. À tout hasard.

*
* *

Ismaël eut un sourire attendri. Quand il dormait, Nicolas redevenait un tout petit garçon. Sinon, il prenait le chemin de l'adolescence en grandissant à vue d'œil, écoutait une musique infernale et s'habillait déjà comme un clown.

Penché au-dessus de son fils, il l'embrassa doucement sur le front avant d'éteindre la lumière. Pas drôle pour le gamin de dîner seul presque tous les soirs, mais Ismaël était coincé aux fourneaux de La Renaissance. Bientôt, ce serait encore pire avec l'ouverture du restaurant au Balbuzard. Jeanne avait suggéré que Nicolas dîne de temps en temps avec Céline, quitte à prendre une baby-sitter pour les surveiller là-haut, et vu la manière dont les deux enfants s'entendaient, ça réglerait une partie du problème.

Adorable Jeanne qui pensait à tout ! Elle avait aussi proposé de s'occuper de l'accueil des clients, au moins au début, le temps de lancer l'affaire. Par la suite, et surtout si elle devait s'absenter en reprenant son métier de décoratrice, elle promettait de former quelqu'un, par exemple Éliane, qui avait un excellent contact avec les gens. Tout prendrait sa place peu à peu, et le restaurant allait connaître le succès, Ismaël en était fermement convaincu. Il ressentait le même enthousiasme que lorsqu'il avait monté son premier bistrot à Paris, ou lorsqu'il était rentré à Tours pour y ouvrir La Renaissance. Sa passion de la cuisine et son goût d'entreprendre le faisaient aller de l'avant, comme toujours. Et puis, il y avait Jeanne…

Bon, d'accord, elle n'était pas pour lui, il l'avait vite compris, mais il se plaisait en sa compagnie et savait qu'il pouvait compter sur elle, en affaires ou en amitié. Il aurait préféré pouvoir tenter sa chance, cependant il ne voulait pas lui faire rater la sienne. Car il arrivait à Jeanne ce que lui-même avait tant espéré quelques années plus tôt : que l'autre revienne. Par malheur, sa femme ne s'était pas repentie et n'était jamais rentrée d'Australie. Il en avait énormément souffert, en silence pour épargner Nicolas, mais il aurait donné n'importe quoi pour la voir ouvrir la porte et l'entendre dire qu'elle regrettait d'être partie. Ce qui était en train de se produire pour Jeanne : le retour de l'autre, piteux et tout cabossé. Alors, de deux choses l'une, soit Jeanne finirait par pardonner, et dans ce cas Ismaël n'avait rien à faire au milieu d'un couple en pleine réconciliation, soit elle n'y parviendrait pas, et là seulement Ismaël pourrait la considérer autrement que comme une amie. D'ici-là, il se contenterait de son rôle un peu frustrant d'observateur.

Il gagna sa chambre où régnait le fouillis habituel. Peu de meubles et beaucoup de désordre, exactement comme chez Richard. Voilà le résultat d'une vie de vieux garçon, à croire que seules les femmes pouvaient faire régner l'ordre. Il se déshabilla, prit une douche brûlante pour se détendre et se débarrasser de toutes les odeurs de cuisine. Bientôt minuit. Il allait enfin pouvoir s'allonger sous la couette, lire quelques pages du roman policier qui traînait par terre à côté du lit, là où il était tombé la veille au soir quand Ismaël avait sombré dans le sommeil. Jamais il n'avait de problème pour s'endormir, il lui suffisait de penser à Jeanne et les rêves venaient tout seuls.

*

* *

Les illuminations de Noël éclairaient joyeusement les rues de Tours, et des haut-parleurs diffusaient des chœurs d'enfants. Sans même s'en rendre compte, Richard avait pris un itinéraire qui l'obligeait à passer devant la maison des Ferrière. En la voyant, il ralentit et s'arrêta un peu plus loin. Il resta là un moment, songeur, l'œil rivé à son rétroviseur latéral. Aucune fenêtre n'était allumée, peut-être Isabelle avait-elle déjà déménagé ? Un changement de cadre l'aiderait sans doute à s'apaiser, oublier, à moins qu'elle n'en veuille férocement à Richard pour tous ces bouleversements. La rancune faisait partie de son caractère.

Il descendit de voiture, laissant le moteur tourner, et alluma une cigarette Ce serait la dernière de la soirée puisqu'il dînait avec Jeanne. Après avoir aspiré une longue bouffée, il se tourna vers la façade qu'il observa avec nostalgie. Sa jeunesse entre ces murs lui semblait désormais un très vieux souvenir.

Tout en haut de l'échelle, Lambert s'énerve car il n'arrive pas à fixer l'étoile au sommet du sapin. Isabelle rit en faisant remarquer que c'est chaque année la même histoire. Elle porte un appareil dentaire composé de bagues et de plaquettes qui lui font un sourire d'acier. Ce Noël est le premier après le décès des parents de Richard, et Lambert se montre particulièrement attentif au petit garçon.

— Vous rangerez tout ce désordre ! tonne Solène qui désigne d'un doigt accusateur les cartons ouverts, les guirlandes lumineuses qui traînent par terre en attendant d'être démêlées.

Lambert hoche la tête, descend de l'échelle. Il adresse un clin d'œil à Richard, lui ébouriffe les cheveux d'un geste affectueux et lui demande d'aller chercher un bout de fil de fer pour l'étoile. Lionel s'est accroché deux grosses boules dorées aux oreilles et il galope comme un cheval sauvage autour du salon.

Richard s'aperçoit que c'est plus gai d'être ici pour Noël qu'à Paris. À peine l'a-t-il pensé qu'un affreux sentiment de culpabilité lui tord l'estomac. Ses parents sont morts, il devrait pleurer.

— Est-ce que ça va, bonhomme ?

Le regard de Lambert est plein de douceur, de compassion. Richard avale sa salive et s'élance vers le couloir pour essayer de trouver le fil de fer demandé. Il veut bien faire, il veut être aimé par les Ferrière qui sont à présent sa seule famille.

Richard expédia son mégot dans le caniveau où il s'éteignit en grésillant. Les images du passé lui revenaient moins souvent, moins spontanément. Peut-être le temps était-il venu de se rendre enfin sur la tombe de Lambert, une visite qu'il n'avait jamais osé faire. Mais où qu'il soit, s'il restait dans l'univers quelque chose de son esprit, Lambert lui avait pardonné depuis longtemps, depuis toujours.

Remontant dans sa voiture, il s'éloigna de la maison, puis quitta Tours en direction d'Amboise. Il se sentait d'humeur légère, en paix avec lui-même, prêt à affronter tout ce que Jeanne pourrait lui dire.

*

* *

Céline semblait trouver le jeu très excitant. Elle tourna autour de sa mère puis secoua la tête.

— Non, non, l'autre était mieux. La bleue, mets la bleue !

Un peu partout, des vêtements jonchaient le lit, la chaise et le tapis. Pas très sûre d'elle, Jeanne avait déjà essayé dix tenues différentes, et finalement elle décida d'écouter sa fille.

— D'accord, la bleue…

Elle remit la robe bleu nuit, s'observa dans le miroir avec une petite moue. Sa silhouette s'était affinée et la robe tombait mieux que lorsqu'elle l'avait achetée, quelques mois plus tôt. Elle enfila un fin gilet par-dessus, ce qui fit pousser des cris à la fillette.

— Ah, ben non, on la voit plus !

— Mais il fait froid, protesta Jeanne. Je l'enlèverai si le restaurant est bien chauffé.

Que son père invite sa mère à dîner réjouissait manifestement beaucoup Céline, et Jeanne espéra qu'elle ne se faisait pas trop d'illusions. Comme tous les enfants dans ce genre de situation, elle devait rêver de voir ses parents réunis, ce qui n'était pas près d'arriver.

— C'est moi qui te parfume, c'est moi !

Céline prit le vaporisateur et se mit sur la pointe des pieds.

— Pas trop, chérie… Voilà, parfait.

— Maman, tu es belle, belle !

— Ne répète pas tout deux fois. Mais merci du compliment, mon ange.

Jeanne se pencha vers la fillette pour l'enlacer tendrement.

— Tu seras sage avec ton grand-père et ta grand-mère ?

— Promis !

— Alors je vais passer une bonne soirée, et vous aussi.

En vitesse, elle ramassa tous les vêtements et sortit pour les raccrocher dans la penderie du couloir. Lorsqu'elle gagna le séjour, elle dut affronter le regard maussade de Lucien. Il ne ferait aucun commentaire, par égard pour sa petite-fille, mais à l'évidence il désapprouvait cette sortie. Ignorant son hostilité, Jeanne lui adressa un grand sourire avant d'aller embrasser sa mère dans la cuisine.

— Profite bien du dîner, lui chuchota Émilie à l'oreille. Vous avez besoin de parler, Richard et toi. Prends tout ton temps, on ne t'attendra pas pour se coucher !

Jeanne retraversa le séjour, fit un clin d'œil à Céline qui sortait la boîte de dominos pour en infliger une partie à Lucien, puis elle ramassa son sac et son manteau. En descendant l'escalier de pierre, elle ressentit un pincement au cœur. Avait-elle eu raison d'accepter l'invitation ? Un déjeuner impromptu, passe encore, mais ce soir, elle se retrouvait dans l'état d'esprit d'une jeune fille à son premier rendez-vous. Quelle idiote !

*

* *

— Ris de veau braisé, jus verveine-citron aux girolles, annonça le maître d'hôtel, et dos de sandre rôti sur peau au pain d'épices.

Dans le décor raffiné et intime de La Roche Le Roy où ils se trouvaient attablés face à face, la cuisine était succulente.

— Ismaël va devoir faire des prodiges s'il veut rivaliser, déclara Richard après avoir goûté une bouchée.

— Nous sommes à au moins vingt-cinq kilomètres du Balbuzard, répliqua Jeanne. Et puis, je ne crois pas qu'il vise le même créneau. Ici c'est un peu… un peu beaucoup, non ?

Richard se mit à rire, séduit par la réaction de Jeanne. Contrairement à Isabelle, elle n'avait pas besoin de luxe et d'apparat pour apprécier un repas. Mais il avait choisi cette adresse, au sud de Tours, parce qu'il était presque certain que Jeanne ne la connaissait pas, et aussi parce qu'ils avaient pu venir par les petites routes en traversant des forêts. Même s'il acceptait par avance que la soirée ne soit pas forcément romantique, il voulait que tout soit parfait autour d'eux. Or cette gentilhommière tourangelle du XVIIIe l'était, avec ses nappes de dentelle, son service impeccable et son chef réputé.

— Avant que tu me poses la question, enchaîna Richard, je n'ai rien à te demander en particulier.

— Et en général ?

— Nous pourrions faire un tour d'horizon.

— À toi l'honneur.

Il hésita un peu, ne sachant par où commencer ni ce que Jeanne accepterait d'entendre.

— Comme je te l'ai déjà dit, cette histoire avec Isabelle est terminée. Aujourd'hui je reprends mon souffle et je mesure le désastre que tout ça a entraîné.

— Oui, un désastre, approuva Jeanne d'une voix tranchante.

— Si tu ne souhaites pas que nous en parlions…

— Au contraire. Vas-y.

— Je m'en veux énormément d'avoir été aveuglé, de m'être trompé sur moi, sur elle, et sur toi.

— Sur elle ? Tu ne comptes pas cracher dans la soupe, j'espère ?

Tendue, Jeanne avait cessé de manger et le scrutait sans pitié.

— Pas du tout, je n'ai aucune intention de critiquer Isabelle. Mais l'image que j'avais d'elle était celle d'un amour de jeunesse brutalement contrarié, et j'ai poursuivi une chimère. Je l'avais toujours en tête, je suppose que tu le sais, et je n'arrivais pas à m'en débarrasser. C'était comme une épine qui infectait tout avec les années. Ce que j'ai fait…

— Il fallait sans doute que tu le fasses, sois sans regrets. Et en quoi t'es-tu trompé sur moi ?

— Je croyais t'aimer moins, ne pas t'aimer assez. J'avais tort.

Elle enregistra la déclaration d'un battement de cils.

— Quant à moi, enchaîna-t-il aussitôt, je n'ai rien d'un aventurier, je me suis senti très mal à l'aise dès le début. J'aurais voulu revenir, demander pardon, mais…

— Trop tard, oui.

Ils se remirent à manger sans se regarder, jusqu'à ce que Richard relève la tête et murmure :

— Est-ce que tu tiens encore un peu à moi ?

Jeanne eut un étrange sourire résigné, puis elle posa ses couverts.

— Et toi, Richard, est-ce que tu me désires au moins un peu ? Elle, tu l'avais dans la peau, tu l'as avoué à Ismaël, et je ne voudrais pas que ce soit à elle que tu penses si un jour nous… nous refaisons connaissance, toi et moi.

— Drôle d'expression.

— Tu en vois une autre ? Quand tu es parti, j'ai compris à quel point je ne te connaissais pas. Je ne savais pas qui tu étais. Je te croyais tellement loyal !

— Jeanne…, soupira-t-il. Écoute, tu as le droit d'être désagréable, mais pas injuste.

Elle parut se radoucir, néanmoins elle insista :

— Tu n'as pas répondu à ma question.

— À propos du désir ? Bien sûr que oui. Ce soir, tu as tout fait pour avec cette robe ravissante, ton maquillage très discret, le parfum qui flottait tout à l'heure dans la voiture, mais même dans un jean troué et un pull informe, au milieu du chantier, je t'ai trouvée très désirable.

Un serveur s'approcha pour emplir leurs verres puis débarrassa leurs assiettes. Peu après, on leur apporta le soufflé chaud à l'orange et le macaron tout framboise qu'ils avaient commandés.

— Je n'ai plus très faim, regretta Jeanne, mais pas question de laisser ça !

— Mange de bon cœur, tu as beaucoup maigri.

— Tu n'aimes pas ?

— Si, dit-il en détaillant ses épaules, son décolleté.

Lorsqu'il remonta jusqu'à son visage, il découvrit qu'elle était en train de rougir. Il y eut un petit silence ambigu, puis elle reprit la parole avec l'air décidé de quelqu'un qui se jette à l'eau.

— Pourquoi m'as-tu invitée à dîner ? Tu sais bien que la soirée ne se prolongera pas.

— Ce n'était pas le but.

— Alors pourquoi ?

— Je reprends ton expression de tout à l'heure, j'ai envie que nous refassions connaissance. Pour ça, il faut bien que nous soyons un peu en tête à tête, loin de l'effervescence du Balbuzard.

Elle baissa les yeux, considéra la nappe de dentelle durant quelques instants.

— Je vais être franche avec toi. Je t'aime encore mais je n'ai plus confiance en toi. Il y a quelque chose de cassé, et j'ignore si c'est réparable. En te le disant, je ne cherche pas une revanche ni rien, je fais juste un constat. Tu m'as obligée à prendre mes distances, et finalement, je ne me sens pas trop mal.

Bouleversé, il eut peur qu'elle soit sur le point de condamner tout espoir d'avenir entre eux.

— Eh bien moi, je me sens mal, dit-il sans hésiter. Je me sens enfermé à l'extérieur de ta vie, qui est mon ancienne vie et que j'aimais. Je vais me battre pour que tu m'entrouvres la porte, Jeanne.

Il n'obtint aucune réponse, mais il n'y avait pas d'hostilité dans le regard bleu azur de la jeune femme. Il s'accrocha à l'idée qu'elle l'aimait encore, qu'il ne l'avait pas forcément perdue pour toujours.

En quittant La Roche Le Roy, ils furent surpris par le froid de la nuit claire, étoilée, et ils coururent jusqu'à la voiture. Pour ramener Jeanne, Richard reprit les petites routes de la forêt qu'ils aimaient autant l'un que l'autre. Un peu de givre s'accrochait aux arbres dénudés, comme si la nature s'amusait à créer ses propres décorations de Noël. Pour la première fois depuis des mois, Richard estima qu'il était en accord avec lui-même, et que du chaos qu'il avait provoqué naissait une sorte de paix.

Lorsqu'il s'arrêta devant le perron du Balbuzard, où tout était éteint, il ne chercha pas à embrasser Jeanne. Tourné vers elle, il lui laissa le choix de conclure leur soirée.

— À l'occasion, dit-elle en regardant droit devant elle à travers le pare-brise, je reviendrais bien dans ta cabane de chasseurs. Les frites sont formidables, et je préfère ce genre d'ambiance.

— Sois sûre qu'on trouvera l'occasion.

— En tout cas, merci pour ce repas de fête. Tu passes, demain ?

— J'ai rendez-vous avec le plombier pour la pompe à chaleur.

— D'accord.

Elle descendit de la voiture, maintint la portière ouverte quelques instants.

— Dors bien, Richard, dit-elle seulement.

Il la vit grimper les marches du perron, mettre la clef dans la serrure, agiter la main avant de disparaître. Cette jolie femme était-elle encore sa femme ? La réponse, qui ne lui appartenait pas, allait demander du temps. Il démarra en douceur, afin de ne pas faire crisser le gravier. De part et d'autre du chemin, le parc endormi du Balbuzard lui parut si familier qu'il en eut les larmes aux yeux.

Composé par Nord Compo Multimédia
7, rue de Fives, 59650 Villeneuve-d'Ascq

Cet ouvrage a été imprimé en France par

à Saint-Amand-Montrond (Cher)
en février 2009

N° d'édition : 4520. — N° d'impression : 090291/4.
Dépôt légal : février 2009.